Mujer con sombrero Panamá

Literatura Mondadori, 240

Mujer con sombrero Panamá

EDGARDO RODRÍGUEZ JULIÁ

MONDADORI

Barcelona, 2004

Primera edición: junio, 2004

© 2004, Edgardo Rodríguez Juliá
© 2004 de la presente edición en castellano para todo el
 mundo:
 Grupo Editorial Random House Mondadori, S. L.
 Travessera de Gràcia, 47-49. 08021 Barcelona

Printed in Spain – Impreso en España

ISBN: 84-397-1054-2
Depósito legal: B. 25.502 - 2004

Fotocomposición: Fotocomp/4, S. A.

Impreso en Limpergraf
Mogoda, 29. Barberà del Vallès (Barcelona)

GM 1 0 5 4 2

1

Aquella mañana, mientras cruzaba el puente Moscoso, su voz me perseguía; era, sobre todo, esa insistencia suya, aquella urgencia en que la ayudara, en que sólo yo podría ayudarla, lo que me reventaba, una y otra vez, en el chicho de la oreja. Ya eran las once de la mañana y me había fututeado el primer moto del día; aquella voz era más terca que la cerilla de un sordo, me dije. Y yo, pues yo estaba muy nube negra, como que muy dado a la tristeza de recordar mi juventud, y todo aquel lío que supuraba la voz de ella me hizo recordar que todos los hombres tenemos ese sitio que no podemos olvidar, al cual volvemos con la ilusión de haber probado, aunque fuera una sola vez, la felicidad, la puta felicidad toda.

Era una voz que sí sonaba sensual por teléfono; pero sin ese timbre aterciopelado, de felatriz acabada de levantar, que casi siempre ostentan estas mujeres terribles que buscan ayuda en alguien tan disfuncional como yo. Para que se rían, soy un *facilitador*, que es como haberme graduado de detective privado para convertirme en alcahuete de criminales con conciencia. Arreglo el entuerto que sea: si usted se encuentra con un hangover, o resaca doble, en el baño de un motel, el cadáver de la noche anterior en la cama y la camisilla ensangrentada, a punto de vomitar el verde de las tripas en la bacineta, yo soy el hombre al que debe llamar. Mi especialidad es evitar que la inmoralidad se convierta en crimen, porque una mala noche la tiene cualquiera, o un arranque de rabia, esa súbita misoginia después del canelo con la chilla equivocada. Todo eso es algo que sólo Dios debe saber, y perdonar. Mi ambición —y así lo dice el lema sobre mi escritorio— es que el pecado no se convierta en crimen. Prefiero llegar antes, a tiempo.

—Me tiene que encontrar esas cartas.

—Tranquilícese, así no juego, no piense con el vientre, doña...

—Antes de que las encuentre su mujer, o, peor, sus hijos.

—¿Dónde están?

—Ya le diré; el resto le toca a usted...

Cuando me dijo esto no quise pensar que fuera ese tipo de hembra, la bicha con diploma; yo necesitaba el dinero, me acababa de mudar y ya su voz me traía problemas existenciales, era contraindicación para mis nervios. Pensé que la fulana era toda ella, por su histeria, como la escena del crimen; era necesario acordonarla con cinta amarilla y, sobre todo por su jodida voz, gritar «¡Peligro!».

—La veo en Kasalta.

—¿A usted lo conocen en ese sitio?

—Sí, pregunte por el Profe, tengo fama de hablar bonito.

—Entonces preguntaré por usted.

—¿A qué hora? Soy más puntual que un feo camino al altar.

—Parece muy divertido.

—¿A qué hora?

—Doce y media, dentro de dos horas.

—¿Es usted casada?

—Sí, aunque eso es lo menos que le importará en todo este asunto...

—De acuerdo. —Y cuando dije esto ya había enganchado.

Decía santo Tomás que para la depresión —él la llamaba melancolía— lo aconsejado es conversar con un amigo, darse un buen baño de agua caliente y disfrutar una opípara cena, en este caso un suculento desayuno para aliviar los *munchies* del pasto. No podía darme el baño justo porque acababa de mudarme de la playa de la Punta El Medio a la calle De Diego en Río Piedras y Carabine Commander no acababa de instalarme el jodido calentador. Era justamente la inercia de la depresión lo que me asediaba cuando recibí la llamada. Los amigos se me morían de repente y con mucho alboroto, las bombas inertes caían cerca y la que cayó sobre el cinc del taller de mecánica de Wuaso –por él me mudé a este barrio– me despertó a medianoche y hasta cantaron los gallos. Wuaso, mi vecino aquí en la De Diego, fue precisamente el penúltimo en irse; el mecánico, a quien siempre le sobraban piezas una vez terminado el *job*, se malogró a los cuarenta y pocos años, su sueño de patentizar un motor con vara rotativa para asar lechones en la Navidad yéndose a la mierda. Cuando sonó aquel bombazo sobre el cinc pensé que era un mangó en busca de su Newton; murió con las narices llenas de dulce coco y una lengüeta del tamaño de un clítoris colgándole tabique adentro. Me fumé aquel leño para provocarme el apetito mañanero y despejar tanta tristeza.

Las cantidades monstrencas de mafufa me tenían flotando las células cerebrales; había dejado de beber y había vuelto a mi droga juvenil. Esa proliferación de células cerebrales se me derretían ahora, volviendo a flotar, como esos jacintos que de vez en cuando, por las mañanas, aparecen sobre las aguas azulgrises de la laguna San José. Muy de mañana la laguna San José espejea en el escaso viento, y las banderas de Puerto Rico y Estados Unidos finalmente se colapsan. Entonces el puente deja de ser alegórico.

Pero no era tan temprano; estoy seguro que hacia las once, y cruzando el puente Moscoso, sólo quise mirar a la izquierda. A la derecha empieza cafrelandia, Iturregui Avenue USA; todas las extensiones de ese San Juan con apellidos como Rodríguez, Febles y Falú. Las banderas de Puerto Rico y yanquilandia, que cubren el largo del jodido puente, flotaban pesadamente, en cámara lenta, y en dirección contraria, hacia el este, lo cual me extrañó, pero sin mucho sobresalto. El leño me había estallado la conciencia.

El puente Moscoso ya se ha convertido en mi otra euforia: cuando lo cruzo en mi Chevrolet Malibú 1971, las flores de mi camisa hawaiana restallando en el viento íntimo de este descapotable hecho por Wuaso a segueta y bondo, luciendo mis tapanotas Ray Ban, soy casi feliz. Alcanzo las setenta millas por hora, y los flecos de Canelo, mi salchicha de pelo largo, con las cortas patitas puestas sobre la ranura del cristal derecho, también son acariciadas por el viento, y las grandes orejas que se alzan hasta mostrar sus chichos rosados. Carabine Commander, mi ayudante en este ingrato y mal pago oficio de facilitador, duerme su leño en el asiento de atrás y todo está bien. Lo devuelvo a Punta El Medio por unos cuantos días, vino a instalarme el calentador y ya le entró el culillo de volverse a cultivar la nota con los marullos y el batir de las olas. Pero me repito que todo está bien, a pesar de la llamada de esta mañana y esa voz, la ronquera que los tecatos llaman la mamabollo.

Esto dicho y pensado a pesar de que Manolo, el otro, también se me había muerto y no quería mirar hacia el este, so pena de ver cómo emergía, del babote de la laguna San José, el Yellow Submarine de los Beatles, con el capitán Alzamora al timón, aquel enano maldito del colegio San Pablo, jorobado y pedorrero, riendo de lo feo y con el periscopio arriba, porque ya pronto todos los alcanzaríamos en la Ciudad de los Calvos. Nada como un Malibú 71 para despejar la melancolía. Ahora las banderas empezaron a soltar estrellas, y por alguna razón, que ya el otro Manolo sabrá, el restallar de aquellas franjas se me aloja en el *solar plexus*. Siento el corazón pesado, justo mi definición de la angustia.

Me cepillaba el puente Moscoso sin problemas mayores. El V8 todavía ruge como central y a mi derecha aparece el aeropuerto de Isla Verde. Al final del Moscoso los aviones descienden casi a ras del manglar. A ambos lados del puente, cuando ya encuentra su orilla la laguna San José y el acelerado pavimento bajo las gomas del Malibú se convierte en la carretera que conduce, después de una bajada, al aeropuerto internacional, vuelvo a tener, bajo la luz radiante de este trópico melancólico, la visión del accidente aéreo, la bola de fuego roja, anaranjada y negra envolviéndome ya de frente, a la manera de mi angustia. Pero nunca pasa nada: ni el avión estalla, ni se precipita contra el puente, ni se estrella sobre la pista. Es un ejercicio espiritual, como cualquier otro; mi fatalidad reta esa confianza en el mundo que es la bendición de los que a veces me llaman, esa gente con la voz ronca y el ánimo acabándose de despertar al espanto.

Ya casi para bajar del puente a la avenida Baldorioty, se levantan ante mis ojos, que ya están blandos y vidriosos a causa del pasto, la colmena de condominios de Isla Verde, esas viviendas caras de gente muchas veces barata, que tapiaron la vista al jodido mar ya para siempre. Las playas de Punta El Medio y El Alambique hay que buscarlas entre edificios con la distinción arquitectónica de un semáforo. Y siendo todos parecidos, su personalidad consiste en saberse privilegiados, o por un rótulo de Wendy's o por uno de McDonald's. Isla Verde es de una vulgaridad sólo redimida por el mar, una avenida 65 de Infantería con playa. Es por ello que es mi sitio, el lugar de mis nostalgias juveniles. Cuando dejo atrás, a mi izquierda, el condominio Mundo Feliz, Canelo ladra con urgencia y yo me lanzo una loca y estentórea carcajada; ambos fuimos adiestrados para la necedad.

Carabine Commander me pregunta si estamos llegando, le digo que sí y entonces me viene toda esa maldita visión, igualmente fatalista, de que la colmena de Isla Verde es un hervidero de vidas al borde de la histeria, que cuando traspaso las paredes con mi visión kriptonita –aquí lanzo otra carcajada y esta vez se la atribuyo más al arrebato que a la necedad– se me nubla la imaginación con la extrañeza de la vida: esa pareja adúltera que se entrega a una ansiosa clavada a estas horas del día es del piso doce, una mujer solitaria se masturba repantigada en el noveno, el jubilado que está cagando en el séptimo padece de hemorroides, alguien que se baña en el catorce sueña, bajo el chorro de la ducha, con un viaje a Tailandia, el gordo que se piensa feo se viste con un traje de ciento cincuenta pesos para la entrevista de trabajo, y es increíble la cantidad de tiempo que pasa frente al espejo. Ya lo dijo Hashemi, el iraní varado en la Punta El Medio, la némesis de Pedrín: «Yes, and they want to build a big condominium here, so they can smoke grass and sniff their coca and fuck everybody's ass… That's all you get around here: fuck!, fuck!, fuck! Everybody is fucking everybody's asses around here…».

Y es que este barrio ahí en la playa tiene esa pendejada que no acabo de entender, es como si siempre estuviese dispuesto, y también pues como en alerta, a salir navegando de la ciudad, rumbo al islote Tres Palmas, o ese otro que llaman Caballo. Hay una indecisión en esos edificios nunca despejados del sol, la resolana y el salitre; es como si estuvieran atracados a un muelle más que levantados sobre la arena. Puta extranjería la que ahí habita; es raro, pero esa gente que vive ahí parecen llegar de una despedida, o estar siempre, ante la luz inclemente, dispuestos a un reencuentro que nunca llega. Supongo que habrá gente ahí que trabajan de ocho a cinco y crían sus hijos, que los llevan a la escuela y pagan la hipoteca. Esos yo no los he conocido. Para mí Isla Verde, esa playa maldita, es un lugar de naufragios.

Doblo aquí a la izquierda teniendo el Ritz Carlton de frente; mientras Carabine sopla uno de sus mostrencos pedos mañaneros, Canelo ladra y alegra el rabo; aunque mi salchicha de pelo largo vivió poco en la playa, siempre fue aficionado a correrías en la arena y a zambullirse en las olas. Canelo sabe tanto de los barrios de San Juan como yo. Además de reconocerlos. Ahora pasamos el hotel Don Pedro, con su arquitectura fake californiana, el Zorro a punto de descolgarse desde sus tejas, y recuerdo que Isla Verde también es uno de esos lugares donde florece el presuroso amor, un martes entre las diez de la mañana y la una de la tarde, ¡hora para recoger a los nenes!

Así, justo por esto, ahora que he dejado de beber y de vuelta a fumar cigarrillos, Camel y de los otros, los que se enrollan graciosos, vivo en la avenida De Diego de Río Piedras, en los altos de un videoclub cuya dueña amenaza con quemarlo con tal de cobrar el seguro. Su clientela son pacientes terminales de sida en busca de Dirty Harry y adolescentes de las escuelas públicas del barrio, a mitad de camino entre el esnifeo o esquineo de manteca y la tentación de irse por el bejuco, raperos todos y conocedores de quién fue D. J. Nelson. A veces, durmiendo, me siento abrazado a una bombona de gas propano que viaja en el tiempo, a punto de estallar. Pero aquí pago la mitad de lo que le pagaba a Pedrín en Isla Verde, y tengo terraza para Canelo y una covacha para Carabine. Mi oficina y dormitorio con futón ocupan el resto del espacio.

Al lado, justo en el cruce de la calle De Diego con la calle Ramón B. López, que conduce al caserío López Sicardó, visito un bar & grill llamado, con gran originalidad, El Jíbarito. En realidad es un café al aire libre sin ambiciones de gran ciudad, las mesitas están colocadas bajo un roble enorme que florece amarillo en mayo. Adentro está el billar y el bar sin banquetas ni estribo, sólo decorado con el modelo de un dragster que cuelga del techo, porque Pedro, el dueño, es aficionado a las carreras de aceleración y el nivel intelectual del sitio es suficiente como para reunir pagadores de bancos o cobradores de colecturía. Sin banquetas y sin estribos porque se trata del sitio preferido por los oficinistas presurosos en quitarse el chaquetón y soltarse la corbata, que visitan para tomarse esa fría preventiva, antes de llegar donde la doña sobrepeso y rompepelotas. A algunos no les basta con una y dos cervezas; son esas almas fugitivas que preferirían jamás llegar a la casa, aplazar ese encuentro con la fatalidad de saberse esclavos. Yo estoy justo en el lado opuesto de esas almas. A mí nadie me espera; sólo Canelo se pondría ansioso con mis tardanzas y extravíos por las calles y callejones de esta ciudad irredenta. Haberme mudado a la calle De Diego ha sido establecer, en la medida de mis modestas ambiciones, un hogar. Carabine es mi mayordomo y Canelo es mi perro de caza. Además, aquí, al lado de El Jíbarito, tengo disponible ese tufo a bar que llevó a mi amigo americano a Vieques, después de ya dejar de beber por unos cuantos años; es esa vaguedad en el aire, los vapores del alcohol mezclados con el fumón del cigarrillo, ese consuelo que jamás se le debe negar al alcohólico por conocerse.

Llegué hacia el mediodía a vagar por el viejo barrio de la Punta El Medio; el callejón Girona, el sitio de muchos de mis suplicios, está desierto, toda la basura de ayer domingo está acumulada ahí, en las cunetas. Por aquí todo está quieto y callado, y la nota del moto mañanero ya se me despeja. Sólo veo con certeza la flota motorizada de Pedrín, el alimento más preciado por el vaho salitroso de este litoral: el MG 54, el Cadillac El Dorado 72, el Jeep 45 que acudió a la liberación de París, el Jaguar 76 comprado para despejarse la melancolía de su primer divorcio. Todas esas máquinas mohosas, apestosas a viejas seducciones, tienen las gomas vacías y los cristales bajos. Pedrín está convencido de la absoluta indiferencia con que los pillastres de playa consideran ésas, sus fantasías de adolescente inmóvil.

Al fondo de la calle Gardenia, allí parado en la acera y la mirada allende los mares, está el pobre diablo de Roberto; tiene el pie derecho puesto sobre el murito que da a la playa. Supongo que ha venido a lo mismo que yo. Estacioné el Malibú al fondo de la calle, al lado del carrito de hot dogs que hoy lunes parece abandonado, porque toda la clientela vino ayer.

—Carabine, despierta, que llegamos. Saluda a Roberto, ¿te acuerdas?...

—¿De quién carajo?

—De Roberto, ¿te acuerdas de Roberto, el de la playa...?

—Ah, sí, el calvo ese cabrón.

Ternura de calle, sin duda, mi gente de coraza apenas vive para otra cosa que no sea el cultivo de este cariño duro.

—Adiós, y qué coño haces tú por aquí, me dijeron que echaste pa'llá lejos, después del puente, pa'l campo.

—Lo mismo que tú, alejándome de la maldad.

—Chacho, ¿qué es eso, qué tú haces carreteando a ese tráfala, a ese maleante?

—Tu madre, so viejo cabrón, esa calva te la hizo tu mujer limándote los cuernos.

Era divertido molestar a Carabine. Roberto reía hasta que se le notaba su diente de oro y el mostacho de morsa se le alargaba como el de los Mario Brothers.

—Tranquilo, Carabine, tranquilo… ¿Qué es eso…? Ustedes hacía tiempo que no se veían y así se saludan… Ya sé que se adoran.

—Manda, manda al mafufero ese pa'llá, pa'la playa, pa'que Paco Sexo le dé por el niple, o le cuente los pelos a la Gina…

—Viejo sucio, se lo voy a decir a papá, que esta misma tarde lo llamo.

Carabine llamaba todas las tardes a papá Ronald Reagan. Siendo Carabine resultado de la unión de Lucy Boscana con Ronald Reagan, se comunicaba con su papá en la Casa Blanca a través del radio de la guardia costanera. Lo primero que me hizo colocarle en el apartamiento de la calle De Diego fue aquel teléfono rojo sin cable —no lo necesitaba por estar conectado al inalámbrico de la Guardia Costanera— que era su «hot line» personal. Aquel teléfono y el pasto —quizá yo— eran las únicas seguridades de Carabine en la vida.

Ya maldiciendo por lo bajito y a punto de brotársele las lágrimas, Carabine se espectó la gorra mugrienta de los Cangrejeros de Santurce, saltó del Malibú y cogió rumbo a la playa. Para Carabine, Roberto era casi un señor, para nada su igual. Llegaba un momento en que simplemente se callaba. Aquél era el sistema de aquella playa maldita: el que tenía o había tenido apartamiento en la playa —aunque fuera una ratonera— se las daba en clavar a los miserables, como Carabine, que dormían en la arena. Finalmente me pidió que lo recogiera el miércoles. Canelo, a todo esto, ladraba como un cabroncito, perrito nervioso que es. Seguiré sin agua caliente el resto de la semana, pensé; mal remedio para lo recomendado por santo Tomás.

Aunque sabía que Roberto había venido a recordar ese arco de playa que va desde Punta El Medio hasta el cementerio Fournier, era uno de esos hombres incapaces de insinuar que la nostalgia habitaba, muy de vez en cuando, en sus corazones. Yo había venido un poco a cumplir la peregrinación obligada, ponerle una vela a la memoria de Frank y consolarme con el recuerdo de una juventud que pudo haber sido peor, como la de mi hermano. Tuve la bendición de cierta timidez, de no tener grandes ambiciones; el deseo, la añoranza, el desasosiego, esta manía por entender, vinieron después, ya cuando Frank murió asesinado.

Apenas miró hacia el lado, Roberto advertía mi presencia como espía que advierte la presencia de su contacto, de su correo... Era una complicidad algo inconfesa, que no provocaba incomodidad, pero tampoco asombro.

—Sigues viviendo en el monte, allá en El Verde...

—Sí; vine a mear a La Playita, estaba por aquí cerca.

—Lo mismo yo, aunque siempre me gusta dar la vuelta. ¿Has visto a Pedrín?

—No me hables de ese cabrón. Pedrín no se portó bien conmigo y tú lo sabes... Qué mucho ladra ese jodido perro... ¿Desde cuándo lo tienes?

Canelo permanecía atado a la varilla de los cambios; si lo soltaba a correr por la playa, el muy pendejo era capaz de convertirse en realengo.

—Te gusta el campo.

—Sí; pero de vez en cuando me gusta venir por acá a ver la playa. Aquí pasamos buenos ratos, a pesar de la mierda que también comimos.

—Lo mismo digo yo, viejo. ¿Te acuerdas del último escabeche de bacalao que nos comimos en tu apartamiento? Oye, ¿y qué es de la vida de Jorge?

—La mujer terminó de clavarlo en corte; se le quedó con la gasolinera, la muy hija de puta.

Fui a mear a La Playita. Canelo se quedaría ladrando. Pensé en Roberto y en aquellos años. Aunque no lo pareciera, Roberto era un consecuente romántico, algo extraño en un contador público autorizado con calva y perfil de contragalán guatemalteco. El mostachón de Roberto colgaba sobre un precipicio, la boca no era una seguridad en aquella cara; había que rebuscarla ya en la desesperanza de no encontrar la barbilla. Más que un rostro cómico el de Roberto era penoso; sólo se iluminaba cuando sonreía burlándose de alguien; entonces el diente de oro y la sonrisa Mario Brothers lo curaban un poco de aquella tristeza suspendida, cual aretes, de las narices un poco aventadas; le gustaba decir que la palabra «bipolar» la inventaron por él. De corazón vulnerable, Roberto había venido a la playa a curarse de un divorcio. Aquí se alcoholizó. Peleaba mucho, a los puños, y por cualquier cosa; era un saco de complejos, sobre todo cuando bebía. Las mujeres, sobre todo, le provocaban sus mejores rabias.

Ahora Roberto caminaba hasta los almendros frente al hotel Empress. Yo venía de regreso de La Playita, la meada me había hecho bien. Ya eran las doce y cuarto y el sol rabiaba picante. Allí nos guarecimos bajo las frondas con los vagos de turno, con los playeros de habitación en la arena, gente de mucho ocio con poco tiempo sobre el planeta. Tenía una jodida cita en algún sitio, con alguien, con una mujer de voz brumosa, como bocina de barco que se acerca en la niebla. Eso a pesar de lo radiante que lucía el maldito arco de la playa El Alambique. La nota del pasto ya era recuerdo.

—¿Tienes noticias de Harry?

—Sigue allá afuera, en Oregón, casado con la gringa, que parece que no se cansa de la daga de Harry.

—Tuvo suerte.

—Fíjate qué pendejada, cómo es la vida, ese muchacho que aprendió inglés ahí, en el bar de La Playita.

—Y con los pilotos de Carnival que Pedrín hospedaba.

—Ése es un cabrón; tenía a Harry durmiendo en aquella covacha donde por un tiempo vivió Carabine.

—Cambiando de conversación, y hablando como los locos, ¿qué haces cuando una mujer te llama un lunes por la mañana para ofrecerte un trabajo?

—Ya veo que sigues en lo mismo, borrándole las huellas a las chillas.

—Más o menos.

—¿Cómo suena en el teléfono? La fulana esa… Su voz…

—Rasposa a veces, abajo, aunque más bien aterciopelada.

—Sexy…

—Sí, como para empañar un cristal, neblinosa, ¿me entiendes?

—Mamabollo; podría ser cachapera.

—Sí, pero es como un mamabollo afectado, creo que es afectación…

—O sea, que tú crees que finge esa voz.

—Eso pienso.

—No suena bien.

—Qué, ¿su voz?

—Mujer peligrosa…

—De acuerdo.

Roberto insistía en las sutilezas:

—¿Tú dirías que habla más con la chocha que con la crica, más con la vagina que con el clítoris?

—Sí, de acuerdo; en la medida que esa voz resulta cremosa es más chocha que crica.

—Doblemente peligrosa, ya que seduce con esa voz fingida y te castra con la otra.

—Sigues odiando a las mujeres.

—Desconfía de todas; tú sabes eso.

—Naciste de una.

—Hace tiempo se me olvidó. También lo sabes.

Aquella conversación me estaba sentando mal. Roberto era el nube negra que hace llover, y a cántaros, un lunes antes de las ocho. Menos mal que no era hombre de ir al trabajo y coger tapón.

—Quiere que le consigas algo, ¿no es verdad?

—Sí, ¿cómo lo sabes?

—Todas son iguales. Sentimentales…

—Hoy te levantaste profundo.

—Cartas de amor, seguramente.

—Eso no lo sé; no tengo idea, parece que sí.

—No quiere que caigan en manos de los hijos y la mujer.

—Así es.

—El fulano se está muriendo.

—No creo. La chilla lo dejó, ella está casada y teme que por despecho se las mande al marido. Cojo apuestas.

Aquel lunes tenía el deseo de una visión más bonancible de la vida. Y entonces me ocurre justo que me tropiezo con el jodido de Roberto. Hubiese preferido espacearme, cultivar esa quietud que permanece en estas calles de Isla Verde cuando ya todo el mundo se ha ido para el trabajo, o a concluir el crimen. Pero ya era casi hora de acudir a la cita y Canelo ladraba sin cesar. Hubiese preferido irme con Carabine a echarme ahí, a coger sol bajo las uvas playeras, o bajo el almendro del hotel San Juan. Pero tenía que llegar al trabajo, aunque ya anhelase superar tanto resentimiento de varón dolido por la responsabilidad de ser hombre. Tenía que cuidar de mi familia, alimentar a Canelo y velar por Carabine; aunque más me hubiese gustado pensar en el suicidio, o quitarme de tanto cinismo. Quería confiar, no ser como el maldito Roberto, apreciar lo mejor de la naturaleza humana, sólo escuchar ese canto gregoriano que tranquiliza los nervios de punta del Carabine. Pero no, me esperaba el lobo; se había soltado nuevamente, en mi laberinto, el Minotauro. Ya estaba más que hastiado de remediar la naturaleza humana, servir de mediador entre lo peor y lo menos malo, entre el manicomio o la cárcel y los tormentos de la conciencia. Ese momento en que nos sentimos atrapados llegaba de nuevo. El bajón de nota se instalaba en mí. No hay peor tristeza que la de esta euforia que la realidad se empecina en dañar. Aunque la depresión no fuera alternativa, bien que añoraba la loca idea del bien.

De repente advertí que el bonete del Malibú parecía alzarse de alegría ante el despejado malecón de Punta Las Marías, ya casi llegando a la playa del Último Trolley. Lo curioso era precisamente eso, que el Malibú se animara y yo me sintiera tan miserable, y de cara a esa luz radiante, que enceguece. Los ladridos de Canelo no ayudaban; era la hora de pasear los perros del vecindario y Canelo estaba pendiente al tufo, mientras yo husmeaba alguno que otro buen culo de una de esas hembritas calzadas con Adidas y violadas por los pantaloncitos de lycra. Recordar a la Gisela, aquella novia que vivió por aquí, tampoco ayudaba. La recuerdo ahí tendida en el muro que se levanta sobre la arena, las olas batiendo cansadamente a las diez de la noche, y yo que contemplaba mi bellaquera, aquel deseo impostergable. Lo bueno de esta playa que ha visto tanto norte, tantas marejadas, que por momentos se zafa a azotar sobre la calle, el vendaval peinando locamente los penachos de las palmas hacia el parquesito Barbosa y encumbrando la arena resacosa sobre el muro, es que remata en las casas terreras de Ocean Park, ya pasamos esos malditos condominios que tapian el mar. Mi corazón se antoja de Arabia. Me imagino algún barrio marino norafricano; la Hostería del Mar, el edificio más notable al terminar la playa, podría ser un hospedaje para hombres solos en Tánger, o un fumadero para huéspedes caros en Casablanca. La vida estaba en otra porquería de sitio y ya me había entrado la canina, el pasto me negaba la euforia y el pasto me provocaba los munchies. Menos mal que iba lentamente en mi Malibú 71 descapotable, flotando sobre la tristeza de no ser santos, a veinte millas por hora y a punto de encontrar el desconsuelo del desamor, sí, porque en eso Roberto tenía razón. Ése era el único tema de nuestras vidas.

Seguí toda la calle McLeary hasta llegar a la panadería y repostería Kasalta, la versión nueva, porque la vieja estuvo una vez en La Habana, cerca del afamado Country Club. Aquí los principales parroquianos fueron millonarios bajo Batista o salieron huyendo del general Videla, a los cubanos les recuerdo que, a pesar de Minnie Miñoso, Cuba está en el mapa del mundo por Fidel, a los argentinos les aseguro que cuando la guerra de las Malvinas recé por que los gurkas británicos llegaran a liberar la plaza de Mayo. A muchos les recuerdo que todos los días salen aviones rumbo a Miami o Buenos Aires.

Dejé a Canelo en el Malibú y le di tres vueltas a su correa en la varilla de los cambios; así nadie se atrevería a acercarse a mi descapotable; la bicha que me lo dejó aseguraba que estos salchichas de pelo largo no conocen el miedo, en la Florida los usan para ahuyentar caimanes de los Everglades y los alemanes los usaron en la Primera Guerra Mundial para las trincheras, que en vez de coñac, como los San Bernardo, cargaban granadas en el lomo. Soy muy crédulo, admitido. De todos modos, Canelo es Rafael, mi ángel de la guarda, Carabine mi arcángel Gabriel, el que inspiró a Mahoma el apedreo de la mujer adúltera.

Kasalta es ese lugar que parece presuroso, la gente que lo visita como que siempre van de prisa. El sitio tiene esa fama de llegada rápida y salida anticipada, el «come y vete» originario. De hecho, es un sitio de postergaciones y postraciones, de añoranzas y deseos, y también tristezas: la ansiosa mujer adúltera rumbo a Isla Verde, con la imaginación encendida y las verijas húmedas, llama a su amante desde aquí, por el celular, mientras serena los nervios con el gentío que apenas la conoce y el pocillo de café cortado. Entonces también están los hombres, algunos jubilados y otros fugados del trabajo, en la postergación de la hora de entrada; son desconocidos que forman tertulias espontáneas, que se aglutinan para comentar el último chisme político o la más reciente catástrofe internacional. Es gente que anhela la compañía testicular porque las mujeres se les han vuelto azarosas en la madurez; casi todos son del club Mahoma, de la Orden del Martillo Ricardo Pietri, ello así aunque alardeen mucho de sus conquistas. Todos viven la tristeza de saber que la mujer de sus vidas ya está en el recuerdo.

Ese alarde de fraternidad, en estos viripáusicos con ambición hermenéutica y un cociente de inteligencia apenas suficiente para completar los crucigramas, también se anima en las discusiones sobre cómo fraguar el esquema perfecto para hacerse millonarios, dar el cantazo, el palo en grande como ellos dicen. Son musarañeros, fértiles en proyectos de bienes raíces lo mismo que en la producción y venta de almanaques, esquemas para timar al otro o fundar una fábrica de productos de bronceado capaz de competir con la Coppertone. Alguna que otra recién divorciada con ambición de establecer un centro para curas holísticas se acerca a estos conciliábulos donde el Espíritu Santo del fracaso siempre aletea. En cuanto a mí; pues yo soy El Profe y los escucho con la paciencia de quien sabe de lenguas, que en el MB, o *master in bullshit*, diestros de la labia todos, aquí formamos legiones.

Venden una repostería que luce vieja a la vista y antigua al paladar; algunas veces el repostero bilioso confunde la harina de trigo con el azúcar en polvo, le espolvorea aquélla a las mallorcas y la tortilla española siempre, aun en los días de mejor humor, la prepara con menos huevos que maizena. Pero el lugar, con sus largas neveras repletas de dulces españoles, sus escaparates de frituras boricuas templadas a bombilla, con los bajos asientos de taburetes, colocados frente a mesas de fonducha medieval, el largo ventanal que da a la calle McLeary colocándonos en exhibición, como en pecera o vitrina, es el sitio por donde pasa buena parte de la humanidad que habita esta ciudad, desde el fracasado ocioso hasta el yuppie que va de prisa, ansioso de éxito; un sitio para el jangueo, porque un lugar donde coinciden tantas maneras de entender el tiempo al menos nos consuela de los rigores de ya haber cumplido cuarenta años.

Oigo el maldito micrófono de Tomás y me apresuro a escabullirme, a que no me vea, porque no estoy para latas y sí para quitarme esta canina que me dejó el pasto. Tomás aplazó por el momento su debut en el Metropolitan Opera House: ha sido operado de cáncer de la garganta cuatro veces, que mi oncofobia tiene en él un morbo permanente; a cada operación suya siento que el diablo me ha cogido las nalgas sin intención de clavarme, oigo también el airecillo de una mala suerte cercana. Ostenta una pinta de galán envejecido, habla con un pequeño micrófono que coloca sobre ese ascot para disimular una traqueotomía con vocación de vagina. Tomás es un Cary Grant provinciano que tropezó con células en desvarío. Ya no me acuerdo de su voz, la que tenía antes de perder todas las cuerdas vocales; supongo que era una de esas voces seductoras que da el trópico, igual de cautivadoras que huecas. A pesar de las cuatro operaciones, Tomás no ha perdido nada de su fácil y a veces fatua elocuencia. De buena disposición dicharachera, y con un temperamento adolescente, Tomás es un nostálgico de los Mercedes Benz deportivos de los años cincuenta. Casado con mujer rica, y más joven que él, ansía, con la voz ya puesta en la tumba, algún día conseguirse un Gullwing 300 SL. Se conforma con pasear solemnemente, casi en cámara lenta y en primera velocidad, la McLeary y la avenida Ashford del Condado; su ego, tan ajeno a un sentido trágico, flota en un Mercedes 190 SL de 1955, que siempre estaciona en los espacios para impedidos. Es un bólido rojo descapotable que merece las miradas laterales de su dueño camino a la entrada de Kasalta. Siempre que está en éstas le indico que si hubiese perdido las piernas exigiría un altoparlante. No me entiende. Tomás preside nuestra tertulia; podrán imaginarse el nivel intelectual.

La voz del micrófono es monocorde y metálica, la del robot dorado de *Star Wars*; no tiene insinuaciones y los matices se han esfumado; sus énfasis son los de una alarma de automóvil, esa insistencia que por monótona lleva a una desesperación sorda. Tomás es un hombre siempre puesto en el mismo volumen y que hoy lunes a las once preferiría evitar. Su voz, siendo el reverso de la reconocida en la mujer sensual de esta mañana, es un comentario sobre cómo mis fantasías siempre son intervenidas por la estática.

Pero a voz como mocho para cortar jabón, buena cara, por lo que le ordeno a Eduardo, un peninsular con viripausia exenta de Viagra, tres croquetas, dos pastelillos de carne y una empanadilla de brécol. Cuando digo brécol, a Eduardo se le anima la ambición de pertenecer a la Real Academia Española de la Lengua, que en España hasta los taxistas saben del gerundio doble. Hoy amaneció de buen humor, cosa rara, anoche parece que la mujer se acordó y le dio la pieza.

—Profe, que se dice *broccoli*, ¡hombre!

—Eso es en inglés, salmón, parece mentira, un miembro de número como tú…

—Te dejaron algo, y un miembro de número era la pija tamaño once de John Holmes.

—Me está esperando alguien tú dirás… Y déjate de vulgaridades, no te sienta bien, aun con el buen humor…

—No señor; le dejaron un sobre y yo me tomé la libertad de guardárselo.

—Hiciste bien. ¿Quién lo dejó?

Era un sobre manila sin remitente; tenía mi nombre escrito en una de las caras; sólo eso. Lucía peor que un acta de defunción entregada por un emplazador.

—Una mujer. Me dijo que lo conocía, que le había surgido algo de momento y no lo podía esperar. Parecía pegada al celular, todo el tiempo que estuvo aquí no dejó de recibir llamadas. Me estuvo curioso.

—¿Qué pinta tiene?

—Usted la conoce, ¿no?

Eduardo siempre parecía irresoluto entre tutearme o tratarme como un cliente distinguido. Cierta gravedad ya se iba alojando en su voz.

—No del todo, Eduardo; no la conozco del todo, créemelo.

—Guapa, alta y guapa, buena hembra diría yo…

—Ah, ya sé quién es…

Eduardo me mira con sus labios apretados. Su boca, que parece cortada a navajazo certero, y único, insiste en ese aire de incredulidad, y hasta preocupación, como si de pronto intuyera que estoy a punto de colocarme en el mismísimo paso del diablo.

—Profe… Eh, Profe…

Me distraje no sé por cuanto tiempo. Levanté la vista y me encontré con la cara angular de Eduardo, que ahora lucía compasiva. Su pelo blanco me pareció extraño por un momento, como si Eduardo hubiese encanecido la noche anterior. Alargó el café cortado, y el plato plástico con el desayuno, ya en camino a su perplejidad de encontrarme ausente.

Me reconocí ensimismado.

—Parece muy preocupado por algo, Profe.

¿Cuánto tiempo estuve así? Tardo y en cámara lenta, sin estirar la mano para agarrar el jodido plato… La barba espesa de Eduardo, aquellos cañones siempre amenazantes, de peninsular con sobaquina consecuente, me colocaron en el disparadero de la ansiedad.

Necesitaba un Camel sin filtro para aliviarme aquel culebrón en el pecho, para marearlo un poco. La diferencia entre la bebida y el cigarrillo es la diferencia entre la estrategia y la táctica, aquélla te anestesia para el desenlace mientras que el cigarrillo te procura nervios para la batalla. Yo me sabía con la guerra perdida; por eso dejé de beber; pero aún tengo que resolver las escaramuzas inútiles. Me lo fumaría en las mesas que Kasalta ha separado para los fumadores. Así me evitaría la lata de Tomás; éste le huía a aquellas mesas con la convicción de que justamente fue la combinación de tabacos turcos y domésticos lo que le colocó las células de la garganta en vía franca al frenesí: «Esa era mi marca. Llegué a pensar que era cuestión del tamaño de los cigarrillos, del dibujo del camellito. No me interesaban otros cigarrillos… Hubiese caminado una milla para conseguir una de esas cajetillas». Iría a sentarme en medio de la humareda creada por los viciosos. Le indiqué a Eduardo, para mayor confusión suya:

—Hay días en que uno presiente algo terrible e inminente. Hoy es uno de esos días, mi querido Eduardo.

Abrí el sobre y leí. Los errores ortográficos me parecieron los de una mujer sin mayor cultura que la palabra «dislexia», condición que le diagnosticaron camino al doctorado en finanzas. A todo esto, aun en la escritura defectuosa reconocí la astucia, el misterio de aquella voz cuya tarjeta de presentación era la insinuación de un impostergable orgasmo. Divido las voces femeninas entre aquellas inclinadas al grito o al chillido y aquellas propensas al quejido. Mi madre, el alacrán, ostentaba ambos peligros, tanto las rabietas como la dominación.

Diecinueve de octubre 1996

Estimado Don Manolo:

Aunque no biene al cazo, lo conosí hase unos cuantos años en casa de Tere Bou. Usted bino a entregal un dulse de coco. ¿Sigue en ese negocio, el de caterer para blanquitos que prefieren no ir al servicarro del caserío López Sicardó, como usted decía?

Me paresió muy serio, y hasta francamente sexy a pesar de los oyos en la cara. Yo era muy loca en aquella época, mi última gosadera antes de centar cabeza. Havía reeganchado con Jimmy Sarrieta después de cinco años de no belnos. Después bolvimos de nuevo, y esta vez no nos habíamos visto por ocho años, o sea, que yo cambié mi vida y ese reencuentro después de tanto tiempo resultó fatal, créamelo. Había party y estábamos en casa de Tere, metiéndonos una garrafa de vodka y oliendo, fututeándonos un dron de perico. Se nos acabó y ahí llegó usted. Ya algunas parejas habíamos empesado a grajearnos.

Nos miró con superioridad, y hasta con sierta mueca de fatalidad, como si desaprobara nuestra konducta. Entonces se largó y no lo vi más. Tere me dijo que usted era el ombre, que había hasta inventado una nueva profesión, algo así como ¿fasilitador?, ¿qué buena memoria tengo, no…? Anyway, Tere me dijo que era el hombre para sacal a cualquiera de un hollo, aunque éste ya tenga el muelto adentro.

Pues arresulta que Jimmy está desaparecido, gone, desde este sábado pasado. Averigüé, con uno de sus panas, que había pasado a mediodía por la barra del Metropol de Isla Verde. Ya después se lo tragó la tierra. No lo concigo en el celular y por rasones olvias no lo puedo yamar a la casa, él me lo ha prohibido telminantemente, ya usted sabe, está casado y la mujel lo cela mucho. Pero pienso que usted podría llamallo y averigual, se hase pasal por un amigo, que usted también lo era, al menos en una época, ¿no? Estoy aislada, incomumicada, quiero que me consiga unas cartas comprometedoras. Usted recuerda a Jimmy, ¿no? Aquel día se saludaron con mucho afecto… Como le dije, no quiero que esas cartas caigan en manos de su familia.

Encontrarás en este sobre tres billetes de a cien. Espero que eso sea suficiente pol ahora. Aquí están los teléfonos del trabajo y mi celular. Trabajo vendiendo Iras y valores, y por eso estoy mucho en la calle. Si no estoy en la oficina, me consigues en el celular. Perdona el misterio y que no haya dado la cara. No es mi estilo. Después te explico, o ya te enterarás. Tere me dio su número. Te busqué en la playa, en las casitas de Pedrín, pero no te encontré. ¿Tienes celular? Supongo que sí, todo el mundo tiene uno… Me dijo Pedrín que ahora tienes oficina en Río Piedras… ¿cerca del hospital San Francisco?…

ARELIS

Me preocupó el tonito hacia el final. Pude adivinar que aquélla era una hembra sin ortografía predecible, que parecía un disfraz, y una señora camino a la respetabilidad. Estoy harto de conocer gente así. Ayer se volaban el tabique con el dulce coco y hoy militan en la asociación de padres, friendo alcapurrias en la verbena del viernes por la noche. Sobre todo, es una inconstancia que identifico con el clítoris y los caprichos del orgasmo furtivo. Parecía un ser disparado en ambas direcciones y a la vez, una mezcla de la ternura y el sentimentalismo, la frialdad y el desapego acentuado con sarcasmo, la primera inclinada a la lealtad y la segunda entregada, piernas abiertas y las plantas de los pies paralelas al plafón, a la perfidia. Tendría que optar por la segunda con tal de no caer víctima de la primera.

Oí a Canelo; ladraba con furia específica, personal y negativa. Alguna abogada habrá pasado cerca del Malibú 71. Tenía la urgencia de preguntarle algo a Eduardo. Volví al mostrador; hoy era invisible a la mirada circulante de Tomás; el micrófono estaba en volumen de perorata y pude escabullirme.

—Esa mujer que me dijiste… Vuelve a describirla.

—Guapa, un poco llenita, eso sí.

—¿Gorda?

—No, llenita…

—Siempre te han gustado grandotas, ¿no es así, Eduardo?

—Barco grande, ande o no ande…

Cruzando nuevamente el puente Moscoso, en dirección a Río Piedras y la calle De Diego, apagué mi segundo Camel. Era impresionante cómo iba de cabeza, de nuevo, tan rápido, a mi adicción al tabaco. El enano todavía se comía las uñas en mi pecho, me había quedado con las ganas y prendí el segundo saliendo de Kasalta; el primero tuve que apagarlo cuando volví a donde Eduardo, para que me describiera a la fulana de la voz brumosa. En Kasalta no podemos fumar fuera de esas mesas que los viciosos llamamos el pabellón del cáncer. Tenía del Camel cierto arrebato y mareo. Hacía tiempo que no me sentía así, desde que estuve aquella noche echado en el chaise longue, de cara a la piscina vacía, llena de escombros y sapos, justo cuando la bicha no me quiso abrir la puerta de su jodida mansión en decadencia. Contemplé la palma real, el jardín abandonado, la luna llena y halé por uno de aquellos Pall Malls que le había llevado a Manolito, la segunda vez que lo internaron en el manicomio. Hacía tiempo que no visitaba Arabia y mi enano maldito no es el de antes, éste se vuelca patas arriba con cualquier veneno que le tire.

Canelo también ladra cuando me ve soltar humo por la boca y las narices, ladra por todo el muy cabrón, ningún remedio contra la adicción al tabaco y la flatulencia de medianoche, que no bien suelto ese pedo que parece transmisión soltando bielas, Canelo que se despierta a ladrar como un desquiciado. Son los consuelos de mi soltería, que Canelo duerme al lado de mi cama y yo sueño con una mujer que no me rompa los testículos… Eso que dijo la fulana esa, voz de humo, y que me llegó fue que yo tiraba «dulce coco» a domicilio, para blanquitos que no dan la cara en los puntos. Eso me dolió, porque simplemente fue la época después de la muerte de Frank, cuando estuve dominado por mama coca y tirarla era la única manera de saciarme aquel clítoris insaciable que ya me colgaba de la fosa nasal derecha. Nada para enorgullecerme. Cuando me faltaba hasta llegué a llorar. Hoy soy un hombre de familia que vela por el perro y su vaga-bundo.

Paso el peaje del puente Moscoso y me acerco al semáforo de Villa Panamericana. Antes de un par de implosiones que dejaron esta parte de la ciudad como un Afganistán con man-gles, los dormitorios en ruinas de los Juegos Panamericanos de 1979 asolaban este barrio cual Beirut desplazado al trópico. De día era inclemente la resolana, y también el asedio de los tecatos pidiendo la peseta para el próximo cantazo de mante-ca; de noche mi Malibú descapotable 71 era aún más vulnera-ble, sólo Canelo era capaz de mantener a raya aquel ejército de calcutos sidosos, que se acercaban pedigüeños y mostran-do sus llagas, que salían de las sombras y sus madrigueras, en este cruce de avenidas solitario y oscuro, cual zombies en bus-ca de un alma que hacía ya tiempo perdieron en la calle. Cuando me mudé hacia esta parte de la ciudad, me sobresaltó el presentimiento de haber equivocado el rumbo.

Llegué a mi oficina; toqué la foto de don Jaime en Esto-colmo mientras recibía el premio Nobel de Juan Ramón y me aventuré a llamar. Debía descontar la posibilidad de que estuviese enfermo, incapacitado. Jimmy no estaba en la guía telefónica. Arelis no me dejó el teléfono de la casa de Jimmy; seguramente él jamás se lo dio ni ella quiso pedírselo. Era un espinoso asunto entre ellos, pensé. Porque si ella se arrebataba de celos llamaría, o si peleaba con él la ansiedad la impulsaría a lo mismo. Yo no te doy el mío y tú no me das el tuyo, así no nos corremos el riesgo de cagarla con los teléfonos, de sobre-saltar de dudas o celos a los respectivos cónyuges. Todo aquel tácito acuerdo tuve que inventármelo, era la única manera de no desconsolarme con el hecho de que tenía que encontrar las cartas amorosas de un hombre que había apagado su jodi-do celular; quizá ya para siempre.

El bluff fue siempre el mismo: «Comuníqueme con la ha-bitación del señor Jimmy Sarriera». Para luego añadir, con igual autoridad: «Creo que es la 203, ahora se me olvidó el núme-ro, sí que estamos fritos, ¿no me podría comunicar de todos modos?». Sólo en el Centro Médico me indicaron, tersamente y con ese mal humor puertorriqueño de reciente cuño, que si yo no lo sabía jamás me podría comunicar, que era política del hospital no divulgar nombres de pacientes ni habitaciones. El resto de los hospitales simplemente me dijeron que allí no estaba aquel fulano. ¿Dónde iría a tener un señor abogado y clasemedianero al filo de una repentina despedida de este mundo? ¿Vivía en Miramar? Llamé al hospital Presbiteriano y me salieron ladrando; llamaría al Auxilio Mutuo, aunque siempre cabía la posibilidad de que Jimmy estuviese a estas alturas en la Polinesia, lejos de mujer, corteja y las visitas a la farmacia, o al colmado.

Efectivamente. Allí estaba. Conseguí la habitación. No me dieron detalles sobre su estado de salud; la pregunta ya le pareció sospechosa a la recepcionista y colgué. Llamé a la Arelis, tendría que darme el nombre de la esposa de Jimmy, algo con qué presentarme allí, en el hospital, a husmear el estado de salud de su amante. Noté que un llanto se insinuaba en su voz; eso me sorprendió, y también me alegró. Ya iba camino al afecto, nada como un teléfono y una voz sensual para incitar la imaginación. A punto de colgar me dijo que la mujer se llamaba Yvette. Insistía en que la llamara tan pronto tuviese los detalles. Ella estaría en el celular, siempre en el celular; esto último lo repitió. Se mostraba más vulnerable a pesar de la cautela.

Llegué al hospital Auxilio Mutuo justo cuando había muchos nubarrones en el bajo cielo; este hospital, localizado entre Río Piedras y Hato Rey, entre el deterioro urbano y la afluencia arrogante de la maldita Milla de Oro, yo en el fracaso del resentimiento y tú en el éxito de las acciones, siempre me ha parecido el lugar donde le hubiese gustado morir a mi bisabuelo mallorquín. La fachada aún parecía haber sido diseñada, por su elegancia finisecular, para halagar la vista de tuberculosos centroeuropeos en sabática de la Montaña Mágica. Los torreones perfectamente simétricos, de la entrada al pabellón antiguo, justo donde finalmente localizaría el alma fugitiva de Jimmy Sarriera, lucían esa majestuosidad que los peninsulares fundadores de este hospital ambicionaban para su despedida de un trópico que siempre les pareció excesivamente húmedo y pagajoso. Era un sitio para soñar con Europa, morir en la añoranza ya que no en la amargura del destierro.

Pregunté en recepción. Canelo se había quedado en el desconsuelo de los ladridos que se desaforan aún más cuando subo la capota. Le dije que no tardaría; gimió su angustia... Los azulejos, que recubrían la alzada de la escalera al segundo piso, me parecieron los de un hotel de capital provinciana durante la *belle époque*, quizá en Estoril; aquella melancolía era la propicia para subir al segundo piso, y probar un pistoletazo en la sien después de haber perdido en el casino una fortuna lograda en América con el cultivo del cacao... Pero nada parecía venido a menos; en los peldaños de mármol noté esas depresiones que marcaban la antigüedad del lugar, el sitio perfecto para un desconsuelo acallado por los gemidos, un lugar de promesas, donde supuestamente probaríamos la claridad del más alto cielo.

Era la habitación 206 del pabellón central; tuve que cruzar aquella galería inundada por la luz gris perla de la tarde. Parecía una luz melancólica y terminal, me dije. Sólo me remediaba con las losetas del piso, algo parecidas a las de la casa donde me crié en Ponce; la infancia sólo es consuelo de cara a la muerte. El barandal de la galería remataba cada diez pasos en unos arcos que oprimían mi corazón, temí encontrarme con un anciano vestido con dril quinientos; entonces habríase completado mi ruta al purgatorio. Sabía que caminaba rumbo a la desesperación de alguien.

Pude reconocer en aquella mujer, rodeada de familiares y amigos, a la esposa burlada. Era una mujer singularmente guapa, pero con poca barbilla. Aunque un poco anticuada en sus gustos —tenía un peinado sostenido con un dron de laca y alguna secadora industrial— lucía atractiva, mujer de buen culo y mejores tetas. Me presenté. Como yo conocía a Jimmy —en realidad sólo habíamos vacilado juntos—, no me fue difícil convencer a Yvette de que yo era un amigo que habiéndose enterado de los infortunios de su marido había pasado a verlo. Yvette me miraba con cierta distracción, otras veces con timidez; era esa ausencia perfecta de curiosidad respecto de mí lo que me permitió pedirle que me dejara entrar a ver a Jimmy. Me sentí obligado, en su perfecta ausencia de interés por mí, a pensar en aquella mujer como uno de esos casos en que la absoluta posesividad apenas manifiesta celos. Jimmy era su proveedor, no su amante. Sólo me miró con desconfianza y recelo un fulano de cara redonda, pelo corto y bigotito ralo sobre tez mulata. Tenía canas, sobre todo en las patillas y sintió por mí lo que yo sentí por él: antipatía surgida de reconocernos como de la misma calaña, la incomodidad de reconocernos en el mismo fracaso, parecida ambición. Ambos éramos los buscones en todo aquello. Insistí ante Yvette —se pasaba diciéndole a todo el que pasaba por el pasillo, enfermero o doctora: «Jimmy parece aturdido por los medicamentos»— que el sábado pasado tenía una cita con Jimmy, quedamos en encontrarnos para almorzar en el Metropol de Isla Verde. Hasta ahí iba bien; pero, cosa loca, tan pronto le dije que no pude llegar a la cita Yvette estuvo a punto de no creerme. Fui entonces más convincente en la petición de entrar a la habitación, esta vez el tono en mi voz le pareció, a su bien disimulada suspicacia, más ansiedad que mero interés por el estado lastimoso de Jimmy; no llegué a fingir dolor porque no es algo que se me dé bien. Cruzaba por un largo campo, un semillero de minas que remataba en un nido de ametralladoras.

—¿Qué le pasó?

Cuando me contestó su voz sonaba hueca, como si aquello le estuviese ocurriendo a su hermano mayor, y no a su marido. Su tono era clínico.

—Sufrió un pequeño derrame cerebral, parece que las pastillas que estaba tomando para el dolor de la espalda le aguaron la sangre, y los capilares se le reventaron.

—Algo me dijo de ese dolor de espalda… ¿Puedo pasar?

—El médico dijo que podemos pasar uno a la vez... Aunque él casi no le hace caso a uno... Allá adentro está su socio, el otro abogado del bufete, ¿usted lo conoce, no?

En ese momento salió el socio; ya era casi un viejo, tenía todo el pelo cano y la cara derretida por las arrugas. Por lo panzón llevaba el gabán abierto. Tenía cara de haber visto mucho y de haberse reído de todo. Lo saludé como si lo conociera, me apresuré a entrar. Me miró sorprendido. Pasó lo que más temía; alguien se me adelantó reclamando haber llegado antes. No quería pendencias.

Apalabré mi turno y preferí retirarme a un rincón del barandal de la galería. No quería que la tropa de allegados —en Puerto Rico los hospitales y las funerarias son lugares para temperamentos gregarios— empezara a indagar sobre mí. En ese estado anterior al aguacero, aquel césped, que enloquecía de exuberancia con las avenidas de gomeros y laureles de la India, parecía excesivamente ajeno y solitario, como si nadie lo hubiese mirado en décadas. Frente a la entrada, y en ese redondel por donde una vez transitaron en silla de ruedas los tuberculosos, puestos al baño de sol, soplaba un viento de agua que mecía las frondas de los árboles. Recordé la primera vez que fui con mi padre a buscar la correspondencia en el correo; era una mañana así, en que el mundo no encuentra sosiego. Y entonces escuché la voz de Yvette, que me llamó para que pasara... Me ensimismé camino a la habitación con las puertas de hojas; entraba en ese tiempo donde hemos sido lanzados a rescatar, y llevar como un grial, esos recuerdos que ahora resultan insostenibles para los muertos. Ya mucha gente se me había muerto; yo era el tenue vínculo de esos fantasmas con la vida. La pregunta me devolvió al lugar:

—Me dijo que su nombre era...

—Manolo.

—Ah sí, él me hablaba de usted.

—Hay, más bien hubo, otro Manolo, no sé si...

—Bueno, ahora qué más da... Parece no enterarse ni de mi presencia.

–Simplemente fui su cliente, y siempre le estaré agradecido.

–Sí, claro, pues pase. A ver si a usted le hace caso.

Cuando entré a la habitación una enfermera acababa de llegar. Jimmy estaba en malas condiciones. Eso era evidente. Estaba gordo, sí, había engordado desde la última vez que lo vi. Su mirada estuvo como en blanco por un momento intransitable; finalmente se sonrió, como si anticipara un chiste mío. Temí que me hubiese confundido con alguien. Pronto me daría cuenta que daba lo mismo.

–Debe levantarlo y ayudarlo a caminar... ¿Es su amigo?

La voz de la enfermera nos quitó de aquella perplejidad mutua donde había un elemento de idiotez. Era como si los dos hubiésemos estado saciados del mundo y nuestras miradas confirmaran la extrañeza de todo. Jimmy levantó los brazos y luego los dejó caer, ahora su mirada había quedado absorta en los estampados ridículos de la pijama. Aquel gesto de levantar los brazos y dejarlos caer me distrajo de la insistencia de la enfermera, una mulata de ojos sonrientes que apenas podía disimular su corazón de oro. Y me pregunté si de salida de este mundo yo preferiría la belleza a la bondad, si tocar un buen culo en vez de ser acariciado por un buen corazón. De todos modos, con la cabeza rapada y la costura de la trepanación todavía insinuándose bajo el vendaje, Jimmy no tenía tiempo para otra cosa que no fuera el asombro.

–Sí; soy su amigo... ¿Qué le pasó?

–No lo sabemos muy bien... Hay que esperar... Sabemos que sufrió un derrame, pero ¿por qué? Eso es lo que no sabemos.

–Y esa expresión...

–¿A qué se refiere?

–Está como con la mirada en blanco.

–No se está enterando de lo que ocurre a su alrededor. Eso es característico de estos pacientes. Un derrame en esa parte del cerebro deja a los pacientitos así, como lelos... Mejor para él, ¿usted no cree? Háblele bien cerca del oído, a veces la audición se les afecta con la anestesia, tardan mucho en despertar… Y, sobre todo, si es su amigo levántelo e insista en que camine. Tiene que caminar, si no lo hace mal lo veo… pa' que sepa…

Eso último fue la única falta de ternura que delató aquella voz, que ahora se me antojaba con acento dominicano.

—Me llamo Maritza. Cualquier cosa me llama.

Tan pronto quedamos solos le puse el tema de conversación. Nuevamente me miró extrañado. Jimmy siempre tuvo buena cara, aquel perfil itálico sólo había aflojado un poco en la papada; aún era un hombre guapo. Cuando le pregunté si quería llamar a Arelis se negó con mucha premeditación, moviendo la cabeza de lado a lado sin darse cuenta de que ya no era necesario seguir en aquel gesto. Era extraño. Parecía un niño sorprendido en alguna travesura y a punto de llorar. Me miró suplicante. Volvió a subir los brazos para dejarlos caer, su boca hizo una mueca de fatalidad; seguramente se lamentaba de su mala suerte. Aquél no era un gesto de qué remedio sino la certeza de que ya no había nada que hacer; todo había terminado para él. Era un percatarse de cuán abandonada y solitaria se había vuelto su vida, tan de repente. Cuando insistí en el nombre de Arelis, y volví a preguntarle si quería llamarla, me miró otra vez con aquella expresión que era como finalmente comprobar el olvido. Fui más agresivo.

—Quiere saber dónde están las cartas. Me mandó a buscarlas. Tenemos que conseguirlas. Me tienes que ayudar, Jimmy.

—Están en la oficina… En algún sitio.

Era buena señal, hasta que reconocí en aquellas palabras una interrogante. Frunció el ceño y hubo un chasquido de perplejidad, la mente de Jimmy andaba los pasos perdidos; supe que no recordaba dónde las había puesto.

—¿Hace mucho tiempo de eso? Tienes que recordar dónde las pusiste.

Con aquello decidí no indagar más. Quería levantarlo y pasearlo por la galería, ganarme la confianza de toda aquella gente allá afuera. Por ahora esa sería la meta.

—Es bueno que te levantes y camines un poco; me lo dijo la enfermera. ¿Sabes lo que tienes?

Su voz se había convertido en un susurro. Hablaba para sus pijamas y las sábanas, era un ensimismamiento sin rencor hacia el mundo, la turbación de alguien que ya no escucha su propia voz.

—No; el oncólogo viene, el oncólogo viene…

Esto le escuché acercando mi oído a sus labios. Pero no había aprensión por la visita. Jimmy era una máquina de aseveraciones inconsecuentes; estaba más allá del miedo, se situaba en la alegre irresponsabilidad del moribundo. Jimmy lo repetía todo. Olvidaba lo dicho, lo gesticulado, hacía, decía o señalaba las cosas por partida doble, hasta triple. Su memoria antecedente se había ido a la pinga, y sería capaz de estrecharme la mano durante toda la tarde, sin concluir jamás el saludo. Su mente no divagaba, sino todo lo contrario; permanecía aferrada a la certidumbre de los monosílabos y las oraciones a medio decir. Su inteligencia se habría vuelto prenatal; vagaba en el líquido amnésico de la indiferencia.

Finalmente, y con mucho esfuerzo, lo levanté. Ponerle las chinelas fue un acontecimiento. No tensaba los pies para calzarlas. Las dejaba caer y seguía mirándolas con una curiosidad desproporcionada, un asombro desplazado hacia la mentecatez. Eso sí, tuvo el buen sentido de echarme el brazo por el hombro al bajarse de la cama. Lo aguanté por la cintura. Dimos unas cuantas vueltas por la habitación y cuando supe que Jimmy estaba enterado de lo que hacía, decidí salir de la habitación, enfrentarme al pelotón de fusilamiento que eran las miradas intrigadas de sus conocidos, allegados, familiares, buscones y una viuda en veremos. Sí que su mujer me sonrió agradecida cuando lo saqué de la habitación. Era evidente que ya había logrado lo que ninguno de ellos intentó. Allí mismo y entonces empecé a querer a Jimmy, a saber de su soledad. Se quejó de la resolana en la galería, porque justo el sol salió entre las nubes, las brujas se casaban y él se moría. Le coloqué mis gafas Ray Ban, las tapanotas de aviador demasiado terrestre, y comencé a pasearlo galería arriba. Un poco con la cabeza inclinada y la vista deambulante, alcanzando el plafón, como los ciegos, Jimmy parecía un turista del desconsuelo.

Luego oí a un médico, joven y de grandes barros enquistados como piedras, soberano de la vida que lo había hecho feo y calvo, describirle al hijo recién llegado, y que tenía el mismo perfil itálico del padre, que la lesión cerebral era en la «broca». Esa palabra, que era como la abertura a un oscuro pozo, se me grabaría a lo largo de aquella semana de revelaciones. También me sentí turista, recuperado para una inocencia que ya pronto perdería, apenas llegado a un país desconocido.

Aquella noche hablé dos veces por teléfono. Llamé a Arelis. Atrás se oían las voces de unos niños. Luego parece que se mudó al jardín, porque entonces escuché coquíes y el croar de un sapo concho. Le dije lo que le había pasado a Jimmy. Noté un cambio en la voz, pero apenas le duró el taco en la garganta. Era una mujer enfocada en algo; estaba en guardia contra un sentimentalismo que pensó inútil. Quizá era despecho; entonces no lo sabía, ni yo ni ella.

—¿Dónde están las cartas?

—En algún sitio de la oficina; no supo decirme… Debo entrar ahí.

—¿A dónde?

—A la oficina.

—¿Le dijo que le gustaría hablar conmigo?

—Está extraño…

—¿Cómo extraño?

—No parece muy enterado de lo que está ocurriendo. Es como si no pudiera unir los puntos, hacer el crucigrama…

—¿Qué dice?

—Never mind. Nada, no, no me dijo nada de que quisiera verla. Pero no lo tome a mal. Está muy enfermo.

—¿Por qué apagó su celular?

—Dele un break, al hombre acaban de abrirle la tapa de los sesos. No pienso que sepa para qué se usa un celular; a pesar de que, por momentos, parece saberlo todo; quizá sepa demasiado.

—No sea cínico.

La oí llorar. Era claro que lloraba. Eso me extrañó. Se despidió pidiéndome que la llamara al otro día, y con más noticias. Sí, tendría que entrar a esa oficina. De eso se trataba. Esto último me lo dijo con el énfasis de una orden. Era su empleado y le debía trescientos dólares de labor.

Esa noche Roberto me llamó muy tarde. Dejé que sonara la máquina contestadora. Estaba de mal humor el enano maldito. No quería hablar con nadie. Prefería ver la lenta incineración de un Camel. Mientras Canelo ladraba como un desaforado, la máquina contestadora le replicaba; hice grabar los ladridos de Canelo en aviso para el siguiente mensaje; el perro y su sombra, el miedo y su eco, matizaban mi amargura: «Este es tu facilitador huelebicho, Manolo, asistido nada menos que por Carabine Commander, el fruto malhabido de una noche de pasión tropical de Ronald Reagan con Lucy Boscana. Espero no causarte mala impresión; pero de verdad que podemos sacarte de cualquier hoyo». Nunca quise tener celular; no quería ser esclavo de la ansiedad de mis clientes. Roberto me empezó a dejar este mensaje que yo escuchaba mientras él grababa: «Divertido, Manolito, divertido, pero de ese hoyo no nos saca nadie, y de eso se trata aquí, me suena a eso… al hoyo definitivo, el sueño largo… He estado pensando en eso de las cartas de amor. Vela unos CD. Los puso a nombre…».

Aquí levanté el auricular y Roberto no se inmutó. Todo el tiempo supo que yo estaba escuchando.

—Y ¿por qué ella no los tiene?, los jodidos CD.

—No son CD de música, sino de banco, certificados de depósitos, Manolito, que con la inteligencia que demuestras con esa grabación…

—No hables mierda y dime, ¿por qué ella no los tendría?

—Se puso sentimental, en uno de sus arrebatos, y el hombre tenía muchos, créemelo, yo los conocí aquí en la playa; los puso a nombre de ella para dárselos en el aniversario… Luego se arrepintió. Nunca se los dio, tampoco quiso ponerlos a nombre suyo, cometió el error de decírselo en una pelea… Quería mantener el control, cosas de viejo pendejo…

2

Me levanté sin una idea clara de dónde estaba, eso sí, con la tristeza agazapada entre los bocinazos y frenazos de la calle De Diego. En esta maldita calle, donde la mayor distinción sería ser dueño de una tienda de piezas de automóviles, la depresión acechante no tiene el consuelo del mar; lo echo de menos.

Pero tranquilo, bajaré a El Jibarito Bar and Grill hacia las diez, a sentarme en las mesitas al aire libre, bajo el roble, justo a la hora en que Pedro abre ese antro de hombres malcasados, donde lo más benéfico sería una cerveza que no puedo tomarme. El café lo conseguiré aquí al lado, en la bodeguita contigua a una agencia de viajes apenas sin clientela, que en este barrio la gente está obligada por una lobotomía que se le practicó a la imaginación. Pero me digo que todo estará bien; eso me repito, aunque sepa que entro a un laberinto donde la añoranza es la pasión más benigna. Y, como siempre, mantendré esta cautela, estos cuidos de no involucrarme demasiado, cultivaré mi cinismo, que es algo nocivo cuando ya vamos camino a la muerte. Quisiera cosechar, hoy por la mañana, alguna visión que nos sirva de consuelo, para así acariciar mejor la ceguera del Minotauro. Es un candil que prendemos en lo más oscuro, que nos deja ver el hocico peludo de la bestia, pero que no la asusta. Es esa luz titubeante que vi por vez primera entre las velas votivas, de aquellas capillas sólo recuperadas hoy mediante el canto gregoriano que ahora mismo escucho. Estoy ansioso. El desasosiego se apodera de mí. Hoy por la mañana el único remedio sería cultivar mi delicadeza.

Estoy sentado aquí en El Jíbarito, a las diez y cinco minutos de esta mañana merecedora de un Paxil, cuando una luz persistente, que ahora se convierte en rayito que deslumbra, se cuela entre la más alta enramada del roble. Me gustaría pensar que se trata de vislumbrar la salvación. Sólo es suficiente para que me ponga las tapanotas Ray Ban y apacigüe a Canelo, que éste ladra cuando me pongo las gafas antes de las diez de la mañana, o cuando bebía antes de las doce. Canelo es la mujer que nunca quise. Lo apaciguo acariciándole el lomo.

Pedro recoge con una escoba los vasos plásticos y servilletas de la noche anterior, que no fue tan ruidosa; era lunes por la noche y sólo los más alcohólicos, que son los que menos bulla montan, frecuentan estos comienzos de semana. Quería darme un palo mañanero, no importase que Canelo me ladrara, hacer gárgaras con una Tsing Tiao, de aquellas que una vez tomé en Canal Street, cuando tenía novia en los niuyores, la Mónica de mis ensueños juveniles. Pedro me ha dicho que ya esta semana la traen para el viernes, y me pregunto si tendré la fuerza de voluntad para resistir la tentación. Llevo dos años y medio sin beber y a veces el Camel no me basta. Voy por el segundo camello y ahí sigue el muy bestia, alojado entre el esternón y la cavidad del alma. Necesito remediarme con la locura, hablar con mi Carabine Commander justo para curarme de la rabieta del enano maldito. Soy una personalidad adictiva.

Camino al puente Moscoso, transitando por esa calle De Diego próxima a la avenida Iturregui, pasados los talleres de mecánica y cerca del antiguo Pastrana's Mango Tree, sentí un pequeño fallo en el V8 del Malibú 71. Pero no quería volver, so pena de entonces acabar de joderme el ánimo en conversaciones con mecánicos, que sólo Wuaso tenía el ingenio para no hacerme desfallecer el ánimo en lo tocante a la naturaleza humana: los mecánicos, como los médicos, saben todo sobre las funciones y nada sobre el cuido, saben sobre la belleza de mi Malibú 71 lo que el ginecólogo sabe sobre el amor provocado por esa hirsuta pieza que lo hace tragar gordo, esto dicho con la cursilería que se me ha impuesto durante toda la mañana. Sólo lo llevaré al mecánico si la central empieza a toser hasta el escopeteo; de lo contrario, mantendré rumbo. Y Canelo asiente con dos ladridos. Voy mejorando; ya sólo me quejo de que Dios no me haya dado belleza.

A esta hora las banderas del puente Moscoso comienzan a ondear, los vientos alisios las hacen restallar un poco y me pregunto por qué esta luz del trópico no es mía, por qué sólo la ven los turistas. Camino a Isla Verde, veo el perfil de esta ciudad como si se tratara de un colmenar maldito. El pecado es ese ángel que arropa con su sombra los edificios. Justo ahora las aguas de la laguna San José ya no espejean, el cristal se ha vuelto oscuro; son aguas grises, de ahogados furtivos. Pienso en Jimmy y qué remedio, tendré que llamar al socio para que me abra la oficina; seguiré esparciendo el pecado con tal de que no apeste. Me consuelo con el pensamiento de que mis pasiones ya son incapaces de hacerle daño a lo más querido. ¿Cómo es que Jimmy se ha ausentado ahora, justo en el momento en que su pecado apestaría más? La enfermedad lo ha vuelto irresponsable. Pienso que los facilitadores todos bebemos porque nuestra materia prima no es la maldad sino el pecado. Somos llamados a despejar el aire, a volverlo más benigno. Necesitamos algún anestesiante porque nos asedia la tristeza del pecado cardinal, el que siempre daña a la redonda.

A las diez y media recogí al Carabine Commander en la playa. Me estaba esperando donde vi a Roberto ayer por la mañana, en el miradorcito que remata la calle Gardenia, ese sitio desde el cual divisamos el arco de la Playa del Alambique, y que a la vez nos coloca casi frente a la terraza del hotel Empress, con sus pilotes enterrados en el roquedal abundante de erizos y cocolías. Carabine acortaba su estadía en la playa por un día completo.

Había tenido una noche de aventuras, me miró con esa complicidad que no requiere asentimiento de mi parte. Su locura era una fantasía que no toleraba dolor alguno: una llamada a papá con el teléfono rojo Fisher Price y las seguridades perdían sus temores, quedaban restauradas. Aunque Carabine, con su pelo ya blanco y barba también cana, la gorra de los Cangrejeros de Santurce 1954 espetada hasta donde dice la melena que Minerva levantaría según su vuelo, justo al atardecer, no es un temperamento melancólico: pasa de la paranoia y la rabia a un estado de entusiasmo parabólico en que sus locas anécdotas le hacen brillar los ojos, tan cómicamente pequeños. Aquellos ojos brillaban lo mismo con el pasto que con la ilusión del sexo. Canelo lo recibió ladrando; pero bastaba que Carabine le acariciara el lomo, sólo una vez, para que Canelo gimiera un poco y finalmente se callara.

—¿Cómo te fue?

—Anoche me tiré el culo más peludo que he visto en mi vida, mano...

—¿Más que el de Gina Lollobrigida?

—Mucho más, éste sólo compara con el de Iris.

—¿Cuántos contaste?

—Trescientos ocho, mano.

—Te tomaría mucho tiempo contarlos...

—Ya estoy impuesto.

—¿Conseguiste algo?

—De la buena, varón, una jibarita que me dejó atornillado a la banqueta de El Alambique. No me podía mover, sobrino. Mucha resina, men...

Carabine todavía le llamaba «El Alambique» a ese bar que en los setenta le dio fama a toda la playa, y que cambia de nombre cada tres meses. Quise vacilarme la cicatería de Carabine:

—Y usted no me va a tirar con algo de esa vainilla...

—El bicho mío, el bicho mío, tú sabes que ésta es mi cura pa'los nervios. No es como tú, que eres un jodido vicioso.

—Eres un maleante cabrón.

—Tengo hambre, mano, llévame a las mallorcas y te ayudo en lo que sea.

—¿Sabes abrir, volar cerraduras?

—Sólo de carros, las otras me confunden...

—Mamao que eres.

—No jodas, llévame a Kasalta, que Paco Sexo me tumbó cien pesos.

Cuando empezaba a hablar de aquellos robos imposibles se encontraba cercano a la manía de persecución. Mejor callarme y escucharlo. El resto del camino estuvo quitándose los zapatos, tirándose pedos y llenándome el Malibú 71 de arena. Canelo sólo ladraba con los pedos. Carabine sólo callaba cuando la playa aparecía entre esos condominios que han tapiado la vista al mar. Las olas eran para el Carabine una especie de catatonia instantánea. Nunca supe si el pasto lo llevó a la playa o ésta al pasto, pero el rumor de las olas era indiferenciable de lo que sonaba en su cabeza con el arrebato. No era un «sun sun» sino un «chas chas» que languidecía. Eso me había dicho el Carabine, haciendo alarde de su genio para la onomatopeya.

Llegamos a Kasalta a las once y media de la mañana. Saludé a todos los soñadores y ociosos —entre ellos no había presidentes de bancos— y pedí para Carabine una mallorca tostada con café; para mí una croqueta con cortado —segundo café del día— que Eduardo me sirvió con ese mal humor celtibérico que lo aflige a la hora de maitines. Ya llevaba cinco horas despachando pan y mallorcas, cortando el café más de la cuenta y recibiendo las quejas de los clientes; a las once de la mañana Eduardo ya sabía que la vida le había dicho que no, mientras que yo lo encabronaba un poquito más recordándole que anoche, cuando la mujer se acordó de dárselo, él ya no tenía con qué alegrarla. Oía todo aquello con cara de perro que ha perdido el olfato. Era su excentricidad no contestarme; resoplaba cuando yo intentaba sacarle la sonrisa.

Los filósofos del éxito estaban sueltos. Esa mañana había asistido casi la membresía completa del club Dale Carnegie, Tomás, Edgardo y José Francisco, a quien también llamamos Frankie. Tomás presidía alguna perorata suya sobre las mujeres;

a la vez que le pegaba vellones a Carabine, embromándolo sobre su conocido romance con Sofía Loren, se mantenía periférico, con la mirada atenta a todo pendejo que entraba. Parecía un anfitrión con el bacalao de la muerte a cuestas, el moribundo que también aspiraba a una compleja vida social. Había algo de tonto en aquel hombre que teniendo una pata en la tumba acicalaba tanto su vanidad.

Edgardo era un pintor de brocha fina con una gran carrera internacional en el principado de Mónaco. Todos nos preguntábamos por qué Mónaco. Era un feo con supuesta suerte para las mujeres, se plantaba en una actitud cool que era puro fronte, pues nadie podría ser más hiriente y bicha que él. Pensaba que el arte era cuestión de buen gusto, jamás hubiese podido comprender la diferencia entre Van Gogh y Armani. Era un ser lleno de rabia por su éxito de hadas, uno de esos huelepingas que se abotonan hasta el cuello sus camisetas de algodón piqué Polo. Su sitio de poder no es Kasalta sino el establecimiento de al lado, Dunbar's, donde recibe como si fuera el coanfitrión. Este tigre social, que en entrevistas ha dicho que su vida transcurre en jets entre Singapur y Mombasa, París y Tánger, que cuando habla de Julián espera que todos sepamos que se trata de Schnabel, esa mañana la había cogido conmigo:

—Manolo, estás gordo, desde que te mudaste pa' Río Piedras no haces ejercicio… No estás nadando, mira pa'llá esa panza.

—Me mantendría flaco si comiera tanta mierda como tú, so cabrón, triple feo.

Y de verdad que era feo. Había padecido de acné quístico y por barbilla tenía un letrero que decía mentón. La calvicie era quizá su principal atractivo para las mujeres, o serían esas gafas Oakley pasadas de moda, que usaba cual tapanotas de gatillero caco. Se decía que Edgardo traqueteaba con el excedente de perico del principado de Mónaco, él se hubiese ufanado de haberle untado dulce coco a la mismísima princesa Diana, en los gajos exteriores.

Ya ustedes adivinaron que me cae mal, porque esta especie de blanquito gregario, que deja caer apodos y primeros nombres como bolas de ábaco, contabilidad de su valía social, siempre me ha caído mal. Va a Dunbar's, a yuppielandia, porque está llamado a reconocer y que lo reconozcan, saludar y que lo saluden. Sabe del ritmo de la conversación en ese lugar lo suficiente como para ser escuchado, habla entre los compases del griterío que siempre hay en el lugar, inserta algún comentario que él piensa ingenioso entre la gritona que se caga de la risa y los gruñidos de yuppies con la corbata suelta. ¡Los viernes en Dunbar's!; parece que todo el mundo olvidó los gabanes en las perchas de las oficinas al salir corriendo por el terremoto; esto celebran con esas carcajadas estentóreas barnizadas por la testosterona. Edgardo dirige todo esto desde el podio. Su ego siempre necesita homenaje al momento de comenzar la digestión. En Dumbar's sólo pide arroz y habichuelas con tal de pasarse por macrobiótico y *trendy*, yo sé que es por la pelambrera que siempre tiene bolsillo abajo.

Frankie viste con las guayaberas, siempre manchadas de mostaza, que usó su padre en 1957. Es un rostro sanguíneo y también picado por el acné. El pelo canoso lo acentúa con las gafas de montura Oliver's People que no le añaden prosperidad, pues se las regaló la última viejaca cara que clavó. Frankie siempre tiene la cara velada por el recuerdo de la masturbación anterior o el aviso del estreñimiento inminente. De él se dice que es un pinga dulce con una pieza tamaño diez. A las once de la mañana va camino al segundo .05 de Xanax.

Hoy le ha tocado a Tomás preguntarme qué estoy haciendo; cuando le cuento a grandes rasgos mi brega, mencionando milagros pero no santos, se siente obligado a proclamar por el jodido micrófono: «Todas las mujeres son unas hijas de la gran puta, y si el día de las madres tienes la tentación de no pensar así, pregúntale a tu padre».

Siempre le pregunté a mi padre, justo; aunque esto dicho así, en ese tono monocorde, en ese timbre electrónico del micrófono, sonaba a pura sabiduría del oráculo de Delfos; Tomás era un alma que al no poder matizar se inclinaba a la sentencia. En aquellos momentos Tomás celebraba sus aforismos tanto como yo celebraba su cáncer; para ser un hombre perseguido por el silencio eterno bien que opinaba sobre todo, lo cual me irritaba. José Francisco me completó la mañana, ya estuve a punto de ladrar como Canelo:

—Estás muy gordo sí, ponte a rebajar, vas camino a la obesidad.

—Es el pasto, los munchies…

En esto Tomás hizo un súbito ingreso a la Real Academia Española de la Lengua.

—La menopausia de los hombres se llama andropausia, ¿no es verdad?

Esto me lo consultaba porque yo tenía fama de hablar bonito y don Jaime Benítez seguía siendo mi héroe existencial.

—Debe decirse «viripausia», porque «andro» sería la pausa de la masculinidad y no de la virilidad, que es lo que se les ha jodido a todos ustedes, que no se les para. Así que debe ser viripausia.

—El diccionario dice «andropausia».

—El diccionario está mal. No se dice femnopausia sino menopausia, o pausa del menstruo, de la menstruación. Cuando no se te para se ha liquidado una función, no una condición.

Con esto yo abusaba intelectualmente, descollaba en aquel palacio del fracaso.

Llamaría al socio de Jimmy luego de cruzar nuevamente el puente Moscoso e instalar al Carabine en su covacha. Se había molestado mucho con Tomás cuando éste cuestionó mi autoridad lingüística. Aproveché que estaba encabronado para consultarle el caso. Carabine tenía un lado del cerebro que funcionaba con un sorprendente rigor cartesiano. Cuando estaba contrariado este lado se le encendía aún más. Por feliz y mafufero Carabine parecía tonto; por encabronado y paranoico se manifestaba más lógico que Holmes, no John, sino el otro. Decía Chesterton que un loco no es el que pierde la razón sino alguien que ha perdido todo menos la razón. Ése es mi Carabine.

—¿Qué te parece? ¿Será difícil recuperar las cartas?

—Llámate al socio. Dile a la bicha que no puedes escalar; no vale los trescientos cohetes ésos correrte ese riesgo cabrón, y yo ni pinga miro para allá… Pero no le digas al socio que se trata de unas cartas de amor, mano… Todo el mundo huele esa carroña; la gente vive encojonada con eso…

—¿Y qué le digo? Le digo que busque qué cosa…

—Mira a ver si negocias que tú buscas y él te vigila.

—Querrá saber lo que tienen esas cartas…

—Dile que se vaya a coger por el culo, posiblemente eso es lo que le gusta al viejo cabrón ése.

Otra característica de Carabine: saltaba del razonamiento lógico a un estado de irresponsabilidad afectiva, le importaba tres pedos que yo tuviera éxito en mi investigación; antes de perderse nuevamente en las brumas de la estulticia, me dio un buen consejo:

—Ponte a buscar esas cartas a más tardar mañana, mano; si el socio ése se muere te pusieron a resolver contra el reloj. Eso es lo que hay, un tic tac en tu cabeza que yo no quiero escuchar, men; se me alteran los nervios. Me voy pa'l carajo de nuevo, pa'la playa. Yo escucharía ese tic tac y está cabrón… No puedo con eso, varón, no puedo con eso.

—Tranquilo, Carabine, tranquilo.

Antes de salir para el hospital —estaría allí de cinco a seis de la tarde— llamé al socio de Jimmy. Se llamaba Antonio Machuca, le decían Toño, lo cual no era para mí buena recomendación. Su voz sonaba afeminada, como si hubiese tragado mucha flema y tuviese continuamente que aclararse los tonos. Otras veces sonaba pedregosa, mamabollo, parecía un golpe de escombros bajando por una canaleta; me pregunté si el fulano tocaba la flauta para tragarse la melodía. Pero eso no era lo peor: era una voz, pensé, intervenida por la ironía; a veces esa estática volvía borrosa la imagen del hombre, entonces yo sabía que estábamos camino a un cinismo hiriente, de resentido en cruzada contra el mundo. Había gran fatalidad en aquella voz, que por momentos era capaz de estallar en una loca risa de cabra. Me interrogó malamente, entonces supe la dificultad de la encomienda, casi le tuve que explicar el motivo de mi llamada; con aquel fulano siempre estaría un paso atrás, me dije; accedió a reunirse conmigo en Los Chavales, el restaurante de la avenida Roosevelt, a las seis y cuarto. Todavía no era pleno otoño y atardecía hacia las seis y media, me aseguró. Cuando dijo esto añadió que ésa era la hora en que Jimmy se tomaba el primer martini; aquí fue donde se rió como una cabra. En aquella voz había algo maligno.

Llegué a las cinco y cuarto. La Yvette me plantó cara; como yo era el único capaz de sacar a Jimmy a su paseo vespertino, ya empezaban a considerarme su enfermero. Entré a la habitación y allí estaba Maritza, la enfermera. A Maritza ya se le iba notando la familiaridad, sus negocios con la pelona, sabía de ese precipicio sin fondo mucho más que cualquiera de nosotros. Pero, cosa curiosa, no había ni indicio de amargura en ella. La muerte era simplemente un camino con muchos hoyos; sobre la otra vida ella no opinaba. Era del lado de acá que ella sabía algo; puedo decir que era experta en los temperamentos de la muerte. Cuando le pregunté por aquel gesto de subir los brazos y dejarlos caer, Maritza me sonrió; su tez café con leche, las facciones diminutas que la hacían verse más joven de la cuenta, se le iluminaron en una sonrisa que se le fue a los ojos. Éstos le brillaban mientras me decía que se trataba de una súplica. El cuerpo lo hacía, no importase que usted creyera en Dios o no. Muchos hacen esa súplica me aseguró Maritza. Es el cuerpo descreído de su propia mortalidad, pensé yo. «Ya se está preparando», añadía Maritza.

Y yo necesitaba que Maritza nos dejara solos; había algo en aquella buena mujer que era capaz de entender sin que mediaran palabras. Salió de la habitación en la certeza de que mis funciones estaban a mitad de camino entre el cura y la policía. Me sonrió. Alcancé a fijarme en aquel pelo azabache y muerto, suelto en melena que le bajaba por toda la espalda. Aquella dulce mujer era una jodida sacerdotisa arahuaca taína.

Aunque Jimmy estaba con la mirada perdida en las grandes puertas de marfil, le hablé al oído pidiéndole, por favor, que tratara de recordar dónde había puesto las cartas. Me miró de soslayo, como si le apestara mi aliento. Me sonrió. Entre nosotros crecía una loca ternura; por aquel hombre yo sería capaz de iniciar este viaje a la región por la que ya habían transitado mis padres, algunos amigos entrañables. Ayudar a bien morir era una de mis vocaciones inconfesas.

Pero aquella tarde esta nueva justificación de mi vida tropezó con el desamor de Yvette, quien ahora estaba en el dintel y miraba a su marido con una mezcla de repugnancia y rabia; repugnancia porque estaba enfermo, rabia porque no tenía a quién romperle las pelotas, porque Yvette era la típica boricua: necedad por fuera y veneno por dentro.

Me miró con severidad: ¿qué hacía yo que no sacaba a Jimmy a pasear? Era más blanquita que Jimmy, sin duda, en ella había aquel repentinismo que conocí por vez primera con el alacrán de mi madre, quien trató a mi padre, toda la vida, como un alcahuete con uniforme de mensajero. Los cuernos que le pudo haber pegado el pobre de Jimmy estaban justificados. Aquella mujer tenía la alegría de un manual de instrucciones. Era el tipo de hembra que siempre devolvía el cenicero *a su sitio*. No estaba hecha para la felicidad sino para la decoración de interiores. A todo esto, esa jodida complacencia en su papel de esposa abnegada… Miraba a Jimmy con la ternura de un radiólogo.

Cuando por fin pude bajar a Jimmy de la cama —esta vez miró las chinelas como si fueran un chiste, le quité aquella sonrisa de idiotez espetándoselas con rabia—, Yvette empezó a fijarse en pendejadas. Su marido se ahogaba en el olvido eterno y ella se fijaba en que la bragueta de la pijama estuviese cerrada. No se acercó a cerrársela; lo tuve que hacer yo. Arelis seguramente se hubiese acercado. Quise alejarme todo lo más posible galería abajo; pero cuando le presté las gafas Ray

Ban tapanotas, Yvette me ordenó que le consiguiera otras, que aquéllas no le quedaban bien. Las mujeres de esa calaña jamás se enteran de las dificultades de la vida; eso se lo dejan al marido. Me iba sintiendo como Jimmy se sintió una vez ante aquel monstruo.

Galería abajo me aferré a un cariño que ahora se convertía en amistad. Jimmy quiso hablar. Tal parecía que dormitaba, por largo rato hizo sonidos con la boca y la garganta, como los que hacemos antes de dormir el sueño largo. Supe que deseaba decirme algo, con una ansiedad que lo mantenía moviendo la cabeza, como si afirmara y negara a la vez. El cerebro no le daba permiso. Finalmente pudo.

—¿Hablaste con Arelis?

—Sí, anoche; ella está bien. Preocupada por ti.

—Dile que lo siento.

—Debes decirle que la quieres, mano…

—Dile que lo siento… Lo del celular.

—Ella entiende.

—No podía prenderlo.

—Ella entiende, tranquilo.

—No sabes lo mucho que lo siento.

—Piensa en dónde están las cartas.

—No sabes lo mucho que lo siento, y tampoco sé eso, lo que me preguntas.

—No tenemos mucho tiempo.

—Tú crees… Los médicos ya me desahuciaron… ¿No es así?

—No hombre, tranquilo, es que hay que encontrarlas.

—A ella le importa mucho.

Se le alojó un taco en la garganta y se le aguaron los ojos. Entonces me pidió que nos detuviéramos. Bostezó largamente y entonces se quedó extasiado con el diseño de las losetas bajo sus chinelas. Aquel cerebro había perdido la costumbre de sentir, por lo que todo le resultaba asombroso. Muy de vez en cuando el mundo se volvía familiar, Jimmy recordaba los vínculos con su pasión. Pero ésta permanecía como encapsulada, nada porosa; hasta él no llegaba urgencia alguna. Jimmy era un blanquito perla; lo poco que había conocido de él me olía a jodedor; aunque ciertamente había un caballero en él: Cuando veía la pasión distante, sin brillo ni fulgor, allí puesta en el plafón del salón de baile abandonado y a oscuras, pedía perdón. Si la consideración es el comienzo de la caridad, y Jimmy estaba más allá del amor, al menos no había perdido los buenos modales.

Ya después de devolverlo suavemente a la cama, y arroparlo, Jimmy me sonrió como un niño que espera la bendición. Tenía que llamar a Arelis, la necesitaba; porque no bien empecé a despedirme me llovieron las peticiones de Yvette: que le consiguiera unas chinelas nuevas porque aquellas se veían muy feas, que le consiguiera otras gafas Ray Ban porque las mías de aviador le parecían cafres. Algo extraño y perverso había en aquella mujer que asumía como dada la servidumbre del resto de la humanidad. Entonces me conmovió la soledad de Jimmy. Me pregunté si aquella cabrona sería capaz de visitar las tiendas con tal de complacer a su marido moribundo.

Entonces, casi a punto de despedirme, noté que Jimmy había substituido el gesto de los brazos por unos chasquidos con las muelas. Ahora no era un niño que esperaba la bendición sino un hombre que sabía que ya pronto le apagarían la luz del cuarto. Jimmy pasaba de la resignación a la ansiedad, como quien recuerda la gravedad de lo que está pendiente. Entonces permanecía inmóvil, esperando que pasara la sombra de su ángel.

El fulanito de la cara redonda, el buscón que me husmeó durante todo el trance vespertino, se acercó, me detuvo, me preguntó quién yo era y qué hacía allí. Le dije por lo bajito, entre dientes: «Lo mismo que tú, y suéltame antes de que me ponga bravo. Tú no querrás explicarle a toda esta gente aquí a lo que te dedicas… Se me suelta la lengua, te lo prometo, si me sigues jodiendo».

No tenía ni puta idea de todas las intrigas de aquel cabrón, tampoco sabía bien qué hacía allí, o a qué se dedicaba; ahora bien, huelo la culpa como quien sabe del pecado. Al momento me soltó y me miró con dureza. Habíamos postergado un cocoteo.

Era un hombre de poca barbilla, cara redonda algo infantil que con la madurez se había derretido en arrugas; éstas eran más las señales de su decadencia que la evidencia de un alma agónica; aquel fulano le había puesto un soberano *que se joda* a lo que le restaba de vida. Era calvo, con la coronilla casi rapada; el pelo canoso le formaba una pelusa transparente. Morocho, mulato claro, con un poco de sol, su color podría confundirse con el de un envejecido jodedor playero que ha soñado más allá del rendimiento de su próstata, uno de esos comenenas, con panzas colgantes y bikinis hueveros. Pero Toño Machuca no era uno de ésos; hacía décadas que no iba a la playa, jamás le hubiese comprado dulce coco a una nena a cambio de una hueliíta. Era un hombre de la sombra con una particular aversión por el ejercicio. Su panza cirrótica le abría el gabán con un cuidado desparpajo. El color de la piel se había vuelto cenizo a causa del poco sol; se pensaba un caballero; con una fallida vocación para el bronceado playero, añadía yo.

Cuando me citó a Los Chavales me reveló parte, sólo parte, de su vocación lucífuga. Diría yo que escogió aquel bar porque su socio iba camino a las sombras y él no salía del armario; nos sentamos y se me insinuó ese narcisismo que identifico con la gente cruel. Ya eran casi las seis y media de la tarde de un martes y aquella barra se poblaba de ejecutivos y abogados camino al alcoholismo y un divorcio tardío. A diferencia de Dunbar's, nadie se quitaba el chaquetón, nadie se soltaba el nudo de la corbata. Eran borrachos convencidos de su respetabilidad.

Exceptuando las malditas botellas, la barra también estaba a oscuras. Aquéllas eran iluminadas por unos focos redondos colocados dentro del plafón falso; también eran iluminadas desde abajo, por detrás de la estantería. Era un orgullo del lugar aquella atención a las botellas, como si se tratara de insistir, lo más posible, que el sitio era a la embriaguez lo que un altar a la religión. Era el solaz de estar cerca de un Dios lo que allí se respiraba. La melancolía y desolación del lugar sólo eran parte del daño ambiental.

Nos sentamos en una de aquellas mesas colocadas en las penumbras del lugar, muy hacia el fondo, donde remata la barra y está la entrada a los baños. En vez de sillas eran butacones de cuero repujado; aquella cueva de borrachones tenía la ambición de un club inglés. Eran asientos para arrellanarse a beber. Había en el lugar un orgullo en el oficio de la catatonia alcohólica. Era evidente: la puerta que daba a la barra —había otra para el restaurante— tenía una mirilla, y nadie sabía por qué; de todos modos, según Toño Machuca, Jimmy marcaba el paso del tiempo crepuscular por la cantidad de luz que entraba por aquel agujerito. Nunca se iba antes de que se apagara la luz de la mirilla; entonces sabía que afuera era de noche, y su cerebro, que nadaba en el quinto martini, sólo así podría enfrentarse a la domesticidad.

Toño se reía de todo esto como una cabra; entendí que parte del encanto del lugar era haberse convertido en una especie de escafandra para la medianía de edad. Aquí, precisamente aquí, viajaríamos en el conocimiento de la propia pendejez. Era una cápsula espacial en fuga de la cotidianidad, un fumadero de ilusiones inconclusas, la pecera de donde ya nos rescatarían para el ahogo definitivo. Aquella luz irreal, blanca y a la vez fría, era para ellos una soledad compartida con la mudez de las botellas. Descenderíamos, en aquel submarino, a muchas leguas de nosotros mismos. Era un sitio de perdición para gente con la American Express Gold.

Toño Machuca, lo mismo que Jimmy, era un consecuente bebedor de martinis. Luego de una larga perorata sobre las virtudes de aquella bebida, insistiendo en que el tercer martini era la felicidad y en el cuarto comenzaba un corto camino a la tristeza, Toño buscaba colocarse en ánimo de negociación. Parecía como si ya olfatease el asunto; aquel hombre era un cínico natural, se regustaba en confirmar sus peores intuiciones sobre la naturaleza humana. Su avidez para entrar en el corazón de la materia seguía salpicada con la mierda sobre los martinis; me aseguró que el martini de Los Chavales era el mejor, seguido por el del Banker's de San Juan. Ya no pudo más e indagó. Los ojos le brillaban; era un lobo camino a su presa.

—Joven, ¿qué se le antoja?

Era una condescendencia jodida. Me irritaba esa costumbre de establecer ventaja con el *seniority*. Con aquella conversación yo iba camino a sacarme una muela. Me consolaba que él fuera camino a la vejez; visto de cerca su semblante parecía una toalla de mondongo. Aquel hombre me causaba repeluzno.

—Se trata de su socio.

—Está bien jodido, ¿no es así?

—Parece que sí. Ya están hablando de un oncólogo.

—Es muy raro. Hasta el otro día estuvo trabajando.

—C'est la vie… Hoy está metido en tremendo problema.

—¿Cómo puedo ayudar?

—Es algo de su vida personal…

—¿Íntima?

—Sí; algo bastante espinoso.

—Jimmy, Jimmy, Jimmy, el colmo de la discreción…

Esto último lo dijo con poca testosterona. Noté esa rabia que no se percata de sí misma, una insatisfacción con el otro en todo caso, el desamor que no se cumple del todo.

—Voy a los hechos.

—Es el orden… Por lo menos en corte…

A él le trajeron el martini acostumbrado. Me revientan estas barras con deferencias a los borrachones consuetudinarios; pero ya les dije que este bar tiene una ambición inglesa, la ilusión de ser un club de iniciados. Pedí un Black Label por aquello de unirme al esnobismo del lugar, pero no pensaba probarlo. Toño prendía un Salem —lo cual es para mí la peor recomendación– y contemplaba la copa de martini, la palma de la mano abierta con gran premeditación y titubeo sobre el palillo de la aceituna, como si se tratara del primer cáliz.

–Recibí esta misteriosa llamada de una mujer. Sólo conozco su voz. No la he visto ni tampoco me he entrevistado con ella. La mujer quiere que yo le consiga unas cartas... Parece que están escondidas en algún sitio dentro de la oficina de Jimmy.

–¿Qué tipo de cartas?

–No sé... La fulana no me dijo.

–Su corteja...

–No lo sé con certeza. Supongo.

Me trajeron el Black Label. Sin duda Toño iba camino a la felicidad; pidió el segundo martini y sus comentarios ya insinuaban la irresponsabilidad del borracho. Yo me aferraba a mi Black Label –siempre pido esta marca cuando otro paga– en la esperanza de que Toño sazonara su felicidad con un grado de discreción, que es como pedirle a un muerto que no apestara. Por un rato se sintió un silencio entre nosotros.

–No bebe.

–Prefiero olerlo; últimamemte es mi afición cuando visito barras. Tuve un amigo que dejó de beber y se mudó a Vieques, donde hay más bares que en ningún otro sitio... Le comenté que era como practicar el celibato en una orgía. Insistió en que no hay mayor incentivo para la sobriedad que ver a alguien emborracharse... Añadí que oler el alcohol me bastaba.

–Podría pedir algo más barato.

Antes de poder ripostarle a la bicha de Toño, éste quiso apresurarse con una entrada en materia:

–Mire usted el Jimmy... Le saltó la chilla. Ahora recuerdo que una vez hubo una llamada a la oficina que lo descuadró. Estoy en shock...

–¿Cuándo fue esa llamada a la oficina?

–Hace años de eso... Hasta las secretarias se dieron cuenta.

–Sí; viene de atrás.

—Yo soy su amigo, jamás me dijo o me contó nada.

—Quizá por un extraño respeto a su esposa… Es un hombre discreto.

—Que se lo traga todo… Tal parece que vivió un embuste, ¡su matrimonio ejemplar con la Yvette!

Entonces fue que noté la antipatía de este hombre hacia la viuda inminente. La rabia era manifiesta; había bronca entre aquellos dos.

—La fulana, ¿está casada?

—Eso no lo sé. Pienso que sí, pero, en fin… Lo importante es salvar a la viuda de una situación… Eso mismo, que descubra que todo fue un embuste.

—Ese brete, ¿duró mucho?

—Ya le dije; lleva años con la otra… Parece que buena parte del matrimonio con Yvette.

—¡Qué lío! ¡Qué pedo!

—También los hijos… No es bueno que esos muchachos no tengan la mejor impresión de su padre, ¿no cree?

—Sí, sobre todo para Jaimito… Estoy en shock, y déjeme decirle, un poco molesto con Jimmy. Fuimos amigos toda la vida.

—Sobre todo socios, y por lo que me han dicho usted fue como un padre para él. Usted le enseñó la profesión.

—Uno siempre piensa que es especial para la gente.

—Es muy difícil hacerle ese tipo de confesión a un padre.

—La carne, la carne… ¡Qué espanto es la vida y qué gloria es vivir!

Esto lo dijo brindando con el martini. Toño era, por lo visto, un borracho lúcido, alguien que siempre apreció la sintaxis superior de algunos beodos. Entonces la testosterona en decadencia daba paso a un estrógeno florido, era substituida por esa cursilería que pretende convertirse en ingenio. Toño, sin embargo, no delataba sentimentalismo alguno en la voz. Parecía divertirse muchísimo, todo aquello le llenaba el corazón de una alegría perversa. Sus lágrimas eran de cocodrilo, quizá de lagarto, sin duda de animal de sangre fría.

—De todos modos necesito entrar a esa oficina, rebuscar entre sus papeles, abrir el escritorio.

—Eso lo haría yo.

—Ése fue el compromiso que hice con la fulana.

—Lo siento por usted; pero ésa es mi oficina, también la de Jimmy, ciertamente no la suya.

Negociaba con la dureza de los débiles. Había cierta crueldad en su negativa. Era cicatero quizá porque el mundo lo había recibido con una fanfarria de negaciones. Le gustaba decir no porque alguien le había negado aquel sí original.

—En todo caso yo busco y usted me vigila. Usted tendrá las llaves del escritorio.

—No es así. Cada quien tiene su propia cerradura, tanto para el escritorio como para los archivos... Aunque, pensando en una situación como ésta, deberíamos tener un solo juego de llaves. No sé dónde podrán estar sus llaves... Pero, tranquilo, conociendo a Jimmy seguramente dejó abierto el escritorio. Y ahora mismo sólo estoy en ánimo de otro martini.

Era el tercero. Noté la euforia en sus ojos. Esta vez el cuarto no le traería tristeza. Aquella noticia del brete de Jimmy había sido la gran diversión de al menos sus últimas dos décadas.

—Podemos hacerlo así, yo rebusco...

—No.

Esto lo dijo triunfalmente y con cierta rabia propia del alma femenina.

—Nada, como usted quiera; el asunto es conseguir esas cartas, antes de que Jimmy...

—¿Muera?

—Usted lo dijo, no yo.

Aquel hombre disfrutaba de la alegría del ligón; era el llamado a sólo mirar la vida. Era el lisiado que contempla la carrera.

—Averigüe si es casada. Estoy casi seguro de que ésa es su ansiedad; a eso se deben sus nervios.

—Es posible. Lo he pensado un poco; no creo que sólo sea el celo de salvarle la reputación a su amante, o la ilusión a la viuda.

—Por alguna razón esas cartas no pueden caer en manos con malas intenciones… ¿No es así?

—Hay algo de eso.

Me sentí inmaduro, infantil; el viejo me había clavado. Le había dado casi toda la información, al menos lo que yo sabía, a cambio de nada.

—Me comprometo a encontrar esas cartas.

—El tiempo corre. Hay prisa.

—No crea. Para este tipo de asunto sólo hay premeditación, esmero… Estas cosas hay que cuidarlas.

Aquellas palabras me sonaron amenazantes. Noté cierto sarcasmo en su voz de cabra. De nuevo olí la sangre fría. Aquel arreglo no me gustaba. De hecho, no me gustaba para nada.

Salimos juntos. En el estacionamiento de Los Chavales se oían las voces estentóreas de los borrachos. Uno de ellos se había arqueado a vomitar al lado del auto. En mí se había desplazado la tristeza del cuarto martini y el aroma del Black Label no me había remediado. Pensé en Jimmy y pensé en Arelis. Necesitaba escuchar la voz de Arelis y entendía que Jimmy había llevado aquel romance como quien anhela el Santo Grial. Ésta era la imagen: Jimmy con la calvicie de la trepanación, algunas guedejas bajándole de la coronilla hacia la nuca, ya un poco idiota, alzando las manos al cielo, imaginándose, entre palma y palma, la figura de un cáliz deslumbrante. Era una imagen exagerada y cursi, pensé. A Jimmy ya no le olían ni las azucenas y Arelis era simplemente una voz en el teléfono. Hasta ahora, en este caso, sólo había conocido el recelo y el desamor. Además, cómo era posible tanto cuido, tanta nostalgia, de algo que transcurre en el sitio de las pestes, del excremento. Era incomprensible para mí. Para Toño Machuca era causa de rabia.

Lo seguí. Tomó ruta hacia la avenida Ponce de León, lo que me extrañó. ¿Dónde vivía el viejo? Tenía que ir hacia su casa, pensé. A la altura del garaje Scharneco, en ese chaflán donde confluyen la avenida Borinquen y la Ponce de León, el proletariado de Barrio Obrero con los comemierda de siempre, allí se detuvo en el semáforo. Después de haber cruzado el puente Martín Peña a cierta distancia, porque sospeché que miraba por el retrovisor, aceleré el Malibú para no perderlo. Ese sector de Santurce siempre está a oscuras, desolado, cual funeraria de gente pobre. El Cadillac Seville de Toño Machuca no debería ir tan despacio en esos semáforos poblados por el miedo al crimen, al tumbe que salta de las sombras. La rusticidad de los anuncios y rótulos del lugar avisan que estas calles son tercamente diurnas, nadie se atreve a caminarlas de noche. Ni siquiera un drogadicto, en la despreocupación a causa del sida, se aventuraría por aquí con el cambio que busconeó en el semáforo durante el día; a esta hora, en este barrio, todos nos convertimos en corderos, aun el más calcuto de los tecatos, también el más zombi de los vagabundos.

Dobló en Scharneco y subió por la calle Sagrado Corazón. A mitad de calle reconocí aquella casa de madera con dos pisos, el martillo tendido hacia atrás, la techumbre de cinc a cuatro y dos aguas. La casa estaba perfectamente abierta a las brisas de esta parte de Santurce –justo donde subimos la primera cuesta de este barrio compuesto de tres grandes colinas– mediante galerías y balcones. Estuve en ese sitio, en esa casa, durante mi infancia, espero no haberlo soñado, vinimos desde Ponce. Tiene que haber sido la parentela, o los conocidos de mi madre; era ella la de las aspiraciones sociales. Por todos lados se entreveía la antigua majestuosidad de aquellas mansiones diseñadas en el estilo renacimiento español de los años veinte y treinta. Ahora todo había venido y llegado a menos. Aquel barrio era dominicano; las antiguas mansiones eran laberintos de habitaciones para hombres solos y parejas proletarias con muchas crías. La pobreza había dañado la antigua elegancia del lugar; ahora todo lucía en vías de ser arrasado por especuladores y caseros. Toda una clase social se había mudado de allí; atrás no dejaron ruinas sino la desolación de lo violado.

Machuca dobló a la derecha y decidí seguir recto después de ubicar su casa, estacionarme más abajo en la calle. Me lo encontré a la izquierda, aparentemente no me había visto, tocaba bocina con insistencia. Su casa era una de aquellas mansiones californianas venidas a menos. Era de dos plantas con escalera central; arriba la fachada remataba en sendos balcones. Ahora Machuca que empieza a tocar bocina con rabia. No puede entrar al garaje. Tendría dañado el acceso electrónico. Por el retrovisor vi cuando bajaron. Aunque Machuca estaba demasiado eufórico como para percatarse de mi presencia, los otros podrían descubrirme; un Malibú 71 es como herpes en labio de monja.

Era un hombre de algunos treinta y tres años. Usaba chancletas playeras, pantaloncitos cortos Adidas y camisilla. Yo miraba por el retrovisor. Era negro, más bien mulato oscuro, perfil algo aguileño y un peinado afro bastante pasado de moda. Tenía una argolla grande en la oreja izquierda. Usaba espejuelos. Lucía prole, un tanto marginal, me sorprendió su presencia en aquella casa. Abrió el garaje y Toño entró el auto. Entonces bajaron dos niños, una nena y un varoncito, ambos descalzos, él con el aparato por fuera y ella en «pantycitos». El niño usaba camiseta mugrienta, esto último adivinado porque por el retrovisor ni cojones saberlo. Entonces bajó alguien que supuse era la madre de los niños. Ella estaba encinta, ya con batola; también usaba chancletas playeras.

Toño Machuca se bajó del automóvil y abrazó a la nena con un cariño especial; esto lo pude advertir aun a esa distancia. Aquella era su familia. Extraña familia. Aparentemente hacía algún tiempo que no se veían. Era como si el Condado o Miramar se hubiese mudado a Villa Palmeras o Barrio Obrero, aquel perverso maridaje de Toño con una familia lumpen me puso los pelos de punta. ¿Quién era aquella gentuza? ¿Por qué se rodea con esos títeres? ¿Qué parentesco tenían esos cafres con el viejo? Pronto me enteraría. Pero entonces sentí que se me volteó el estómago ante la posibilidad de una extorsión. Pero esto fue un pensamiento loco. Soy quisquillosamente clasemedianero y con los títeres fácilmente paso del conocimiento al asco. La calle siempre me ha provocado esa mezcla de fascinación y cagazo. ¡Qué hacía con aquella parentela un caballero criollo que podía diferenciar entre un gibson y un martini!

Lo decidí justo allí y entonces: Regresando de Monteflores pararía nuevamente en Los Chavales. Tendría que conocer más sobre aquellos dos hombres, Jimmy Sarriera y Toño Machuca, cuál era el vínculo entre ambos. Quizá, a la postre, no era tan difícil adivinarlo: Ambos eran, obviamente, hombres de esqueletos colgando dentro del armario, gente de cálidos, tibios secretos, cortantes vidas dobles, candidatos ambos a una carrera en el jodido espionaje internacional, coño. Como muchos espías, agentes dobles, detectives y facilitadores de todo rumbo y más manejo, gente que manipula la duplicidad, la falta de integridad, eran aficionados al alcohol. Ambos reconciliaban, de este modo, aquello que los hendía por el medio. Pero uno de ellos vivió más solitario que el otro. El esqueleto de uno de los armarios era menos carroña, apestaba algo menos que el otro.

Volví a Los Chavales. Ya estaban por cerrar. Un martes por la noche no es ocasión de entusiasmos etílicos, al menos, no para los aficionados, porque los profesionales nos preciamos de sólo usar el Listerine como chaser por las mañanas. Quise indagar con Freddy, el bartender. Se vanaglorió de no haber tenido otro trabajo como cantinero, llevaba allí muchos años. Él, mejor que nadie, conocía la amistad de aquellos hombres; por lo menos, sus debilidades más notables. Me aseguró, con un acento de jíbaro recién llegado de la montaña, en la convicción de esa superioridad que cultivan los cantineros, al permanecer sobrios mientras sus clientes se abomban, que llegaban tristes y se marchaban al borde de una euforia suicida. Freddy hablaba con las cautelas del campesino; era taimado y a la vez gustaba del chisme, cagar a los bebedores; se pensaba con un conocimiento privilegiado, tenía la sobriedad del resentido: «Los dos beben. Los dos beben muchísimo».

Sentí unas ganas enormes de fumarme un Camel. Halé por uno a pesar de la oncofobia que me asediaba. Aquel humo bajándome por los alveolos me aliviaría la ansiedad de confrontar a este mulato de buena cabellera y rostro curtido por una infancia de pies descalzos. Cuando le hablé de lo que le pasaba a Jimmy quiso lucirse como perspicaz e ingenioso; esta última ambición era parte de ese mimetismo consecuente que cultivan los cantineros. Insistía en servirme un trago por la casa; me sorprendió que hiciera esto con un desconocido. Pero el hombre era un *snob* vicario; se consideraba anfitrión. Por más que le hice el cuento de cómo yo bebía ahora con el olfato, me sirvió un White Label: antes pagó Toño, ahora pagaba el cantinero. La vida me llamaba a beber.

—Lo mismo que Chucho Zegrí.

—Lo conozco...

—Sí, pues Chucho es un fulano que viene mucho aquí. Nunca bebe. Dice que se bebió su cuota. Se sentaba mucho con Jimmy y Toño, en una época... Luego se pelearon... Jimmy, el hombre de los martinis. Siempre tuvo el récord de martinis en esta barra. Una tarde llegó a tomarse nueve. Alguien que toma así no es feliz; al menos, quiere llegar a la cama sin detenerse en la mesa, comer con la doña.

—Y no pretende, borracho como está, fututearse a la mujer, no es así Freddy...

Aquel palo nariz arriba ya me iba llegando. Lo supe por lo confianzú que me había puesto con Freddy. Apenas lo conocía de hace un rato, cuando nos llevó la primera tanda de tragos a la mesa. Toño me lo explicó: la primera tanda siempre la servía Freddy; era la tanda en que el anfitrión recibe a los caballeros; para las otras, las de los borrachones, bastaba con mandar a los meseros.

—Sobre todo eso, no fututear con la mujer. Es lo que separa a los aficionados y abusadores domésticos de los profesionales, porque mire, compay, en ese estado usted simplemente ruega no despertarse a las dos de la madrugada... Es gente que hacen lo indecible por no llegar a la casa. Es gente triste.

—¿Vino aquí con alguna mujer?

—Nunca.

—¿Estás seguro?

—Aquí no vienen mujeres. Si alguien trae un cuero, un cohete, si alguien se atreve a fletear borracho, mire, don, los otros sí que lo miran mal… Y el Jimmy menos. Jamás lo vi aquí con una mujer. Ese sí que respetaba las cosas de aquí.

—Obediente con las reglas del lugar dirías tú…

—Si lo quiere poner así, aunque, mire, nadie daba más candela en este sitio con la bebida que Jimmy. En una ocasión acababa de comprarse un BMW 740. Estaba tan borracho que se lo metió de frente a la pared del fondo del estacionamiento y siguió acelerando. Jamás he visto a nadie tan ciego con el alcohol. Se quedó ciego, mistel, se quedó ciego. Hasta yo salí. Lo sacamos del auto y llamamos a la mujer. Cuando ella llegó Jimmy estaba roncando.

—Ése fue el día del récord.

—Posiblemente, ya no me acuerdo.

—Salía de aquí a qué hora…

—Ya de noche, siempre de noche; no hubiese podido ser de otra manera. Hasta que no se anestesiaba no se iba.

—Nunca te confió un secreto.

—Él era todo un secreto. Lo mismo que Toño Machuca. Es esa gente que mientras más los conoces menos te los imaginas… y terminas sabiendo menos que el billetero ese…

Al final de la barra había un billetero. No quise mirar para allá so pena de que me asediara con sus números y sus teorías consabidas sobre la buena fortuna. Aquello último que me dijo Freddy no lo entendí del todo. Supuse que Jimmy y Toño gustaban de jugar números de lotería. Freddy tiene el conocimiento de quien observa sin tener que describir.

—Yo no le dije que hablara con el socio.

—Un momentito, usted me empleó para que le consiguiera las cartas; cómo las consigo es asunto mío, doña…

Tuve que ser firme, saqué cierto tono aprendido en la calle Loíza. Pero eso me creó cierta desazón. Cuando escuché aquella voz, la verdad, hubiese preferido que no me ladrara. Sus tonos bajos eran aterciopelados; aquella mujer parecía hablar con el aliento de su vagina. Temí que ya pronto el muñeco se levantaría al sentir aquella caricia profunda de sus amígdalas. El enfado era en ella una invitación a la cama. Eso me dijo el muñeco.

—Por cierto, ¿de qué diantres son esas cartas?

—Bueno, bueno, podría imaginárselo, no… Ya le expliqué; ¿no le dije?

—Son comprometedoras, ¿verdad?

Aquí le corrí un poco la máquina. Tomarle el pelo era algo perfectamente legítimo para alguien que deseaba ponerle las campanas a doblar sobre la nies.

—Mucho. Sobre todo para una mujer casada…

—Son cartas de amor, ¿no es así?

Hubo un silencio. Me sentí atrás. Aquella mujer no me estaba revelando todo el enredo. Tuve el presentimiento terrible: no había manera de alcanzarla, era más astuta que yo. En mi caso casi todas las mujeres, excepto mi abuela, lo han sido.

—Sí, son cartas de amor.

—Esas cartas que se guardan en un cofre de pajilla, ¿no es así?

—No sea cínico.

—¿Y por qué no quiere que el socio las manosee?

—Toño siempre fue un resentido, alguien a quien la vida le pasó por el lado. Jimmy era muy romántico.

—No hables en el pasado absoluto. No se ha muerto.

Aquel tuteo de mi parte me perturbó. Me sentí vulnerable, como un empleado tratando de congraciarse con su jefe. Mala cosa para alguien que pretendía tirársela.

—Por lo que usted me cuenta tampoco está vivo.

—No sea pesimista. De hecho, pienso que ya mismo, tan pronto lo den de alta, puedo concertar un encuentro, ustedes solos, en algún sitio chulo… Todo muy discreto, créame… Cada vez que le menciono esto, Jimmy sonríe.

Más silencio. Aquello último fue una mentira, no sé si piadosa. Arelis se lo olfateó. Prefería callar; era una dama que no se descuidaba con sus cartas, las del amor y las otras, las del póquer.

—Esas cartas de amor, las escribía usted o él...

—Todas esas que usted está buscando son de él.

—¿Y por qué tú no tienes lo que él escribía? Es lo lógico.

—Jimmy siempre fue muy desconfiado. Me las pedía de vuelta. No sé, pensaría que en algún momento, si peleábamos o nos separábamos, irían a tener a manos de la mujer... Él era así.

—Ya veo... Pero no pude conseguir otra cosa...

—No lo entiendo.

—Que tuve que hablar con el socio. No hay otro remedio. Tampoco puedo entrar a la oficina.

—Las busca Toño y se las entrega a usted.

—Positivo. Eso es así.

Con aquello último me pareció que ya yo hablaba como un jodido guardia de tránsito a punto de dar una multa por exceso de velocidad. La única diferencia era que esta vez yo era el volteado.

—Ha conseguido usted el peor arreglo.

—Pero Toño siempre le fue leal, ¿no es así?

—Jimmy le debía su carrera a Toño. En el viejo bufete, cuando Jimmy entró recién graduado metió la pata en un caso y eso le costó veinte mil cohetes a los socios. Si no hubiese sido por Toño, pues ¡fuera!, lo habrían botado... Jimmy era muy sentimental. Nunca lo olvidó.

—Agradecido, ¿no?

—Sentimental. Si en algo yo coincido con la mujer de Jimmy es que Toño es un vividor, una rémora. Jimmy hacía todo el trabajo, el otro tomaba martinis.

—En Los Chavales... ¿Quién es el fulanito ese de cara redonda y bigotito?

—Otro vividor. Pero ése es el peor enemigo de Toño. Es un intrigante... Apenas lo conozco... Sólo sé de él por lo que me decía Jimmy. Hacía trabajos de paralegal y era su alcahuete. Nunca pasó la reválida y se quedó jangueando. No se lleva con Toño porque una rémora no soporta otra rémora.

—También hacía el trabajo sucio…

—No entiendo.

—Lo que una vez yo le alcahueteaba a Jimmy… Ir al punto, capear en el servicarro.

—Sí, también eso; nos conseguía el dulce coco cuando pariseábamos… También era su chofer cuando iba a la isla a emborracharse, a casa de algún cliente en Navidades. Cuando usted salió él entró.

—Bien dicho.

—Un buscón.

—Linda palabra, ¿también me aplica?

Oí la risotada. Aquélla no era una viuda en potencia, eso sí que ya estaba claro, pensé. Aunque, tampoco era así, al menos, no del todo. Siempre quedaría esa sugerencia de tristeza en la voz. Era difícil adivinar; sobre todo, desde ese teléfono público frente a Kasalta que yo prefería usar para hablar con mis clientes. Era difícil ser sutil sobre la naturaleza humana cuando tenía tanto calcuto a mi alrededor pidiéndome pesetas. Arelis era un enigma y yo prefería aquel teléfono porque era justo y necesario que yo cultivara cierta duplicidad de espía. Era una fantasía benigna y a la vez costosa.

—No sé si le aplica, sabe… De todos modos, ¡Jimmy es tan romántico!

—Más que usted, sin duda.

—Soy una mujer casada que adora a sus dos niños.

El terciopelo de su voz se volvió todavía más felposo, hasta formársele un leve quebranto en la garganta. Fue, hasta ese momento, la nota más compungida de aquella voz que seducía y a la vez desafiaba.

—¿Qué hago con el fulanito?

—Manténgalo a raya. Ese personaje sí que tiene calle. Es suspicaz. Le alimenta la desconfianza a la mujer de Jimmy, le alimenta a esa mujer la rabia contra Toño.

—¿Y qué hay de la familia de Toño? Esa gente sí que me vuelan la cabeza.

—Eso no lo sé. Jimmy siempre fue muy discreto. Una vez me contó de eso, elogiándome la generosidad de Toño; a mí me sabía a otra cosa.

—¿A qué?

—Ya usted sabe. No se haga el inocente. Anyway, no me gustaría que esas cartas cayeran en manos de los titeritos de Toño. ¿No podría entrar a la oficina? Alguien que se la abra.

—No, no voy a escalar ese sitio.

—No está dispuesto a correrse el riesgo.

—No. Y, además, a usted tampoco le conviene. De la otra manera es más limpio. No creo que Toño se ponga a husmear esas cartas.

—Es un viejo cínico.

—Por eso mismo.

—No crea. Es el tipo de ligón que tan pronto llega a la habitación de un hotel pone el oído en la pared, para escuchar a la pareja de al lado.

—Me gusta cómo usted describe a la gente. Es divertido, ¿sabes?…

—Usted también es divertido. Supongo que también cultiva la mala leche.

—Quiero verla y hablar. ¿Por qué no nos vemos mañana en Kasalta?

El muñeco estaba alerta. Manuela ya no me bastaría. La chulería se había situado entre nosotros.

—Ni loca, a ese sitio va todo el mundo. Cuando termine todo esto nos tomamos un café. Yo escojo el lugar.

—Trataré de conseguir un encuentro entre ustedes.

—Eso me alegraría mucho.

Amenazó nuevamente con el llanto. Pronto se repuso. Me traía por el callejón de la fantasía. Me hubiese gustado verla. O reunirlos en la Hostería del Mar, para verlos juntos por última vez. Verla a ella por vez primera. Estaba perturbado. Aquella conversación me había revolcado la soledad. Estaba en ánimo de fumar, o de emborracharme, en cambio, fui solo a la Hostería del Mar.

Ocean Park, una urbanización construida hacia los años cuarenta cerca de lo que entonces se conocía como Ciénaga Machuchal, cultiva, por las noches, una oscuridad cómplice, entumecida de la apetencia por el sexo rápido y anónimo, la búsqueda de un calor animal cualquiera. Todo eso me entristece.

En la primera calle a mano derecha, después de la entrada y a menos de cien metros de Kasalta, los titeritos del caserío Lloréns Torres salen de las sombras para fletear con los gays que vienen de todas partes de la ciudad. Es cuestión de disminuir la velocidad y frente a los focos, ya pronto, te encontrarás con alguien que te hará olvidar las hemorroides.

Justo era en aquellos momentos que se me encendía, aún más, el deseo de tener una familia. Aunque aquel olor de la clandestinidad fuese tan provocador, yo anhelaba la ternura.

Llegué a la Hostería del Mar, calle Tapia número 1. Crucé el puentecito entablado, sobre el estanque de los peces dorados. Éstos me llamaron la atención, con su excesiva carnosidad, más de la cuenta. Mi alma fugitiva se ensimismaba en los detalles, me ausentaba con aquella loca predilección por los sitios que siempre miré y nunca vi. Me sentaría en una de las mesas del nivel de arriba; esquivamente me fijé en los tres escaloncitos de tabla que suben a esta parte del comedor. Dos parejas, una de ellas lesbiana, se miraban, en silencio, regustándose en la anticipación del deseo. Eso ocurría allá abajo, en el nivel inferior. El ruido de los vasos y copas sonaba excesivamente frágil al lado de aquella monotonía del mar.

Los ventanales de madera levantados con calzos, abiertos a la oscuridad de la noche marina, resplandecían con la luz interior del salón comedor, y también se encendían con esa luz blanca que alzaban los focos colocados en los zócalos de este bohío de madera. Esa luz me recordó las botellas, puestas allí en la barra de Los Chavales. Aquel contraste entre la luz interior del lugar y la densa oscuridad de la playa me sobrecogió, me hizo pensar en la soledad de Jimmy. Lo pensé adentrándose en esa misma oscuridad de allá afuera. Es difícil concebir el mundo sin nuestra presencia; Jimmy estaba en ésas; comenzaba a sentirse borrado de todo esto. La soledad del moribundo se acentúa todavía más con el lento desarreglo de los sentidos. Sería mejor callarnos la boca e irnos achicando la conciencia, dormir más en todo caso. Ésa era la receta de Jimmy. Las olas desvaneciéndose en la arena, por ejemplo, están demás. Ese golpear estúpido del mar contra la arena, su retumbante aseveración, es un discurso para románticos. Volarse la broca del cerebro mediante fogonazo o derrame es atrevernos a ese mar oscuro, olvidar la playa, sabernos en el lugar sin horizonte, probar su mudez. Y, al final, la mirada del idiota, el bostezo, ese semblante del dormido.

Finalmente me senté a disfrutar aquel ánimo terminal. Pedí la batida de tamarindo con parcha. Pensé en todos ellos. Sentí la enorme necesidad de hablar con Arelis. Es increíble cómo los moribundos desatan tanto mal humor a su alrededor. Estaba heredando la soledad del Jimmy y quise verla, al menos escuchar su voz.

La llamé después de haberme tomado la batida. Había regresado a mi palacio de la calle De Diego y no podía dormir entre los ronquidos de Carabine y los gruñidos de Canelo. Pensé que yo merecía mejor destino. Cuando contestó estaba notablemente adormilada y yo me precipité a colgar. Al rato sonó el teléfono, se me aceleró el corazón y Canelo se despertó ladrando. Era ella.

—¿Usted me llamó hace un ratito?

—Lo siento… Pero ¿cómo sabe que la llamé!

—Su número aparece en el ID Caller.

—Me equivoqué de número.

—Me despertó.

—Lo siento. Hasta mañana.

—Y qué pájaro es ése que tiene ahí…

—No es un pájaro; es un perro con timbre de soprano.

—Ciao.

Aquel «ciao» me supo exótico, tenía el sabor del lugar que Jimmy anheló. Ese «ciao» se lo dijo Rossano Brazzi a Katherine Hepburn en Venecia. Eso lo vi en el cine Delicias de Ponce. Jimmy era un romántico y yo su alcahuete. Ambos éramos hombres tristes. Mientras Arelis no quería el escándalo, él ya no quería nada. Todas las apetencias ahora estaban ausentes de aquel cerebro, flotaban como un virus altamente contagioso.

3

Fui a comprar las chinelas y las gafas Ray Ban fatulas a la plaza del Mercado de Río Piedras. En parte hice esto —después se me haría más claro— porque a los once años supe que en su agonía mi abuelo le había pedido a mi prima una de esas gafas, para vencer la resolana última, anterior a la luz definitiva de Hunca Munca. Ella nunca se las llevó. Él estaba echado en su cama de posición del hospital Presbiteriano, jadeaba y la luz de la galería lo perseguía camino a la ciudad de los calvos. Él miraba deslumbrado: menos luz, menos luz, hubiese dicho entonces algún poeta cursi.

Si continúas en esta calle De Diego desvencijada y entras al barrio de Río Piedras, te encontrarás fatalmente con la plaza del Mercado, un recinto llegado a menos, porque tal parece que aquí los quincalleros y revendones jamás tuvieron la ambición de llegar a tenderos. Nada hay más caribeño en todo San Juan —con la excepción de la calle Loíza— que esta larga calle con tufo a agua de fregadero y que remata en la avenida Ponce de León: aquí cierto tipo de fracaso jamás tiene el éxito a la vista. Es un mundo de gente pobre y rural que no ambiciona nada, apenas saben del lujo, mucho menos del resentimiento. Es un lugar de pequeños timadores, tecatos y arrancacarteras. La maldad verdadera deambula por otros barrios de la ciudad. La mayor ambición de este subdesarrollo con tufo a calle Catorce de Nueva York, la delincuencia según estos revendones dominicanos y placeros boricuas, es vender mercancía espuria a precios fatulos, un Rolex a precio de Timex.

De todos modos, cuando me adentré en los pasillos oscuros de la plaza del Mercado, y adiviné la quincalla donde compraría las Ray Ban dummies y las chinelas Cole Hahn también fatulas, no tenía aquella visión cruel de mi infancia, no señor, para nada la tenía presente. Eso vino después.

Acababa de regresar de la plaza del Mercado de Río Piedras justo cuando oí los gemidos. Fue subiendo por la escalera, eso lo recuerdo bien, que reconocí la voz asordinada del Carabine Commander, a quien había finalmente traído de regreso en la madrugada, su locura suavemente entregada a la aflicción. Me detuve nuevamente a escuchar y en eso estaba cuando tuve aquella visión de mi infancia. No sé cuánto tiempo estuve en la escalera mientras escuchaba aquellas otras voces en pena, ya me perseguían todos mis jodidos difuntos. Entonces fue que recordé la agonía de mi abuelo.

Carabine gemía junto al teléfono rojo mientras Canelo le ladraba con un énfasis especial. Nunca supe si nuestro perro salchicha lo regañaba o mostraba compasión; qué importa, Carabine lucía ese semblante de animal herido que lo caracteriza; es una mirada que al perderse en las brumas del delirio, las alucinaciones y las manías, parece especialmente lastimada por el ensimismamiento. Los ojos de Carabine son pequeños y casi siempre lagañosos, apenas lloran; su locura es un trago seco e intoxicante, como el añorado martini que no probaré hoy.

Mi secretario y consejero estaba en el desconsuelo precisamente por una mala trastada de las comunicaciones interoceánicas. No se había podido comunicar en toda la noche con papá Reagan, y ni siquiera consiguió contacto con la guardia costanera, que es su llamado «número de relevo». Estaba encabronado y lloroso, bastante rabioso, amenazaba con salir a buscar a Lucy Boscana para estrangularla. Ella se interponía entre él y papá, entre él y su mejor destino. Amenacé a Canelo, ya era tiempo de que dejara de ladrar el muy cabrón. Hoy la familia de Manolo se parece a todas las familias desgraciadas después de los tres pedos mañaneros. Tendríamos que salir a trabajar y yo hubiese preferido quedarme en casa para emborracharme, fumar Camels y cuidar la flatulencia. El muy sucio se perfilaba como un día especialmente aciago. Mientras consolaba a Carabine noté sus canas y la barba rala, los cachetes chupados; era un desamparado playero de vocación; haberlo traído acá, a la calle De Diego, a vivir una temporada bajo techo y sin la luz del mar, le había sentado mal. El esquizofrénico al aire libre iba camino a la neurosis doméstica; trueque defectuoso aquél y Canelo que seguía ladrando.

Bajé a la calle. El Malibú 71 había sobrevivido otra noche en este barrio de cuarta. Miré por si acaso alguien me lo había rayado con una llave. Arriba todavía oigo los ladridos de Canelo, la neurosis a viva voz de Carabine; el Commander sigue gritándole a Lucy Boscana. Espero por ellos. De frente tengo el condominio Green Village, un lugar lleno de frangipanis y palmeras, del que sé poco, excepto que allí vivió aquel profesor a quien una vez le seguí pistas y señas, el supuesto ortodoncista de Mad Michelle. Pero eso es harina de otro costal. Por ahora les diré que lo más parecido que hay a un consuelo, del lado de acá de la calle, en esta esquina, es ese roble que crece sobre las mesitas de El Jíbarito Bar and Grill. Hacia mayo este árbol se convierte en una alucinación de flores amarillas. Es curioso; a esta edad ya voy camino al sentimentalismo, por momentos soy capaz de vislumbrar el paraíso.

Nos subimos al Malibú y ya a los tres nos va explotando la grilla mañanera. El tránsito ha cambiado en ambas direcciones y vamos como flotando sobre la suspensión y muelles del Malibú 71. Sé que voy camino a Jimmy Sarriera; por ahora prefiero pensar que hablaré un poco de mierda en Kasalta.

Más adelante, justo por aquí, empiezan los garajes de electromecánica y las gomeras, la distinción oncológica de esa arquitectura ideada por maestros de obra que apenas superaron el serrucho. Alcanzamos la Agencia Hípica y la tintorería llamada sencillamente «Laundry»; este barrio tiene ese olor inconfundible de gente que madruga para escapar habitaciones de hombres solos. El resto son familias proles, puertorriqueñas y dominicanas, salpicadas por tecatos recién despiertos a las once de la mañana, porque a las doce y media de la madrugada salieron, a la hora del lobo, a buscar la lata de manteca. El sitio, en realidad, como que nunca despierta del todo; aquí se vive en dos turnos de vigilia.

A la derecha, en dirección a la Iturregui, está la cafetería Tessi y en los altos las habitaciones para hombres tristes donde vivió el Wuaso. En la cafetería Tessi preparan un mondongo sabatino con el aroma necesario a divertículo. En los altos la soledad anda suelta todas las noches como una loca. Wuaso era el inquilino de mayor distinción en ese lugar maldito, ello a pesar de su pecho canoso siempre salpicado por el dulce coco.

Después vienen más mecánicos, esta revisión ocurre tan lenta, aparece el taller de reconstrucción de motores, y entonces topamos con la Placita Piñero, el lugar donde se reúne todo el barrio. A las siete de la mañana ya hay filósofos con la Coors Light en mano, desde compositores de música contemporánea como Amaury hasta ex boxeadores de los guantes dorados con el páncreas roto. Hacen exégesis de *El Vocero* y comentan el futuro de Tito Trinidad, las libras demás de Miss Universo Denise Quiñones. Amaury venía mucho por aquí, antes de dedicarse a rezar el rosario mientras se hartaba a palos de Lágrima de Cristo. Uno de los asiduos filósofos se parece a Tite Arroyo cuando vestía las franelas de los Yankees de Nueva York. Cuando le digo que a mi padre le llamaban Tite, y que Tite Arroyo era su pelotero favorito, me mira con extrañeza, tanta obsesión con este detalle es como un reto insólito para sus neuronas. A pesar de que vivimos en cafrelandia, la Placita Piñero tiene fama de nunca haber sido asaltada por tecatos o pillastres de playa fuera de rumbo y manejo. Gabriel, el dueño de la Placita Piñero, sería capaz de dejarlos planchados en la brea y contando nubes, justo como el príncipe Andrés. Eso sí, al guardar el Magnum todavía humeante, tolera que alguna gente pobre se lleve, muy de vez en cuando, escondida en la ropa o cartera, una de las tres latas de salsa de tomate que están en especial por un dólar.

Al lado de la Placita Piñero, y siempre los viernes y sábados, colocan uno de esos tenderetes azules de hule que aparecieron con la FEMA después del huracán Georges. Bajo la tienda de campaña improvisada, se anima la fritanga al caldero prieto de bacalaos fritos y alcapurrias ensaltadas, no cesa la exégesis de *TV Guía* y *Vea*. Aquí el nivel intelectual convierte a la Placita Piñero en departamento de astrofísica de Cambridge, los parroquianos más consecuentes del quiosco azul tienen en la lucha libre su principal reto intelectual.

De otro lado está el Sabana Llana Auto Parts, su tienda de piezas automotrices. El dueño es aficionado a la música clásica y vive el barrio, los pedidos y las reclamaciones de los mecánicos, o de esos hombres puertorriqueños que tienen más afición por los bonetes abiertos que por los clítoris adormecidos de las doñas, su peor castigo. Camina con algo de dificultad a causa de un derrame cerebal, ocurrido cuando aún era un hombre joven. Encorvado y presuroso, sabe todo sobre las piezas del Malibú 71. Es mi proveedor. Su sonrisa es irónica; es un hombre culto obligado a una sintaxis monosilábica.

Ya llegando a la esquina, está ese lugar fantasma de mi infancia. Aquí estaba aquel vivero que en los años cincuenta se llamó Pennock Gardens. El alacrán obligaba a Tite a venir desde Ponce a este lugar donde supuestamente vendían las mejores orquídeas del país. De regreso a Ponce, todo se le moría al alacrán, quien sólo tenía mano para reventarle la existencia a todos y cultivar trinitarias. Quizá éstas eran su única abundancia.

A la derecha, llegando a la luz, está la Cafetería Galicia, lugar donde acuden los calcutos de la avenida Iturregui con Villa Panamericana. Es un come y vete con dos tandas de café: la primera es a las seis y es para los que quieren huir del barrio mediante la esclavitud del trabajo. La otra es para los que esclavos de la manteca puedan levantarse a las once de la mañana y sereno para resolver la canina, esa apetencia por los dulces y el café con cinco cucharadas de azúcar.

Entonces pasamos el lugar —hoy existe al lado otro garaje de mecánica— donde estaba el antiguo Pastrana's Mango Tree.

Cuando comencé mi carrera de facilitador, venía mucho por aquí a seguir parejas rumbo a los moteles de Trujillo Alto. Una pena que en aquel entonces tuviera malas relaciones con los bichotes de Río Piedras: en dos ocasiones los Pastrana me empujaron al estacionamiento cuando descubrieron mi interés en el romance ajeno. Si algo no se podía permitir el Pastrana, en aquella época, era un testigo presencial de los hechos. En las mesitas a la redonda, del salón comedor al aire libre, bajo el gran árbol de mangó, el adulterio era más predecible que el gusto de las cortejitas por el Láncer y el Lambrusco. Verdaderamente, en aquel ambiente me sentía superior; olvidaba que fui un adolescente azotado por el acné y la ternura del alacrán.

Acelero el Malibú 71, y Carabine —quien se ha puesto su detente, la franela número 21 de los Cangrejeros de Santurce— ha dejado el lloriqueo; pero Canelo sigue ladrando. Voy camino a Kasalta, a la playa, al barrio de la gente blanca; *luz, más luz*, eso añoro cuando llego al peaje del puente Teodoro Moscoso. A esta hora la brisa comienza a soplar y la laguna San José no espejea. El color de las aguas es verdegris. Algunas nubes se congregan; pero el día ha salvado su rostro benigno. Llevo las gafas y las chinelas, mi buena obra de la semana. Los nervios se han tranquilizado camino al mediodía, nada del pasado me asedia, los sueños y las visiones están bajo control. Soy casi feliz.

Rumbo a Kasalta, y pasando por la playa del Último Trolley, tuve un jodido satori, la revelación del día: cierta extrañeza se acomodaba en mi corazón; junto a un sentido casi idiota de bienestar, resaltaba el pensamiento de que volvería a mis antiguos malos hábitos: un dramón me ladraba desde la otra orilla; adentrarnos en el conocimiento a lo cara de perro es como transitar hacia la muerte sin un poco de oración. Necesitaba beber mis martinis y fumar mis Camels.

A mi lado, el Carabine Commander no era mayor consuelo. Vestía la dichosa franela de los Cangrejeros con el número 21. Aquella franela que usó Roberto Clemente en la temporada invernal del año 1954, cuando Carabine era el aguador en el dugout de Santurce, era su detente, su talismán contra los contratiempos de ser hijo del ex presidente de los Estados Unidos. Canelo no cesaba de ladrar; era como si quisiera espantar esa melancolía que se acerca cual aguacero mar afuera, de cara el Último Tranvía llamado deseo. Aquella luz grisácea, plomiza, tendida sobre la playa, ya pronto nos enchumbaría con su tristeza. Aquél no era tiempo para un Malibú descapotable.

Bajándome del Malibú, justo frente a Kasalta, la vitrina con los parroquianos cómicamente sentados en banquetas saltándome a la vista, pude reconocer a Tomás que me saludaba agitadamente desde adentro. Parecía un hombre que se ahogaba en una enorme pecera. En eso Canelo empezó a ladrar sin control. Justo cuando me preparaba para atarlo al pedestal del teléfono público −por alguna razón misteriosa Canelo no le ladraba a los usuarios de éste−, una fulana que pasa y Canelo que pretende morderla. Cuando lo tengo contra mi pecho, el mundo entero quiere hacerme daño según Canelo; sentía su pequeño corazón saltar con cada ladrido. La prueba de que una bicha ha pasado es si Canelo ladra de esta manera. Estaba buenísima; buen culo, buenas tetas, mejor cara, rubio cenizo con mucha vuelta, tremendo pelo. La conocía; aquella hembra de algunos cuarenta años acudía a Kasalta con la promesa de un viejo pendejo a tiro del culazo.

Tranquilicé a Canelo, lo até y el fantasma de Roberto Clemente pasado por Crea que me pide un relleno de papas. El día se me iba malogrando, ya entonces lo supe. Canelo gemía porque abandonar mis brazos, y con una bicha a la vista, lo ponía camino a la calle de la Amargura.

Tomás vino a sentarse conmigo; como siempre, quiso cultivar su aprecio de las mujeres, pasó a revelarme que la fulana a quien Canelo le había ladrado tenía la fatalidad de una metástasis, además de ser como plancha de cafetería, que todos los huevos habían pasado por aquella nies. Cuando no le hice mucho caso a sus groserías, mostrándome más bien dispuesto a que no me importunara con sus pendejadas, insiste en contarme cómo la fulana metió a su antiguo marinovio en una conspiración pro Fidel Castro. El zutano terminó desaparecido, supuestamente calzado con unos zapatos de concreto tamaño quince y contando las cocolías en el fondo de la laguna Torrecilla. Los anticomunistas del exilio cubano lo habían identificado como agente de Fidel en Puerto Rico. Ella se salva, él desaparece. A todo esto, ella es la cortejita del famoso médico de la urbanización chic Garden Hills, el hombre del G2 en Borinquen Bella.

Nada de eso podía creerle del todo. La fulana simplemente parecía llegada del gimnasio, con las cachitas sudorosas marcándole la raja a través del leotardo de licra; su aspiración en la vida es guiar un BMW Z3 y pegarle cuernos a un viejo que se lo pague. Tomás tenía tanta imaginación como células proliferantes. A cada rato verificaba que el micrófono tuviese las baterías cargadas, no quería quedarse sin voz; desde que le volaron las cuerdas vocales, habla por dos, por el mudo y por el cuentista que siempre fue. Tomás me presentó a un nuevo filósofo del éxito que había aterrizado por la peña; le dijo que yo soy detective privado; quise corregirlo: como ya les dije, un facilitador sólo debe ser llamado si te despiertas en la cama de un motel, con un cadáver al lado, la sangre aún fresca. Para tu hijo de dieciséis años a quien la policía cogió fumando pasto en las fiestas de la calle San Sebastián, pues pienso que un abogado criminalista podría resolverte. Llamarías al detective privado si eres el primer marido, padre de los hijos de la fulana que apareció llena de tajos en el motel; es el tipo de gesto impulsivo que hacen los primeros maridos.

Jimmy Sarriera me llamaba urgentemente con su silencio. Dejaría a Carabine y a Canelo en la playa y saltaría al Auxilio Mutuo.

Llevé las gafas y las chinelas; se las entregué a Yvette, fue una ofrenda que le hice a Jimmy, quien ya estaba para que alguien le prendiera una vela. Maritza seguía al lado de la cama,

Yvette procedió a animarlo para que se levantara; había llegado el jodido enfermero. Pero no tenía bronca. Jimmy me sonreía entre la sorpresa y la idiotez, agradecido aunque no emocionado.

Se apoyó en mi hombro, echándome el brazo, y miró las chinelas aún más tontamente que antes. El hecho de que eran nuevas había tardado mucho tiempo en llegar a su cerebro. Me miró como pidiendo una explicación. Le dije. Entendió menos. Continuó mirándolas. Como si se hubiese abierto un agujero en su neblinar, miró a Yvette y le preguntó así, a boca de jarro, si estaba desahuciado. Yvette le dijo que no y lo animó. Yo no quise mirarlo. Alguien me dijo una vez que yo era un fulano transparente en un oficio de engaños. Le había cogido cariño al muy jodido de Jimmy.

A pasitos cortos pude llevarlo a la galería. Olía fuerte, sobre todo en los sobacos. Estaba medio abombado el pobre y la Yvette seguramente no lo bañaba. No quise ofrecerme para bañarlo, pero entendí que Jimmy se merecía un cuido más amoroso. Yvette era el tipo de mujer que uno recogía en la calle y terminaba pidiendo el volante. Yo fui contratado para encontrar unas cartas, no para bañar enfermos, me repetí. Siempre pensé que yo era un basurero de culpas. Empecé a sentirme miserable por no asumir, también, las tareas de su aseo.

Jimmy aceptaba la molestia de aquella resolana con la misma indiferencia con que se puso las gafas fatulas Ray Ban. No se quejaba; más bien se lamentaba, para sí, cada pocos pasos; oía los chasquidos en sus labios; si una lesión en la broca del cerebro es capaz de colocar al ser humano en el ánimo de los vegetales, Jimmy todavía era capaz de conmiseración. Cuando me miraba era como pidiendo permiso para lamentarse. Su humildad era casi perruna; era un ser sometido. La fatalidad en mi rostro era un asidero, una manera de honestidad dentro de las circunstancias.

Aquel vendaje enorme que le cubría la cabeza remataba en unas guedejas que le bajaban por la nuca. Yvette se las había arreglado en una especie de coleta china. Me tocó sospechar cierta vanidad en Jimmy; intuyo que esa vanidad tiene que ver con Arelis. Fue un pensamiento loco. Yvette me aseguró que Jimmy le prohibió recortarle el poco pelo que le quedaba. Nos detuvimos. Jimmy quiso mirar las copas de los árboles, la extensión de aquel verdor del cual ya se despedía. Noté que su ojo izquierdo se volvía vidrioso, como si quisiera asomarse una lágrima. Pero ésta no corrió. Jimmy no completaba aquella emoción; la lesión en el cerebro no le permitía entregarse al sentimentalismo. Me miró, de nuevo colocado entre el sometimiento y la extraña humildad de ya no tener deseos. De todos modos asentí, como asegurándole, algo locamente, porque en él ya no había afanes, que sí, que el mundo era hermoso. Entre mi cínica parquedad y su ausencia de sentimentalismo se estableció un vínculo, nos adentrábamos en un silencio incómodo aunque amoroso. Finalmente oí un chasquido suyo y la voz de Yvette que chillaba al fondo de la galería, pidiéndome que no lo colocara directamente al sol. Cesó aquel cuido fugaz e íntimo. Insistí en recuperarlo para las emociones; le aseguré al oído que Arelis lo quería mucho. No me hizo caso; aunque después de un silencio, uno de esos silencios que en los hombres parlanchines son como una premonición del suicidio, y que en los parcos anuncian grandes revelaciones, me preguntó:

—¿Cómo está ella?

—Muy pendiente, muy pendiente; tan pronto te den de alta, te llevo a verla. A la hostería…

—¿A la Hostería del Mar?

—Sí.

—Hace mucho tiempo de eso.

Indeciso entre la aseveración y el lamento, con aquel comentario Jimmy ensayó cierto tipo de indiferencia. Había dureza en el fondo de su voz.

—Cuando le apagaste el celular pasó por mucha ansiedad.

—Me imagino.

Ahora mismo la anhelaba menos que yo. Arelis era una ansiedad más mía que de él. También advertí algo de coraje, como si Jimmy la culpara de aquel destino terrible. Era un sentimiento salvaje, casi obsceno en su injusticia. Él le había apagado el celular, la había sacado de su vida, y aún así la culpaba. Arelis lo había abandonado justo cuando más la necesitaba. Pero ¿quién había abandonado a quién? Ambos tenían el rollo de los respectivos cónyuges, ambos estaban obligados a una discreción con tal de no sembrar más sufrimiento. Quizá ambos eran gente heroica, me dije. Inclusive pensé que se trataba de una pareja con ambición altruista. Pero el amor siempre está hecho de exigencias mayores. Por eso prefiero a los locos, y a los perros.

—No se lo tengas a mal, simplemente era su desesperación…

—Me gustaría verla.

—Lo conseguiré, ya tú verás.

—Ella no es lo que tú piensas.

Aquello fue una sentencia, y me sorprendió. Me entristecía que la poca y esporádica lucidez la usara para dañar la ilusión de otro. Mi obsesión con aquella mujer que apenas era una sombra no toleraba expresiones como aquélla, aunque entonces ocurría que se animaba aún más la curiosidad, y ésta era buena parte del atractivo que ella ejercía sobre mí. Pero si siempre lo supe, algo en mí me lo decía, aquella expresión de Jimmy sobre Arelis siempre se me insinuó; siempre, de algún modo, la temí. Ya yo estaba entregado. Me repetí, con algo de autoengaño y mucho de encono, que aquélla era la rabia de un hombre obligado a abandonar el mundo. Le di la vuelta como quien conduce a un ciego, para regresarlo por la galería luminosa al cuarto oscuro de su angustia, que ya no miraría más las copas de los árboles, y entonces lo pensé poco merecedor de la belleza del mundo. Cuando lo miré me sonrió; esta vez no era la sonrisa del idiota. Por primera vez se reveló en él una maldad hasta entonces insospechada; siempre lo había mirado como víctima, pero cuidado con la mirada del condenado a muerte. Quise darme un palo. La palabra martini se había encendido en mi tristeza como un neón. Iría a Los Chavales en busca de Toño Machuca y su visión desengañada de la naturaleza humana. Jimmy me había decepcionado. Por un tiempo lo concebí ya ido de nuestras pasiones. Su santidad había sido instantánea y luego duró poco. Cosa loca, porque aun así lo quería. Cuidaba en él lo que había en mí de ilusión. Su travesura, ya que no su maldad, fue devolverme al camino de las cautelas.

Yvette me lo confirmó. Jimmy sí que estaba desahuciado. Tenía un semillero de tumores en el cerebro. Ya iba camino a la restauración de cierto equilibrio, aunque no de paz, aunque no de gracia. La restauración del silencio era lo que ocupaba el alma de Jimmy, ese silencio anterior al amor y posterior al olvido. Ése era su presente, su urgente oficio. Y el mío era excesivamente terrenal, porque ¿qué me había picado en todo aquel asunto miserable? Como le pasó al hombre que fue al fondo de la bahía, calzado con los chambones de cemento, la venganza de Jimmy estaba en el silencio; porque a los vivos les tocaría el ruido infernal de las apetencias, de la conciencia malograda por el pecado. Quizá nos consuele pensar que en las víctimas sí existe esa superioridad. Fue la superioridad de mi padre ante el alacrán.

Hasta Yvette se me hacía más bonancible después de aquellos enconos. Los vivos debemos consolar a los vivos, y que los moribundos encuentren, a su manera, aquella paz rencorosa. Aunque Yvette era el tipo de mujer capaz de depositarte un kleenex en la copa vacía del martini –alguien cerca, con un recipiente, se convertía instantáneamente en su zafacón–, algo en mí buscaba consolarla, hasta pretendía redimirla, perdonándole sus modos de blanquita repentina. Nada en ella era terrible. Todo en Arelis olía a fascinación y catástrofe. Yvette era una mujer que simplemente había convertido a su marido en costumbre. Ése era todo su pecado. Le había sido fiel, leal, a su manera; y aunque el sufrimiento de Yvette fuera convencional, más obligado por el qué dirán que por el amor, tampoco Jimmy había cuidado mucho aquel jardín, eso era evidente. Yvette había sido abandonada camino al bidet, después del primer polvo de la luna de miel. Su frialdad era la cosecha de una indiferencia antigua. Jimmy nunca la quiso. La conservaba porque siempre fue un buen partido; pasa esto en los hombres que se casan hacia arriba. Como mi padre, Jimmy vivió la humillacion de la frigidez; a diferencia de mi padre, Jimmy jamás la quiso. Su gran amor estaba en otra parte. Estaba justo en aquel enigma que era Arelis. Yvette siempre lo presintió. Aquel rechazo fue la humillación de toda su vida.

—¡Usted viene de parte de ella, no es verdad!

Esto me lo dijo gritando, yo le daba la espalda y él me vociferaba. Mejor dicho, camino al estacionamiento me siguió y comenzó a hablarme como un jodido loco, sin que yo tuviese la oportunidad de enfrentármele, del cara a cara, del vis a vis. Con esta última necedad retumbándome en la cabeza me viré y recibí el cocoteo de mi vida. A esa hora el estacionamiento estaba medio desolado; la gente del turno nocturno no había llegado y la del turno vespertino no acababa de irse. El asunto es que ya no supe si aquella hostia, la pescozá en pleno cachete, aquel tropezón con un puñetazo de concreto que azotó duramente contra mi cachete izquierdo, pude verlo venir o no. Pienso que no, porque salió como del lado, cruzando mi visión periférica por menos de un instante, aunque de esto no estoy seguro, ya que en aquel momento justo me viraba para enfrentarlo. El asunto es que recordé al instante la primera pelea que tuve, la extraña y humillante sensación de encontrarme a merced de la rabia ajena.

No tenía otra alternativa, me agarré a la camisa lo mejor que pude y maniobré sabiamente para tirarle a las bolas, que aquel cabrón, evocando al notorio Sapo de quinto grado que me propinó mi primera pela, un titerito de pelo grifón y residente en la barriada La Pajilla, cafre que siempre supe becado al colegio San Ildefonso donde cursé mis primeros grados, ya me tuvo un pesado gancho de izquierda calzado al hígado graso, que en mi caso éste tiene ahora buen relieve a causa de las enzimas enloquecidas por el etílico. De todos modos, ya eran dos los que me había conectado contra un gran cero de mi parte. Y uno de éstos había sido ofensa para mi órgano blando.

Entonces recurrí a la pelea limpia: le propiné una patada en plena espinilla que le bajó la guardia. Recordé providencialmente las sabias enseñanzas de Kid Gavilán; pero antes de esto pude verle la cara al alcahuete de la Yvette. Su cara redonda, de mulato que no se ha afeitado en tres días, con un bigotito ralo de oficinista I, estaba sudada, más que sudada, ¡aquélla brillaba mantecosa! Por un momento temí que el «bolo punch» que estaba zumbándole al chicho de la oreja saldría resbalando al contacto con aquel cutis que ambicionaba ser tarro de brillantina. Efectivamente fue así, pero la sabiduría del Kid Gavilán me funcionó, porque lo calcé más con el codo que con los nudillos; pude ver cómo le conecté justo en la sien, y esto lo sé porque reconocí, algo absurdamente, completamente fuera de ocasión, en el pelo cortísimo de mi opositor chusma, un entretejido de canas algo kinky. Camino al piso que iba el muy sucio le metí al bofe con la rodilla.

Me sentía victorioso cuando sentí el azote —más fue una gaznatá con el dorso de la mano que un puño— contra los huevos; me reconocí abocado a, por lo menos, dos minutos sin respiración, y así fue. Recordé la vez que peleé, en el colegio San Pablo, con el trompetista virtuoso de la banda, el mulatito carifresco que tocaba «Embraceable You» como Harry James, que aquella vez peleamos porque yo le aseguraba que Chombo Silva había sido el saxofonista de Cal Tjader y él me porfiaba que había sido Mario Rivera. De todos modos, un azote a los huevos fue lo que decidió aquella contienda.

Estuvimos incapacitados por buen rato, ya alcanzamos a notar gente que a esa hora buscaban sus automóviles y nos miraban como a monos de feria. Supuse que el fulanito de cara redonda vivía en celosa custodia de la reputación de Jimmy, porque me dijo al incorporarnos, él fatigoso y yo aún encorvado y agarrándome las bolas contra el vehículo más cercano: «Arelis te mandó, ¿verdad? La muy puta…». Entreví una antigua pendencia, cierta lealtad difícil de entender, me sentí recién llegado a un baile donde ya apagaban las luces. Aquella loca lealtad hacia Jimmy ciertamente estaba en el aire. Según esto, de acuerdo a una pasión cuyos resortes yo desconocía, Arelis quería cagar la reputación de Jimmy. Hasta ahí la certidumbre de aquel mojón con vocación de lambeojos que había desmerecido mi testosterona. Sostener la ilusión de la inocente Yvette era su momento más generoso, con ello compensaba por los pecados del pasado, acallaba su conciencia por haberle conseguido, a Jimmy y Arelis, el dulce coco, las provisiones, durante aquella temporada de jodedores que ya se me figuraba como un paraíso falso en el tiempo de todos ellos. Aun así, como que no entendía del todo. ¿Por qué tanto encono? ¡Dónde y cuándo se había cometido la cabronada imperdonable! Nadie me parecía capaz de esa maldad apenas adivinada. Vivía en la oscuridad sobre aquella gente. Por todos lados olfateaba una maldad que no acababa de ver. Alguien estaría pensando lentamente las cosas. Estaba oculto. Yo era incapaz de reconocerlo. Tendría que hacerle todo el cuento a Carabine: él era mejor sabueso que yo.

Nos compusimos y cada quien siguió camino. Al final quedaron las malas palabras dichas sin convicción, los insultos que no eran tales sino las señas del oficio testicular, aquella impostergable sensación de que habíamos hecho el ridículo; los dos miramos para todos lados, como buscando, o temiendo, las risotadas del público. El estacionamiento seguía desolado, y los pocos que nos miraban parecían más sorprendidos que divertidos. De algún modo, a partir de aquella pelea el fulanito y yo nos entendimos mejor. Aunque quedase la pregunta: ¿había sido éste el socio de Arelis? Algo me lo decía. Aquel loco, aquel infeliz paranoico con lealtades de alcahuete, había sido cómplice de alguien. Eso era evidente.

Ya no pude más. Tenía los nervios de punta y necesitaba quitarle la cara de perro a la existencia. Empecé bebiéndome una Tsing Tiao en el Kimpo Garden de la avenida Piñero, esa 65 de Infantería sin el consuelo de una playa —como ocurre en Isla Verde— o un hipódromo; se trata de una avenida cuya vulgaridad principal consiste en volver ilegibles todos sus rótulos; encontrar un establecimiento allí es más difícil que identificar a alguien por sus nalgas. En estas misantropías estaba cuando decidí consolarme con una cerveza a la hora en que los clientes de la cena aún no han llegado. Me consuelan las miradas de extrañeza de estos chinos sin el green card, con el español de primer grado y la afición por el acné quístico, que esta raza sólo es bella en la primera infancia. No pedí los domplines. Se me paró la lengua. Hacía casi tres años que no me daba un palo y aquel líquido me bajó por el esófago como una cascada de felicidad. Y ésta era color oro; en ese detalle se detuvo mi arrebato, que casi fue instantáneo.

Esa imagen me llevó a otra cosa. Salí del sitio sin haber ordenado comida, bajé la capota del Malibú 71 y me fumé una grilla que tenía guillá en el cenicero. Me divertía la consonancia imperfecta… La imagen de la cascada de oro bajándome a las entrañas volvió, y se hizo aún más abundante. Yo era un hombre con una catarata bajándole desde las cuerdas vocales. El arrebato crecía. Decidí ir a Los Chavales, algo me decía que la pista habría que seguirla allí. Aún me quedaba algún cambio de lo que me adelantó Arelis y, de todos modos, coño, bien que me merecía al menos dos martinis después de tanto tiempo con cara de perro suplicante. Pero todas aquellas apetencias eran como los indicios inconclusos de un gran deseo. Quería hablar con Arelis, y la pájara de ésta volaba a mi lucidez con la fatalidad del sobrepeso, aquél era un tocino gordo y peludo. Hacía tiempo que no estaba tan bellaco. Quizá fue aquel azote en los huevos que todavía me recortaba la respiración lo que me despertó la bellaquera, el deseo impostergable de querer chocha. Con el cachete izquierdo amoratado y el sexo doliente me dirigí a Los Chavales. Era el crepúsculo. Asombraría a mucha gente, me mirarían con curiosidad; eso lo sabía de antemano.

Después del primer martini veo a Chucho Zegrí; está ahí, en la puerta. Quise esconderme, pero no pude. Vendría a hablarme sobre su pietismo católico, tan recién estrenado. Pretendía salvar mi alma. Aquel otrora alcohólico, notorio por su omnipresencia en las barras de San Juan, de rostro mofletudo e indeciso entre un color trigueño y ese bronceado dudoso, visitaba su antigua ocasión del crimen con tal de olfatear, como yo, los vapores etílicos; al menos, ésa era su coartada. Cuando estaba lúcido añadía que le gustaba ver a la gente derretirse por los efectos del alcohol. Pero sólo era sabio y agudo a veces, y con grandes intervalos. El resto del tiempo era una jodida nube negra, ocupado en incitar la vocación de cada quien para el sucidio. Además, hablaba durísimo, como los sordos.

Fui al teléfono público, aproveché que Chucho se entretenía saludando gente, muchacho notable y gregario que siempre ha sido. Dejé un billete de diez en la barra con tal de mantener la reputación de hombre misterioso aunque solvente. Mis sandalias Arizona, los pantalones caqui, aquellas camisas de palmeras que invariablemente gravitaban hacia un crepúsculo, harían el resto, peor que bien, convencer a tanto abogado con ambiciones Rolex o Montblanc que yo era uno de ellos, alguien con pocos apellidos aunque formado en colegios privados. Me escabulliría por la otra puerta, la del restaurante, tan pronto terminara de hablar con Toño Machuca. Alcancé a ver, con el rabo del ojo, que Chucho acababa de celebrar la presencia en la barra de Guillo Alcántara, la caricatura del blanquito con un vicio de treinta mil dólares al año nariz arriba. Al lado de Guillo, Bobby Urdaneta, el alcahuete de Guillo, el hombre que le coloca chamacas y le consigue el dulce coco. Aquello parecía una congregación de insignes. Deseaba la voz timbre de cabra de Toño Machuca como quien anhela la fuente de agua viva.

Cuando lo llamé estaba a punto de salir de la oficina. Sonaba distraído de todo, aún no había encontrado las cartas. Noté cierto cansancio en su voz. Lo invité para Los Chavales, hablaríamos de un plan alterno en caso de que no aparecieran. No me hizo caso. Otro asunto ocupaba su mente; eso estaba clarísimo. No podía atenderme. Ni siquiera comentó mi borrachera, que ya era bastante notable, hasta por teléfono; Toño Machuca no era hombre de inhibir su ironía, sonaba extraño. Y como siempre me ocurría cuando estaba muy borracho, también se me encendió el enano maldito del jodido deseo. Allí, en el angosto pasillo entre el restaurante y la barra, padeciendo de una leve catatonia frente al teléfono de pared, después de engancharle a Toño, volvió a imponerse la imagen de Arelis, el vuelo hirsuto de su pájara dorada.

Ya no quise volcarme más. Recogí a Canelo y a Carabine en la playa —ya casi me olvido de ellos— y llegué al apartamiento de la calle De Diego hacia las ocho y media de la noche. Era miércoles y El Jibarito Bar and Grill estaba encendido. Ya pronto el fin de semana comenzaría los martes... Llamaría a Arelis, de eso estaba seguro; en algún momento eso ocurriría; era inevitable. Luego de un buen rato de estar indeciso, o, más que indeciso, renuente a ya abandonarme a aquella estúpida ilusión, tomé el auricular. Deseé, con una modestia inusitada, porque la borrachera solía cancelar mi timidez, que no se me notara la voz pastosa, ni por la yerba ni por el alcohol. Su teléfono estaba ocupado. Me sentí aliviado, hasta me pensé salvo; quizá cuando me venciera el sueño se me iría aquella compulsión por oír su voz. Miré el teléfono nuevamente. Mentalmente hice sonar el timbre. Supe que la felicidad consistiría en que ella me llamara.

Y así fue. Sonó el teléfono, descolgué y allí estaba ella. Presentí que al otro extremo de la línea ella estaba tan sorprendida como yo. Por un momento pensé que ella se había equivocado de teléfono y había marcado el mío, sin quererlo. Pero entonces despejé aquella duda y hasta me atreví a pensar que ella deseaba tanto hablar conmigo como yo con ella. Aquél era el pensamiento salvaje. Lo reconocí, casi inmediatamente, como algo surgido de la semilla del alcohol y el pasto. Me sentí vulnerable. Quise vaciarme de estos pensamientos y escuchar mejor los ladridos de Canelo y la cháchara de Carabine sobre papá Reagan. Pero ella ya lo ocupaba todo, la muy cabrona. Perdía mis seguridades, los ritos que sosegaban mis nervios de punta; me adentraba en territorio enemigo; sin brújula ni mapa me había atrevido. Menos mal que Dios protege más a los borrachos que a los locos, o a los perros.

—Hola —me dijo con timidez.

—Estaba esperando tu llamada.

—Y yo la tuya. ¿Cómo va eso?

—¿Cómo va qué?

—Las cartas, ¿aparecieron?

—Nada, un carajo… No hay nada. Toño no ha conseguido nada.

—Por lo menos, eso es lo que él dice; no bajes la guardia.

—Yo le creo, ¿sabes…?

—Es un viejo zorro, lleno de odios y complejos.

—Lo conoces bien.

—Jimmy lo padeció toda la vida. ¿Y cómo está él?

Por un momento no supe a quién se refería.

—Casi vegetal, como una lechuga que por ratos recuerda que fue verde. Ya casi no tiene momentos de lucidez. Cuando los tiene te recuerda; de eso puedes estar segura.

—¿Y qué le pasa, qué enfermedad tiene…?

—Cáncer… Tiene un semillero de tumores en el cerebro… Uno de esos tumores le provocó un derrame en lo que llaman la «broca»; eso lo tiene así, medio idiota.

Aquello lo dije con algo de rabia; me sorprendió aquel coraje, y cuando Arelis se echó a llorar, sentí todavía más celos. Su llanto era algo distante, convencional, y a la vez íntimo, sincero. Quedé perplejo, supuse algún engaño, en algún sitio, y bien adiviné que yo sería el engañado. Me pregunté si mi propia debilidad me había destinado a contemplar lo que restaba de aquel amor, si esto era lo que yo habría deseado. Preferí pensar, y me empeciné en la seguridad de esto, que Arelis sólo sentía lástima por Jimmy. Me aferré a eso y algo de aquel llanto sordo, tan excesivamente compungido y al mismo tiempo disimulado, tan acallado, me sugería que la lástima también podía tener un grado de culpa. No quise entrar en aquellas ecuaciones desequilibradas, que eran las de un amor a punto de volverse recuerdo. Que los muertos entierren a los muertos y los vivos no arrastren los cabos sueltos de la vida. La muerte también puede ser muy desconcertante, pensé; es lo menos que tiene la muy puta.

—Quisiera verte. Me gustaría que tuviésemos un encuentro. Para conocernos de verdad, apenas eres una voz al teléfono…

—¿Dónde?

—En la hostería…

—¿En la Hostería del Mar?

—Sí.

—¿Cómo sabes de la hostería?

—No entiendo, rebobina y explícate…

—Si sabes de la hostería es porque tienes las cartas.

—Un carajo, simplemente lo dije porque sería un sitio chévere…

—¿Para vernos?

—O para que tú lo vieras a él… ¿Es que ustedes se veían ahí? Por lo visto, no… Aunque seguramente sería la otra, la que estaba en el Condado… Estás paranoica, jodidamente paranoica.

—Quizá.

—Lo dije sin malicia. Disparé al aire y por lo visto bajó un pájaro muerto.

—Parece.

Había cambiado su voz. El lado de la bicha había salido. Toda la ternura desapareció de aquella voz, también la lástima, hasta la simulación de haberme querido llamar. Arelis estaba en camino a subir la guardia y yo en ánimo de suplicarle:

—De todos modos, sí, quisiera verte.

—Consigue primero las cartas. Ya te lo he dicho. Si no las consigues, olvídame, no podría…

Colgó. Pensé, o quise pensar, que nuevamente iba en dirección al llanto, a su lado benigno. Pero ya no supe, volvía a la inocencia de siempre. Me defendí pensando que la manipulación es el oficio de todas. Pero en aquel pensamiento no había sabiduría sino temor. De pronto se había convertido en una fiera. Quedé perplejo. La ansiedad, una inquietud al filo, se apoderaba de mi alma adolescente. La sombra del alacrán volvía a alcanzarme. Era un hombre incapacitado para lidiar con el sexo opuesto, el clítoris era para mí una ambición desmesurada; tanto así era capaz de reconocer, y confesar.

Cruzaría el puente Moscoso, a pesar de que el peaje había subido. Como en los viejos tiempos, me sonaría con varios ginebrazos en La Playa Hotel. Había comprado cigarrillos Camel sin filtro en el garaje Texaco de la esquina de la calle De Diego con Iturregui. Estaba de fiesta. Los calcutos de Villa Panamericana, que a esta hora acechaban este garaje cual moscas en busca de carroña, se me acercaron a pesetearme. Les di generosamente. El ansia del alcohol me volvió magnánimo. Sabía que ya pronto tendría una visión más bonancible de la naturaleza humana y ello, de por sí, me daba abundancia. Quise llegar a la luz de Villa Panamericana para regalar más pesetas. Aquel puente era mi desfalco, mi único lujo en la vida.

En La Playa Hotel me senté en una mesa de la terraza a contemplar la oscuridad del mar. De frente a la sombra del islote de Isla Verde, recordé los primeros años que viví en la Punta El Medio, la pesca nocturna de las gatas en aquel atracadero, justo a medianoche, los ojos inclementes de aquellos escualos, apenas deslumbrados por las luces de la barra al lado del mar, de la terraza encendida por guirnaldas, de la asfixia que ya los mataba… Y pensé en Jimmy. Era la misma mirada de animal lastimero, pero sin la fijeza. Todo lo contrario; la mirada de Jimmy apenas se mantenía quieta, y cuando probaba la catatonia era como un ensimismamiento hacia la inutilidad de su vida. Pensamientos terribles acudían a aquel sitio que era como el cruce de la muerte con su imbecilidad. Por eso uno recordaba su idiotez más que su ansiedad. Jimmy era un hombre virtuoso, aunque débil; Jimmy era un solitario que no se resignaba a su melancolía, lo cual lo convertía en campo fértil para vividores, bichas y buscones. Cualquier cosa a cambio de un poco de alegría, ¿no es verdad, Jimmy? Aquello último me lo dije ya entregado al terciopelo de la borrachera.

De regreso, al pasar por Villa Panamericana, y después de pagar el maldito peaje, todavía con el recuerdo de la laguna, iluminada por esa luna llena, mordiéndome la tristeza, volví a repartir más pesetas. Aquella niña de dieciséis años picada por la viruela del sida me lo agradeció, su mirada, ya vacía de cualquier cuido terrenal, concentrándose, algo bizcamente, en el cigarrillo que le colgaba de los labios. Iba despacio, en cámara lenta, casi arrastrándose; yo sentía la abundancia de la euforia al fin lograda, ello a pesar de tanta mezquindad y miseria cultivada por el mundo. Conseguirle las cartas sería verle la cara a Dios. Me eché a reír; también me había fumado una grilla, por el camino, de regreso a mi perro, y a mi loco.

Enchumbado de ginebra, me eché en el camastro. Si hubiese tenido pareja, la hubiese foeteado desde que entré por la puerta. El perfume de la Beefeater es capaz de adelantarse por muchos metros, llega con puntualidad justo cuando nos atrasamos por diez minutos.

Sonó el teléfono. Cuando sonó a aquella hora me imaginé que alguien había tratado de conseguirme antes, o quizá durante toda la noche. Volví a preguntarme por qué no tenía teléfono celular. Era mi terca afición a que no me consiguieran. Oí los gemidos de Canelo, quien seguramente tenía una pesadilla, y los ronquidos de Carabine. Si alguien me conseguía era porque me necesitaba a gritos, y eso siempre quiere decir líos amorosos o zafaeras con la droga. Por fin advertí, distraído como estuve por la borrachera, que la lucecita roja parpadeaba en el contestador. Alguien sí que me había estado llamando. Contesté.

Era Toño Machuca, que hiperventilaba. Atropelladamente me aseguró que lo habían secuestrado a las seis de la tarde, y que recién lo habían devuelto a Monteflores. Estaba agitado, quizá un poco lloroso. Lo tranquilicé lo mejor que pude. Canelo ya empezaba a ladrar y Carabine se cagaba en Dios. Iría para allá inmediatamente. Se me despejó la borrachera. Antes de salir activé el contestador. Oí el mensaje anterior. Lo habían secuestrado en la luz de Scharneco, fue un «carjacking». Ésa fue la palabra que usó. Lo habían llevado a Caguas, al barrio Bairoa. Algo cómicamente, me aseguró en el mensaje que le había salvado la vida aquella lata que le dio al secuestrador. ¿Quién lo mandó a secuestrar? Cabía la posibilidad de que aquello no fuera un impulso de títeres, una gracia de tecatos. La noticia rápidamente me había despejado la mente. Repitió que la basura que habló lo había salvado, y pensé que en otras circunstancias Toño Machuca se hubiese reído aquí como una cabra. Ya no estaba borracho, y hasta me despedí de Carabine mientras agarré a un Canelo soñoliento para que me acompañara. Estaba como… ¿qué se dice?, como los paños de malva, uno quitado y otro puesto.

4

Eran las doce y tres minutos cuando me sentí perfectamente sobrio, despabilado por la llamada, listo para acudir a Monteflores, adentrándome un poquito más en la medianoche, y entonces visitar las tinieblas de tantas apetencias, odios y rabias. Y en el centro mismo de tantas ansiedades vislumbré la orquídea negra de la resignación, una idiotez indecisa entre el miedo y la indiferencia. Jimmy estaba en ésas, yo lo sabía, y cuando el V8 del Malibú rugió, después de detenerse en sólo algunos de los semáforos desiertos de la avenida Ponce de León, la ciudad lucía desolada; un anillo de soledad sitiaba mis temores, vigilaba aquella alma, ya incapaz de su propia tragedia.

No supe entonces que subiendo la cuesta de la calle Sagrado Corazón, entreviendo la melancolía de aquel barrio cuya pasada elegancia se ausentaba todavía más en la medianoche, empezaba un fin de semana sin tregua. El secuestro de Toño Machuca sería la primera señal de un alma que se precipitaba al vacío. Era fácil adivinar que vería la de Jimmy Sarriera. Pero todo apuntaba a que el pájaro oscuro volaba confundido, sería capaz de posarse en cualquier hombro desprevenido.

La quietud del barrio nocturno parecía volverse más densa en las aceras. Alguna que otra luz se encendía en las casonas, sobre todo en los segundos pisos. Las frondas de las trinitarias, las ramas de los árboles de goma y los flamboyanes descansaban algo penosamente sobre la oscuridad, como si ellas también hubiesen padecido la nostalgia, habiendo sobrevivido sin los remedios de la memoria.

Sólo en la entrada a uno de los caserones, bajo la sombra de una tapia alta, adornada en el remate con tejas, adiviné un desvelo: él estaba sentado en el centro mismo del asiento trasero, la cabeza echada atrás. Ella parecía como sentada en la falda de él, se aupaba y se dejaba caer, como clavándose con una premeditación animal el miembro erecto. Me detuve a mirarlos. Ella bamboleaba la cabeza más frenéticamente que él, buen detalle para mi curiosidad. Y aunque él no se ocupó de mi sonriente presencia, ella me miró brevemente, con la misma idiotez y saciedad que a veces advertí en la mirada de Jimmy. Ya pronto se distrajo de lo suyo, ensimismada en el placer, entregándose a aquel impostergable grito que alcancé a oír. Aquella urgencia promovida por el perico era un aviso; nada parecía estar en su sitio. Empecé a sentir una resaca. Era una bellaquera sin aplazamiento, a punto de llegar a la cama… Dos calles más arriba, a la derecha, Toño Machuca también esperaba el vuelo loco del pájaro oscuro. Estaría sentado en un sofá, y no en el asiento trasero de un Volvo 740. Justo eso era lo que yo pensaba; ésa era la imagen: todo giraba en torno a una quietud, todavía nadie sabía a quién le tocaría ésta.

Tan pronto apagué el Malibú, Toño Machuca bajó a la entrada de los garajes. Subí una angosta escalera —mal iluminada, con un resplandor de cuarto de ahorcado— hasta la terraza construida justo sobre los garajes; ésta casi colgaba sobre la calle. Se oía el maldito canto del coquí, algún jardín umbroso quedaría cerca. Había una barra y el mobiliario de ratán lucía descolorido, por décadas de indiferencia. Toño, que estaba desnudo de la cintura para arriba, calzaba unas chancletas de goma y unos pantalones cortos de cuadros que le quedaban grandes. No cesaba de hablar, estaba en un estado de agitación.

Detrás de la barra noté aquel cartel de una corrida de toros con el nombre de Toño Machuca como el principal matador de la cartelera, el tipo de souvenir que una fregona de la avenida Campo Rico traería de España. Una colección de pequeñas jarras, con las marcas de las principales cervezas del mundo, completa la decoración. Toño Machuca prefiere que su familia extendida viva sin la ofensa del buen gusto. Pensaríamos en un hombre que ha inhibido su mejor criterio; los pantalones cortos de cuadros son un homenaje a su parentela recogida en Villa Palmeras.

Despechugado, con los ralos pelos canosos del pecho casi lampiño puestos al aire, algo perplejo, sentado en el sofá, esta vez con cierta timidez, asumiendo esa autoridad conferida por la gente que agradece con el coraje, Toño parecía poderoso, magnífico y patético al mismo tiempo. Ni por asomo pensaba que nos ofendía con su desnudez.

Me senté en una butaca con cojín de hule y armazón de acero. Volví a fijarme; los muebles de la terraza, incluyendo el ratán descolorido y rayado, parecían sacados del basurero. Machuca pensaba que él se merecía poco, que mejor era ser botarate con cafrelandia; quizá ya pronto aparecían por la terraza los verdaderos dueños de aquella casa. Todavía hiperventilaba cuando comenzó a contarme el secuestro.

—Si no le hubiese hablado tanta mierda, me habría matado; te lo aseguro.

—¿Cómo se te ocurrió?

—¿Qué?

—Hablarle mierda con la intención de salvar tu vida.

—Lo leí en algún sitio, ahora no sé dónde carajo… Supuestamente es algo que funciona, o funcionó en el caso de los fulanos aquellos que secuestraron en el Líbano…

—Interesante… Y de qué hablaste, ¿de la poesía de don Pedro Salinas?

—No dejaba de preguntarme sobre el Cadillac Seville, el cilindraje, el tipo de carburador.

—Eso te pasa por comprarte un auto para el gusto de Julio Iglesias… ¿Te habló sobre las jodidas cartas?

—No hombre, que es lo tuyo… Quizá lo mareé con mis oraciones de abogado, qué coño sé yo… hechas con buenos sujetos y mejores predicados. Eso, Manolo, eso fue lo que lo cautivó. Ni qué carajo sé yo sobre carburación.

Aquel tono se lo había oído antes, justo antes del cuarto martini. Soltó la tremolante carcajada de cabra y procedió a partirse, como siempre; lo había guardado todo en el armario menos el amaneramiento. La decadencia de Toño era el lado más benigno de su cinismo.

—Estás seguro que no tenía que ver con las cartas...

—Ya estás especulando, mi querido Watson; según eso la Arelis mandó a torturarme.

—En estos casos nada está eliminado, y tú lo sabes.

—Vaya, vaya, tu sutil mente criminal, o es... ¿criminalista?, está en funciones, ¿no es así...?

—La ironía no te sienta, Toño, ¡date el palo completo!, entrégate al cinismo y te quiero más.

—No seas tan acomplejado, tranquilo... No, no creo; los muchachos simplemente querían darse una trilla en carro nuevo, del año.

—La espontaneidad del crack, ¿no?

—De eso no sé.

—No te hagas el pendejo.

—Perico, ¡quizá!

—Crack, suena a crack; el arrebato del crack es así, de pronto se te ocurre joderle la vida a alguien, ver cómo salta con un tiro, diversiones de adolescentes que fueron criados con el WIC. ¿Te torturaron?

Aquí correspondía otra carcajada de cabra. Toño, en cambio, corrió aquel velo de tristeza sobre su mirada. No era miedo sino la melancolía de haber merecido mejor fortuna, en la vida, por supuesto. Era una manera de que todas sus frustraciones se congregaran; aquel encuentro cercano le había despertado la duda sobre su estilo de vida, quizá sobre su afición por adolescentes en estado radical de privación sentimental. Los maleantes eran su *métier*.

—Mentalmente sí, por supuesto... Me torturaron con, ya tú sabes, amenazas terribles: «Viejo maricón, te voy a reventar los sesos, te voy a zumbar... Te voy a explotar la cabeza...».

—Eso fue cuándo...

—Cuando me llevaron a la máquina ATH.

—¿Cuánto te tumbaron?

—Quinientos dólares.

—Tuviste suerte.

—Mucha… Aunque, sabes, Manolo, después de un rato dejó de importarme. No sé, es que me di cuenta de que todo aquello era tan familiar, como si lo hubiese vivido antes.

Pobre Toño; para ilustrarme su inclinación a vivir el peligro, uno de los cabritos apareció en la terraza. Era un muchacho bien parecido, trigueño. Era evidente, también, que estaba recién iniciado en el gusto Armani: vestía pantalón negro de hilo, ruedo doble y exceso de tela; para contrastar, lucía una polo Armani negra con estrías grises, dos tamaños más pequeña: fue fácil adivinar los músculos abdominales bajo la camiseta. Era el tipo de mozalbete que había descubierto la revista *GQ* en los anaqueles de su Walgreen's más cercana… Aquel caco era un chulo del ocio; Toño le pagaba el gimnasio todos los días y él le pagaba a Toño una vez al mes. No era malo el negocio, aquel acceso a *GQ* mediante el beso negro; el resto, es decir, el gusto Armani, ya era bastante convencional por estos rumbos, el reverso de los colorines que aquejan el gusto y el trópico de Villa Palmeras. Además, era un modo de diferenciarse de los emigrantes dominicanos.

Se había depilado las cejas, las sandalias eran, sin duda, unas Cole Hahn trenzadas. (Paso el mismo tiempo que ellos frente al anaquel de revistas Walgreen's.) Por un momento permanecí confundido, no me pareció el cafre de las otras noches. Aquél parecía extremosamente doméstico, obligado a la vida familiar, casado con la doña chancletuda de estrógeno bajo. Éste parecía un Apolo de la avenida Borinquen: Trigueño café con leche, el detalle de las cejas acicaladas lo remataba con un peinado permanente color achiote. Tenía facciones diminutas, nada ordinarias, labios carnosos nacidos para la felación. Era un bugarroncito disco aquel maleante que se sentó en el respaldo del sofá y me miró primeramente con suspicacia y luego con arrogancia criminal. Tenía los ojos pequeños y separados del asesino. Era la única imperfección en aquella cara de fresco con gustos caros. Añoré los cafres de las otras noches; aquéllos parecían más benignos, capaces de cuidar alguna abuela sicotuda y pedorrera.

Aquel custodio del templo comenzó a mirarme con la suspicacia ya abiertamente recelosa de quien no toleraría intrusiones en sus privilegios. No había disimulo; éste se borraba en favor de la intimidación descarada. Una anticipación de eventos terribles descendía sobre la desnudez patética de Toño. Estaba acostumbrado a que le toleraran la decadencia de su cuerpo envejecido; eso era evidente. Aunque una loca inocencia se fuera acumulando en él, porque apenas se percataba de los peligros evidentes, de haberse sitiado con maleantes, con semejante ralea. Los de su condición suelen sufrir esa ceguera; ése era su verdadero secuestro, no percatarse del camión al cruzar la calle, no ver lo que se le echaba encima. Cultivaba el resentimiento, el propio y el ajeno, con esa furia suicida de quien jamás ha logrado paz consigo mismo. Había colocado explosivos en los cuatro costados de su vida, el viejo jugaba con candela; pronto le estallaría en la cara tantos riesgos asumidos en nombre de una discreción aprendida en pueblo chiquito. Tener una familia extendida a causa de la complicidad sexual era la fruta venenosa.

El chulo Armani fue a la barra y se sirvió un Passoa, esa bebida de parcha que los cafres han adoptado como emblema de su gusto por lo reciente; aquel trago tenía, ostentaba, la tradición de un perreo en discoteca. No dejaba de mirarme con el rabo del ojo, como si yo fuera capaz de robarle, allí entonces, su sitio de poder. Eso sí, Toño lo seguía con la mirada; aunque no se atreviera a llamarle la atención, tampoco aprobaba del todo aquel alarde de intromisión en su privacidad. Me miró como adivinando en mí una reacción al comportamiento del chulito. Me lo imaginé husmeándome: Toño tropezaría con las marcas de mi acné, con la insinuación de una gran papada todavía por llegar, se irritaría con aquellas facciones, tan indecisas entre el perfil aquilino y la mofletudez mulata; entonces se consolaba con la idea de merecer alguna belleza. Lo sentí como reconociéndome más solitario que él.

Nuestro bebé Armani se sentó en una de las butacas de ratán y echó la pierna izquierda sobre uno de los brazos. Dejó la horqueta de los calzones al aire, como retándome con sus piezas. Aquel gesto de insolencia sólo podría ser remediado con algunos modales aprendidos de gente bien. Toño procedió a presentármelo. Su nombre era Junior, así de predecible, tan normativamente lumpen. Toño ya no lucía triunfal, esta vez me miró como disculpándose de haberse rodeado de gente mierda. Hasta noté cierto sonrojo, cosa extraña en un hombre con bronceado tan notable. Aquel caballero de pajarita y cinismo al uso, más seco que un martini sin Rossi, era un ser lacerado en su afectado esnobismo, mostraba la incomodidad de presentar, en mi sociedad irónica, aquel entusiasta de la bebida preferida por las fregonas dominicanas con domicilio en la avenida Puerto Rico de Villa Palmeras. A Toño le sentaba mejor la soltería, su pinta de señorón solitario. Algunos hombres, como yo, no nacieron para tener familia. La ironía es la máscara de los feos con ambición, justo lo que nos distingue del proletariado.

—Y qué tú quieres que yo haga…

—No se puede hacer mucho. No sé por qué te llamé con tanta urgencia.

Entonces, justo ahí, fue que intervino el cabrito. Justo como era de esperar, parte de su amaneramiento era imitar la voz algo gangosa de Toño. Era como si alguien, más ingenuo aunque no menos criminal que él, le hubiese asegurado que semejante voz lo hacía merecedor de la aristocracia que le pagaba la buena vida. Hablaba con esa autoridad del hijo que condesciende con un padre camino a la chochez.

—Eso mismito le dije yo… ¿Por qué asustarnos?, cuando se trata de unos miserables… Es un incidente, ¿cómo se dice…?

Aquella palabra, «miserables», parecía aprendida en las novelas venezolanas que veía con su tía, cuando aún estaba de que le prendiesen el televisor. Pero no tenía edad para esa imagen; era muy joven para haber conocido las novelas venezolanas. Más bien parecía aprendida, aquella miseria, en la revista *¡Hola!*

—Aislado...

—Eso mismo, un incidente aislado...

Entonces apuró el resto del Passoa y me miró con una sonrisa como sorprendida, con un gesto bufo de oreja a oreja. Se burlaba de todo, por lo visto; el muy cabroncito delataba un espontaneísmo coquero que me ponía nervioso. La hilaridad del dulce coco siempre va camino a la ira; un pericómano casi siempre ríe con rabia. Mientras tanto, Toño añadía, con la fatalidad de una abuelita:

—¿Qué se le va hacer?

Miraba a distancia su propia soledad. Decir que se ensimismó sería beneficiarlo con un sentimiento reconocible. Lo de Toño era un misterio, que alguien tan distante estuviese así de sometido por la necesidad, el chancleteo, los rencores y las ventajerías de la familia proletaria; era un enigma aquel hombre, un solterón sojuzgado por la domesticidad.

Visité a Jimmy. Cuando entré a la habitación se sorprendió, hubo un poco de vergüenza, parecía que lo hubiese sorprendido en algo obsceno. Lo noté excesivamente distraído de todo, como si ya se estuviese despidiendo. La enfermera, Maritza, me lo confirmó: ya estaba pidiendo pista para despegar. Entonces se apresuró a asegurarme que no había ansiedad ni dolor. Jimmy se había propuesto desacreditar la muerte, quitarle sus truculencias. Era algo verdaderamente sobreestimado, me aseguraba Jimmy con aquel gran bostezo y, de nuevo, la mirada idiota. Me sonrió después de un rato. Pensé que me había confundido con el perrito que le aplastó aquel camión, cuando Jimmy apenas tenía cinco años. Nadie más sentimental que un moribundo.

Y Maritza también pretendía quitarle solemnidad a la muerte: Jimmy dormía la mayor parte del tiempo. De vez en cuando se le oía el sarrillo, aquel ronquido postrero que sería como la fanfarria del gran sueño, del gran bostezo, diría yo, porque no hay aburrimiento más cruel que la muerte. Yvette no estaba. Aquel fulanito celoso, custodio de la reputación de Jimmy, mi contrincante en el estacionamiento, me sigue con la mirada; el desprecio ha dado paso a cierta curiosidad, como si ahora me reconociera como menos peligroso. Sólo Maritza me sonríe. Y Jimmy también, ahora mismo y entonces procede a una petición loca: Me pidió un papel; antes de que yo se lo consiguiera, ya estaba bostezando, a punto de dormirse. Hasta al fulanito le parecía graciosa la inquietud de Jimmy. Era un hombre colocado entre la simpatía y el olvido.

Me escribió en el papel, con letra de un anciano a punto de apagarse: «Consígueme el libro *La noche oscura* y me lo echas en la caja. Agradecido. Jimmy». Cuando fui a preguntarle ya estaba dormido. El fulanito se encogió de hombros y entonces llegó Yvette. Le enseñé el papel. No le hizo mucho caso y me pidió que hiciera lo mismo. Jimmy padecía de bibliomanía; según ella, coleccionaba libros raros que jamás leía.

—Ahora tendría tiempo…

—No sea cruel.

—Es una petición que pienso cumplirle.

—No sé cómo, también pidió que lo cremásemos… Una cosa no es compatible con la otra, como se podrá imaginar.

—Eso es fácil… Lo cremaremos con todo y libro.

Entonces a Yvette le salió la bicha:

—No hay que hacerle caso.

—Uno le hace caso a los moribundos —riposté.

Maritza intervino con aquella sentencia indecisa entre la burla y una especie de premonición; sonaba a sabiduría dominicana:

—Los moribundos son sagrados. La cama es como un trono, y desde ahí deciden… Y disponen justicia, orden; nunca piden dinero, por ejemplo; se empeñan en ser justos, sí, señor, así es… Por eso hay que conseguirle el libro y echárselo, para que lo acompañe adondequiera que vaya… No sabemos; quizá piensa leerlo, o divertirse, aunque, no sé, para mí que ese libro es como el de los muertos, puritita cosa del otro mundo, lo más seguro que es un mapa…

Entonces Yvette nos mandó a bajar la voz, cosa inútil, porque Jimmy roncaba como un lirón. Estaba más allá de cualquier cuido o ansiedad. Jimmy era libre.

—Conseguiré el libro —le sentencié.

—Eso es fácil.

—¿Por qué?

—Creo haberlo visto por aquí, en la habitación.

—No lo veo.

—No lo ha buscado. Estoy segura de que esta aquí, en la habitación.

Me dirigí a Maritza, quien parecía hacerse la desentendida.

—¿Lo has visto?

—Sí, los primeros días, pero después ya desapareció… como por arte de magia… No vaya a ser un fucú… Mire, que ya no quiero saber de eso…

De pronto Jimmy se despertó y me miró. No me reconoció. Remontaba otra etapa del camino. Eso sí, por un rato quedó en sobresalto, como si despertara de una pesadilla sobre alguien que muere de cáncer. Estaba sudoroso, volvió a sonreírme y entonces quiso arrancarse el suero. Parecía listo para irse. Me sonreía sólo porque yo era el que estaba allí. Así mismo le hubiese sonreído al conserje.

Me sentí culpable. Se me instaló en el corazón el presentimiento de que también podría burlarme de Jimmy. De que en nosotros tres —en Yvette, en mí y en Maritza— por un momento había pasado el ángel de la exasperación, ese fugaz vuelo de la rabia que nos entra contra los enfermos y los desvalidos. Quizá la piedad nos resultaba ajena, y punto. No había nada más que decir, o hacer. Jimmy moría rodeado de una equivocación, acompañado por la gente que no era. Todos éramos intrusos, usurpadores; habíamos sitiado a un moribundo, quitándole la oportunidad de una última ternura. En lugar de ésta, tropezaba con la ironía, el cinismo, algo de la bichería propia y la de Maritza, la indiferencia mordaz de Yvette. No había valido la pena porque moría rodeado de la gente que no fue; de no habérsele volado la broca del cerebro para el mismísimo carajo, habría querido saltarse aquel círculo, aquella sesión espiritista donde se invocaba el jodido desamor. Sólo la dureza de Maritza estaba algo disculpada; había visto tanta muerte que el sentimiento ya se le daba consolado por la comedia. Pero los moribundos no ríen; en todo caso se vuelven poderosamente sentimentales, y llorosos. Jimmy bostezaba; pero era porque el destino le había practicado una lobotomía como preparación para bien morir. Fue su último rito, aunque algo me dijera que Jimmy quería saltarse nuestro círculo, añoraba a su Arelis, deseaba sentirse protegido; ahora bien, externamente era un hombre en el desamparo de su propia corrección social.

Llamé a Arelis porque ya no había tiempo. Jimmy bostezaba sin remedio el sueño largo. La conseguí en el celular, me dijo algo sobre los honorarios, me pidió que la llamara al teléfono directo en el trabajo. Siempre había en ella aquellas señas de cicatería, me dije…

—Ya no hay tiempo para un encuentro. Olvídate del rendez-vous frente al mar.

—Nunca me ilusioné mucho con eso.

—Pues yo sí.

—Eres un romántico.

—No sabes cómo.

—Tengo que decirte algo.

—Dime…

—¿Qué hay de las cartas?

—Nada, pues nada; quizá hoy vea a Toño, quedamos en eso.

—¿En qué?

—En vernos para lo de las cartas.

—Además hay otra cosa, es lo que estoy tratando de decirte…

—Acaba de decírmelo.

—Además de las cartas quiero que busques otra cosa.

—¿Qué?

—Unos billetes de la lotería.

—¿Pegados?

—¿Qué tú crees?

—Pregunta pendeja, verdad… ¿Y dónde están? Entre las cartas de amor? El amor y el interés…

—No seas cínico.

—¿Yo?

—Deben estar con esas cartas.

—Una buena cantidad, ¿no? Secreteos de novios, ¿no es así?

—Él no quería decírselo a nadie. No quería, sobre todo, que su mujer se enterara. Yo le dije que se los vendiera a alguien. Pero no quiso. De pronto un día me llamó histérico, buscó el billete en el sitio donde pensaba que lo había puesto y ya no estaba… Jimmy estaba histérico; jamás lo vi así.

—Déjate de pendejadas. Tú sabes que está entre las cartas.

—Eso le dije yo; pero no sé si buscó, o los encontró… Entonces se enfermó.

—Hace menos de un mes de eso…

—Un poco más de un mes.

—Le dijiste que buscara entre las cartas…

—Sí, eso le dije; era lo más normal, que los escondiera con las cartas.

—No me digas.

—Y de cuándo acá esa jodida actitud. Hasta ahora yo voy perdiendo en este asunto. No acabas de entregar el producto y ya te pagué.

—No incluiste el maldito peaje del puente Moscoso…

Sin aviso, se echó a llorar. De repente el cocodrilo sollozaba. Por lo visto tenía conciencia. Tardó tanto en recomponerse que algún crédito le di. De hecho, la oía llorar a moco partido. Parecía sincera. Eso sí; se me figuraba que era como el llanto entre batalla y batalla. Era justo lo que me fascinaba de Arelis, aquella irresolución entre la voz sensual al teléfono y la bicha con papeles. Quería verla, saber de ella. Precisamente por esto se me paraba. Quise pensar en aquel llanto como algo excesivamente íntimo, como una puesta al día de la memoria, el romance entre ellos, tantos recuerdos. Aunque no, tampoco era así del todo: Arelis lloraba, también, aunque sólo por momentos, de pura rabia contra el pobre de Jimmy. Aquel hombre la había exasperado muchas veces; era el llanto de la noche anterior a la petición de divorcio. Cuando Arelis por fin se tranquilizó, supe que, en aquel momento, se juraba cierto tipo de venganza. Eso lo supe de la manera más loca posible, sin otro fundamento que la implacable lógica del coraje por quien una vez amamos. Ya tuve dudas sobre toda aquella gente miserable. Casi se me había cagado la ilusión de quererla. Añoraba una imagen más benigna de ella.

Llamé a Toño Machuca tan pronto me despejé de la visita al hospital, y esto fue exactamente tres horas y quince minutos después; todo ese tiempo estuve en el apartamiento de la calle De Diego, contemplando el plafón, sometiéndome al rigor de reconocer la estupidez humana. Mandé a Canelo y a Carabine a paseo; irían en dirección a Río Piedras, finalmente entrarían al Casbah que rodea la antigua plaza del Mercado en la convicción de la euforia; un loco y un perro, deambulando por calles con peste a agua de fregadero, son capaces de una levedad que aquella tarde simplemente era mi Tierra Prometida. Lo llamé. El teléfono sonó por largo rato, aunque bien sabía que Toño aún se encontraba en la oficina.

—Está muy mal. Lo único que hace es bostezar.

—¡Eureka!

—Te digo que está jodido. ¿Por qué carajo bosteza tanto?

—Es el sueño largo… ¡Eureka!

—No lo dejarán dormir, las víboras que lo rodean.

—Ya dormirá. ¡Eureka!

—Qué mierda me quieres decir con eso…

Me puse grosero porque el viejo cínico ya remontaba esa particular hilaridad suya que culminaría en la maldita carcajada de cabro. El «¡Eureka!» era cada vez más agudo y chillón, alguien tan liviano con todo lo humano merecía esfumarse al olvido. A veces Toño parecía negado para la más elemental decencia; su corazón parecía ausente de cualquier forma de amor. Para él todo era motivo de burla; nada merecía su respeto. Empecé a despreciarlo.

—¡Eureka, las encontré!

—No jodas.

—Sí.

—¿Dónde y cuándo? ¡Dime!

—Las encontré en su escritorio. No tuve que romper nada, lo cual es una ventaja cuando su mujer venga por aquí.

—¿No estaban bajo llave?

—No.

—¿Y por qué coño tardaste tanto?

—Rebusqué varias veces en los archivos, y nada. Entonces me avivé y busqué entre los documentos, en las gavetas del escritorio. No estaba ni arriba de la estiba ni debajo. Ves… Estaban en el medio, un reto para la paciencia de cualquiera.

—No hables mierda.

—No, de verdad; las había escondido con odio. Pero son una joya; deja que las veas.

—No te pertenecen.

—Ni a ti tampoco, aunque a ti te provocan más curiosidad que a mí.

—¿Cuándo te veo?

—¿No te lo dije? Que las encontraría…

—Estás culeco. ¡Eureka! ¡Eureka! ¡Eureka! Qué mierda es ésa… Tenemos un acuerdo.

—No me quedaré con ellas, y tú lo sabes.

—¿Dónde?

—En Los Chavales. En media hora…

—Añádele quince; hay tapón.

—Estamos. A las cuatro.

—Te veo entonces.

—Están sabrosas, sabrosísimas. Además, hay fotos, ¡qué hembra es la Arelis esa! Mujer guapa… Hay que ver lo que se traía entre manos nuestro Jimmy.

—Más respeto. El hombre se está muriendo.

—Tienes razón. A la hora de morir nos adecentamos mucho.

—Sabes algo, Toño; no eres un buen hombre, y ni siquiera eres discreto.

—Touché.

Era evidente que las había estado curioseando con la particular delectación del ligón. Fue coraje lo que siempre tuvo a causa de su fealdad. Estaba a flor de piel su alma lacerada; apenas podía disimular su afán por vivir a través de otras vidas, y la de Jimmy era la usurpación preferida. Era un niño pobre a quien una noche dejaron entrar al cuarto de juguetes del niño rico. Las cartas eran un festín para sus carencias; pero también para su fantasía. Muy en el fondo de Toño, y sin que ello mejorara su condición moral, estaba ese romanticismo desaforado, que lo convierte en buen candidato para adorar allí donde nadie le correspondería. Supongo que los chamacos que viven en ese almacén de títeres que es su casa nada saben de María Callas. Pero el patroncito sí que debería educarlos en la ambición de los grandes suspiros. Pobre diablo solitario el Toño Machuca.

Esto último lo pensé dándole las llaves del Malibú al valet. Aquel fulano del mostachón tenía la simpatía empalagosa de quien llegó a San Juan en carro público.

Entrando a Los Chavales sentí aquella mirada inoportuna, una manera de presentir que traspasaría territorio enemigo. El campo estaba minado y las bombas caían cerca, de frente me encontré con Chucho Zegrí; era la ametralladora que faltaba. El ambiente, aquel fumón a tabaco y alcohol, sería la crisálida añorada por el alcoholismo bien templado de Chucho. Si no podía beber, al menos se intoxicaría con los vapores etílicos, saborearía en los otros esa exaltación de la lucidez y la majadería que produce el alcohol. Chucho pensaba que esa euforia era un daño ambiental necesario para su salud mental. No sería el más discreto de los testigos para la entrega de las cartas. Tendría que zafarme de él.

—¿A quién esperas?

Chucho era uno de esos sabuesos callejeros capaces de olfatear la ansiedad. Su estadía de toda una vida en bares y antros le anticipaba el regodeo en la desgracia ajena. Era capaz de olfatear la carroña y también circunvolar la presa. Consolaba su condición de pobre diablo, a quien la vida le había dado el largo no, husmeando el fracaso ajeno. Era un coleccionista de esas pequeñas y grandes desgracias que los borrachos suelen contar entre el cuarto y el quinto trago. Su sobriedad le permitía sentirse superior.

—A Toño Machuca.

—Un vividor…

—¿Quién te preguntó?

—Tú lo sabes. Ha vivido de las costillas de Jimmy Sarriera por lo menos durante los últimos quince años.

—Ya está viejo.

—Pues que se retire.

—Tiene una familia enorme.

—Sí, ya me han contado.

—Y déjanos solos cuando llegue… No te quiero sentado con nosotros.

—Estás de confesiones…

—Asuntos privados, Chucho, asuntos privados. La gente que deja de beber casi siempre se vuelve más discreta. ¿Qué se te ha metido entre cuero y carne?

—Ya me voy; ahí llegó Toño, y no quiero interrumpir tu téte a téte… Cuídate de ese hombre… No es peligroso, pero sí está rodeado de gente peligrosa, chulos y craqueros… Que manipulan sus debilidades… Míralo saludando a diestra y…

—¿A qué te refieres?

—Fabiola…

—¿Quién es Fabiola? Nombre de blanquita de Guaynabo…

—Nada de eso, más bien gente cursi de la avenida Puerto Rico de Villa Palmeras, tías chancleteras que leen *Imagen*…

Es la nena de la pareja que vive con él... Esa niña es su única debilidad en la vida, de verdad; ese viejo cínico sólo se descuadra por su Fabiola... Lo tienen secuestrado a causa del cariño que le tiene... Pero me voy, y que disfrutes de Toño, alguien hecho para uno de tus enredos, sin duda.

Aquello me dejó mortificado, inclinado al remedio de al menos indagar. Esa Fabiola no la había visto; a menos que fuera una de las sombras de aquella primera noche, alguien del grupo que pude observar, los que bajaban al garaje... Pero aquella vez no recuerdo ninguna niña. Chucho me pasó por el lado y me sonrió triunfalmente. También era diestro al sembrar ansiedades. Aquélla era su manera de hacerse el imprescindible, y lo era. Tendría que contarme sobre Fabiola. Yo lo necesitaba. Él lo sabía. Manejaba sus conocimientos sobre la intimidad de la gente como un agente de valores bursátiles; invertía en el sufrimiento y las debilidades humanas como quien apuesta a dividendos que luego donará a la caridad pública. Si la vida lo había dejado fuera de concurso, bien se merecía el prurito de saberse omnisciente y omnipresente.

Toño lanzó el paquete de cartas sobre la mesa. Era un gesto triunfal: si él había recuperado, de verdad, esas cartas, yo suponía que se ufanaba lo mismo por el instinto de sabueso que por la supuesta superioridad moral sobre Jimmy. Aquel gesto era tanto el del juez como el del policía. Toño pensaba que se las merecía todas.

El paquete lucía inocuo, más bien como el acostumbrado óbolo al sentimiento, una de esas ofrendas a la cursilería que conservan las mujeres en cofres, estuches o gavetas. El detalle singular, lo que saltaba a la vista, como si en éste se delatara que en verdad se trataba de una bomba, era aquella rafia con que habían sujetado el paquete de cartas. Había algo excesivamente deliberado en todo aquello; la fibra de paja también podría pasar por un adorno; el dichoso paquete estaba a mitad de camino entre el regalo y la acusación. Lo miré temeroso de que me saltara encima, o estallara. Ya pronto lo consideré temible, porque bajo aquella apariencia inocente se ocultaba la traición. Era un regalo capaz de romperle el corazón a alguien. Toño lo sabía.

Estaba bebido, camino a la borrachera. Si venía del bufete, había estado tomando, quizá regodeándose en las cartas, contemplando su propia soledad en el secreto de Jimmy. Como fuera, también era vigilado por los buitres, porque ya pronto llegó el cabrito Armani de pelo achiote y se sentó a la mesa como el regalo de cafrelandia a esta barra de abogados susceptibles al tormento de la conciencia.

—¡Voilá, eureka! Ahí están…

Dijo esto mientras hiperventilaba. En poco tiempo había pasado del triunfo al desfallecimiento. Y ahora que había llegado el cabrito recordó que su obligación era la tristeza. Ya pronto pasó de ésta a la rabia. Era lo acostumbrado en él:

—Ahí está eso, y que les favorezca esa empecinada ilusión de felicidad conyugal, de bienestar doméstico, ese embuste, que les aproveche…

Echado el discurso confirmé la borrachera.

—Las leíste, ¿no?

Al contestarme se partió todo; su bichería femenina, aquel rencor profundo, estuvo a punto de quebrarle la voz; se le aspaventó la gesticulación, naturalmente:

—Naturlich… Por supuesto, nene… Tremenda jaca que montaba el Jimmy… ¡Y qué romanticismo! Un verdadero romance diría yo…

—Y tú con las ganas.

—Te equivocas, ¿sabes? Yo prefiero hacer el ridículo de otra manera. De todos modos, eso me sorprendió… la pasión de Jimmy… Jamás lo pensé tan entregado.

Aquí y entonces empezó a explotarme el efecto de la grilla que me fumé camino acá. El sun sun me estallaba justo ahora que necesitaba lucidez para enfrentarme a la rabia de aquel hombre. Es lo que siempre he dicho: uno no debe cagar donde come, el sueño, la ambición de mi oficio de facilitador, o alcahuete, debe ser la sobriedad. Aquella nota empezaba en el lado izquierdo, sobre el músculo pectoral, y subía en círculos concéntricos hasta los sesos. Las palabras del viejo cabrón de Toño salían derretidas de su boca. Cada sílaba era un color distinto. Éstas caían sobre mi conciencia con la espesura y la brillantez de pintura derramada. Era como si los colores estallasen y a la vez se derritieran. No estaba en condiciones de juzgar moralmente.

—No lo... ¿cómo te diré?, no lo pensabas, o concebías, ésa, ésa es la palabra, y fue tu socio durante toda una vida...

Las palabras de Toño se derretían a colores y las mías sonaban negras. Aquel pasto era grifoso y potente, tuve que recortarle la moña más de la cuenta y las pepitas recuerdo que crepitaron en el fumeco.

—¿Sabes una cosa, Manolo? Terminé envidiándolo.

—Cosa bastante predecible en ti...

Pero no se inmutó. Su sarcasmo todavía no se había despejado cuando miró al cabrito con la complicidad acostumbrada. El cabrito sonrió. La sonrisa intercambiada me molestó, quizá más de la cuenta; tenía los nervios de la persecución irritados por el fumón. Le tenía mucho cariño a Jimmy y aquella actitud del cafre a la verdad que me encabronó. Entonces reaccioné instintivamente, quise proteger la intimidad de Jimmy y agarré las cartas con premura, justo como si el cafre hubiese tenido las intenciones de arrebatármelas para luego echar a correr. Yo sabía que todo aquel tropel de pensamientos persecutorios era a causa del sun sun de la mafufa, pero aún así me sentí valiente, como quien lleva el santo grial a través de un hospitalillo de calcutos en La Perla.

—Hay algo ahí, en ese brete, que hubiese deseado para mí, de verdad, Manolo, de verdad.

—No lo dudo, Toño, no lo dudo. Pero háblame de la mujer. ¿Cómo es?

—Muy hermosa.

—Pero eso no fue lo más que te impresionó...

—Manolo, Manolo; yo estoy picado y tú estás hablando mierda, con esa voz pastosa. Digamos que ahí tienes las malditas cartas y mañana hablamos.

—Tú sabes que lo hago para que, bueno, el hombre deje una memoria bonita de su estadía en el planeta.

—Sí, sí; eso, ¡qué misterio!, era muy importante para él. Siempre me repetía que lo más que temía en la vida era morir y dejar atrás un montón de gente encojoná.

—De acuerdo.

—Él sigue igual, supongo…

—Sí; pero ya está pidiendo pista, como dicen… Lo único que hace es bostezar.

—Ya te dije, el gran sueño…

—Te veo, Toño, te veo… Eres duro, duro de verdad.

Se acercó a la mesa el negro Galindo, quien había inventado el oficio de facilitador. Se transforma con los tiempos: en los años cuarenta conseguía codeína, anfetaminas y putas; en los cincuenta añadió el «laughing gas», cuyos usuarios más consecuentes eran el guardabosque central de los Senadores de San Juan y la primera base del Santurce; en los sesenta ya se especializó en el montaje de cuadros y la quemadera de pasto, añadiendo en los setenta el perico y en los ochenta y noventa el manejo de un establo de cachaperas con pinta de coristas y disposición orgiástica. Se ufanaba de prohibirles los zapatos cómodos a las lesbianas; si querían trabajar para él tenían que dominar los tacones estiletos, no quería «bochas» en su empleomanía.

Era negro gulembo, flaco como la muerte y también billetero. Sabía moderar la solemnidad de su oficio con aquellos ojos bolos que movía entre la sorpresa y un gesto de impaciencia en que casi desaparecía el iris. Yo prefería el gesto de sorpresa, porque el otro se le daba algo partido y no hay cosa más triste que un viejo pato, prieto y alcahuete. Galindo era una especie de anfitrión social de aquella barra de Los Chavales. Era también un anacronismo puesto al día, su pinta y oficio parecían aprendidos en La Habana de los cincuenta, sobre todo el impecable traje blanco dril quinientos. Se parecía al hotel Normandie, es decir, un lujo de otros tiempos.

Lo conseguía todo; tanto viejo feo, calvo y panzón que allí acudía bien que necesitaba de sus servicios. A él personalmente lo que le gustaba era la mafufa, y ésa era la pinta que tenía, la de marihuano que aprendió a quemar durante sus años en la marina mercante. La verdad es que me sorprendió verlo por allí; las otras veces estuvo ausente, aunque yo sabía perfectamente que aquél era su territorio. Preguntó por Jimmy. Le contamos. El negro Galindo se puso sentencioso:

—La suerte suele llegar acompañada de esas malas noticias.

Cuando dijo esto miré a Chucho Zegrí, que estaba al otro extremo de la barra y todo el tiempo había estado curioseando la conversación. No sé por qué lo hice. Las palabras de Galindo, eso sí, se derretían a un solo color: el verde. Tenía que salir de aquel antro lo antes posible. Me sofocaba, apreté las cartas y me levanté. Pero ocurría que Galindo no me dejaba ir. Añadió:

—Le vendí un billete y se pegó. Eso lo sé yo. Era un número muy feo, el de la muerte… No quise vendérselo por eso… Insistió… Y se pegó.

La voz de Galindo era oscura; en los tonos más sombríos disimulaba esa lentitud que sugería, a su vez, una falta elemental de inteligencia. Ahí Galindo era vulnerable; el resto del tiempo tenía que contestártelas todas, ejercer su dominio de la calle. Tuve un buen argumento para largarme:

—Voy a mear.

—¿Tienes con qué?

—Préstame tus pinzas, Galindo, que te dejaron sin el cambio.

Era el mismo intercambio de siempre entre nosotros. Galindo era el tipo de filósofo callejero que me cortaba el aliento, que me ponía un resorte en el culo. Un prieto, alcahuete de blanquitos, para nada me enternece…

—Papa, este manguerón no se resuelve con pinzas sino con tenazas.

Hasta ahí llegaba el ingenio de aquel prieto cabrón y correveidiles, el clavel que la calle Calma usó en la solapa antes de que muriera el Sonero Mayor. ¡Qué cosas pienso cuando estoy arrebatado!

Salí al estacionamiento. La solanera dio inclemente contra el «sun, sun». Me zumbaban los oídos y estaba camino al traspiés, no hay cielo más inclemente que el de las cinco de la tarde remontando ya el otoño. Necesitaba llamar a Arelis. Lo haría desde el teléfono público al salir de Los Chavales, justo ahí frente al restaurante, en la acera de la avenida Roosevelt. Por el contrario, llamar desde el teléfono al lado de la caja registradora del restaurante sería como incitar una curiosidad que ni Toño ni Chucho, Galindo ni el cabrito serían capaces de resistir. Toda aquella gente perseguía la reputación de Jimmy. Cuando pensé aquello me entró cierta hilaridad, y entonces, sólo entonces, recordé que estaba bajo los efectos del pasto.

De reojo me llamó la atención un Porsche Boxster en el estacionamiento. Aquel bólido rojo me olía a entierro. Me acerqué con esos pensamientos que da la calle, y el instinto de identificar la basura que ésta recoge. Efectivamente, justo lo que pensé: era nuevísimo, acabado de sacar del salón de ventas, los asientos todavía tenían el plástico protector. Y así se quedarían; era la manera de proteger el forro de los muebles en Villa Palmeras... Alguien había hecho un regalo caro, tomé nota y me alejé. Aquel Porsche Boxster tenía que ver conmigo.

De nuevo, tuve razón; la realidad alcanzaba la velocidad de mis premoniciones: Justo cuando marcaba el teléfono de Arelis, oí el rugido abaritonado del Boxster. Mis intuiciones me parecieron triunfales, me pasó por el frente justo cuando el cabrito del pelo achiote calzó la segunda velocidad y aceleró. Era descapotable, y Toño iba en el asiento del pasajero con esa euforia de los que pagan por cumplir fantasías. El viejo feo, con lazo de pajarita y alma de voyeur, había hecho un regalo extravagante, con aquella trilla se pensaba dueño de alguna juventud temeraria.

–Las encontré.

—¿Las has mirado? —preguntó Arelis con la urgencia de quien está próximo a juzgar.

—Todavía.

—¿Dónde están? —repuso ya camino a la ansiedad. La severidad de Arelis hizo que me sintiera más empleado que nunca.

—Aquí las tengo conmigo, las tengo en la mano.

—¿Tienes los billetes de la lotería?

—Ya te dije, no las he mirado.

—Me las entregas hoy.

—Tanta prisa… ¿Por qué?

—Nadie quiere que se manosee su intimidad —me replicó Arelis con la súplica de la víctima aferrada a su voz.

—Tienes razón.

—¿Dónde?

—Donde tú quieras… Decide tú… ¿Kasalta?

—No, hay mucha gente que yo conozco…

—¿Bebo's? ¿En la marginal de Isla Verde…?

—No; es un sitio que preferiría no volver a visitar… ¿Qué te parece Puerto Andín, en Piñones…?

—Una conocedora, una jodida conocedora…

—Era uno de nuestros sitios preferidos. —Y al decir esto pensé que Arelis intentaba convencerme de su inocencia, y hasta candor.

—Allí estaré… ¿A qué hora?

—A las seis y media.

—Con el crepúsculo, iban con el crepúsculo…

—Ya sabes lo romántico que era Jimmy.

—Todavía lo es; no hables en pasado absoluto.

—Sí, ya es tiempo. —Y Arelis volvía a su dureza perturbadora.

—Perfecto.

—A las seis y media en Puerto Andín.

Loca que eres, pensé para mí.

Piñones es el litoral donde San Juan recala suavemente en África. El fantasmal navío de esta ciudad, a mitad de singladura entre el perfil urbano de Miami y algún barrio de Orlando reinventado por el genio de Ray Kroc, aquí abandona el territorio del Burger King y atraca alucinantemente al muelle de los arenales y los bosques de cocoteros, las palmeras donde una particular histeria se aloja. Esos penachos moviéndose al viento siempre me encrespan los nervios. Abajo, en la sombra de tales caprichos, está el sinuoso camino de arena, los timbiriches de madera y cemento, tablones, pencas y cinc, engalanados con guirnaldas de bombillos a colores, el friquitín donde se fríen, con gran humil y a caldero tiznao, los bacalaítos y las alcapurrias. Son lugares donde no abunda la imaginación, donde el pecado parece ser, siempre, una variante de fantasías secuestradas por adolescentes temerarios, arrebatados, de ojos sanguinolentos e intenciones criminales. Aunque esa fantasía no sea la de los negros que fríen, venden las cervezas y husmean al sanjuanero con la hosquedad del que nunca pudo salir del poblado negro… En Piñones el paisaje es la maldición del habitante y la ensoñación del forastero. Hay mucha hostilidad criminal en este sitio. Por eso, cuando vi que el cafrecito y Toño me seguían en el Boxster, a distancia prudente, porque ya los había visto esperándome, a que pasara por el largo trecho de carretera frente al balneario de Isla Verde, supe que el primer crimen estaba cerca, y quizá coincidiría con la muerte de Jimmy. Pero ¿por qué me seguían con tanta desfachatez? ¿Me seguían a mí o esperaban a Arelis?

Después de la pocita de Piñones, esa rada para niños que apenas alcanza cinco pies de profundidad, y que resguardada por rocas filosas parece invitarnos a un litoral que cambia con cada uno de los huracanes que azotan desde el este, hemos arribado al Piñones más clandestino, el de los traqueteos de drogas, las intrigas amorosas y los repentinos crímenes pasionales. Di un viraje abrupto a la derecha y el Boxster siguió camino; por un momento dudé de que me estuvieran siguiendo.

Hubiese sido exagerada la casualidad. Todos coincidíamos en Piñones porque todos éramos gente con vidas dobles; la falta de integridad nos asediaba a todos. Viajábamos en una nave donde la estulticia se disfrazaba de engaño.

Arelis me dijo que nos encontraríamos en Puerto Andín. Seguí a la derecha por la escuela, siempre a mano derecha, hacia el caño, y buscando el mangle, o algún atracadero, hemos llegado a Puerto Andín. Antes de bajarme del Malibú quise recordar ese paso reciente del Boxster por el arenal de Piñones, las altas frondas de las palmeras moviéndose en la brisa empecinada del atardecer… el sun sun seguía explotándome y recordé que Toño parecía muy divertido en el asiento del pasajero, como viejo cuernú que han sacado a una trilla para estrenar vehículo, a un paseíto, porque es él, él es, quien paga tantos lujos, extravagancias y jodederas. El Boxster rojo de capota crema, ésta echada atrás, parecía una versión culona del Spyder en que se mató James Dean. Alto y redondo atrás, como con el baúl trepado y los focos algo soñolientos, aquel bólido rojo, por lo visto acabado de comprar, pedía a gritos que lo siguiéramos, después de entregarle las cartas a Arelis, hasta el final de la ruta. No sé cuánto tiempo estuve allí, abandonándome a aquel pensamiento pueril. El asunto era, simplemente, que el pasto me tenía medio incapacitado, un poco camino a la catatonia.

Es como me decía un viejo jodedor: «Puerto Andín es el sitio donde tú traes a la chamaca cuando quieres impresionar; es un sitio, te fijas, con la naturaleza, y ella va a pensar: Coño, este tipo sí que sabe de esto». Aquí y entonces fue al revés; Arelis me había citado allí. La fulana sí que conocía los recovecos de San Juan. El sitio es incómodo para los automóviles, pero la vista lo remedia todo. Este manglar umbrío vuelve aún más íntimo y secreto el lugar; sorprende que desde aquí se vea el puente de Boca de Cangrejos, el que hace poco crucé seguido del Boxster; abajo, a la izquierda, el arrecife que alcanza el islote que llaman Caballo, más allá el lejano arco de la ciudad que tropieza con el mar. Acá, en el mangle, la vista tendida a ras del agua nos transporta a otro país.

Es el sitio secreto, lugar para beber, con un amigo o cómplice, confidencias incómodas. Uno de los ranchitos, techado con cinc y con paredes de planchas de aluminio, fue equipado con los muebles viejos de la sala de alguna casa en la avenida Puerto Rico: están forrados de plástico, porque pasaron a cumplir mejor función bajo la solanera candente del caño, ahí abandonados en la escasa brisa del mangle lleno de miasmas. Sólo tengo atención para las cosas; la gente que está cerca ni los oigo.

También está ahí, en el ranchito de al lado, esa silla de barbero, y me pregunto si debo sentarme en ella un poco para apaciguar los nervios y la nota «*be cool, gardez votre calme, coge por la sombrita*». Me entra la idea súbita de mi propia insuficiencia como facilitador. Ese sentimiento me asalta, se vuelve urgente, me perturba. No hay sitio donde me sienta más niño que en una silla de barbero. Me senté. Llegó la catatonia.

Desde aquí, desde la silla de barbero, reconozco todo el panorama del maldito lugar: A la derecha del incómodo callejón queda el cafetín; al fondo se encuentra el comedor, que consiste de unas mesas largas con bancos. Entre el cafetín y el comedor se encuentra el billar, y más allá el pasillo que conduce a la ventanilla donde despachan el pescado frito o el vasito de carrucho. El crepúsculo se me viene encima y ya estoy abombado por la tristeza, porque la soledad de Jimmy me alcanza, sé que está muriendo sin el consuelo de ella. Ya mismo aparece toda la ralea del litoral a perturbar tanta quietud y belleza, barbudos jodedores, señores de sombreros panamá, con sus Mercedes Benz, gente con collares de oro al pelo en pecho y guapísimas mujeres con carteras Prada. Algún BMW que se acerca con aros de rayos dorados; es gente de ostentosos teléfonos celulares y la Arelis parece que me tiró bomba.

No vino a buscar las cartas porque está buscando en otro sitio los malditos billetes. Esto me dije a sabiendas que ese hongo que me brotaba del cerebro era a causa de la paranoia inducida por la grifa. Seguramente no vino a buscar las cartas porque había surgido en la escuela de los nenes un imprevisto juego de volibol. Necesitaba verla, me entró una rabia súbita. Con este comportamiento me obligaba a curiosear las cartas. Gran mamá la Arelis, gran mamá la Arelis, me dije muchas veces. Entonces me entró un ataque de risa.

5

Volví al camino de arena. Me adentraba en el Piñones recóndito; el crepúsculo simplemente se había colapsado; pero aun así vislumbré noche de luna llena. Sería fácil adivinar en la oscuridad del manglar los autos, las parejas… Pasada la subida, el lomo después del cafetín La Nueva Lomita, llegué al sitio conocido como «Los Pinos». Es un playón largo, y de escasas palmeras; éstas logran mucha altura y aparecen alineadas hacia la orilla de la carretera, que antiguamente fue arenal ancho. Es una playa de arena gruesa, donde todo se atasca; todo menos los ocho cilindros del Malibú, o el rugido del Boxster que persigo, porque, de buenas a primeras, ése es mi principal objetivo.

Debo peguntar: estoy frente al pinar de Piñones y esta playa me coloca en un paisaje desolado. Antes del huracán Hugo, hacia la punta de Playa Aviones, el lugar fue cementerio de automóviles, vertedero de chatarra. Un largo roquedal a ras del horizonte marino, ya casi oscuro, y que podría observarse desde los bancos de los friquitines, de pronto destaca el timbiriche de mi amigo Cristian. Se trata del farolito al final del mundo; así de alejado me sentía.

Cristian ya prendió la guirnalda de bombillos a colores y ha empezado a freír para las parejas furtivas, los resuelves, los *munchies* de la jodedera droga durante la larga noche del jueves. Su friquitín, llamado «El Paseo», es uno de los pocos que no cierran por las noches en este largo playón. Hacía tiempo que no nos veíamos; después del huracán Hugo, Cristian tuvo que reconstruir el timbiriche con todas las planchas de cinc y las maderas que volaron por el litoral. Perfectamente negro y carirredondo, Cristian me recibe con una sonrisa que delata cierta malicia, como si ya hubiese anticipado la pregunta urgente. Echaba leña bajo el culo prieto del caldero con la manteca crepitante, con la mano izquierda amasaba alcapurrias sobre hojas de uvas playas y volvía con la derecha a ensartar, para escurrir, las primeras arepas y bacalaítos fritos de la noche. El principal problema de esta gente es soportarse los caracolillos después de todo un día de fritanga. El pelo grifo retiene la grasa durante meses, esto último confirmado por los cónyuges.

—¿Ha pasado por aquí un carrito rojo, deportivo, como de jodedor?

—Sí; lo venía chusmeando desde que pasaron La Nueva Lomita; entonces pararon aquí al lado…

—En tu negocio…

—No, el del vecino.

Cristian sonrió. Estaba acostumbrado a curiosear el paso de la gente por estos confines secretos. Husmeaba y guardaba por si acaso; era parte de su oficio; quizá, más adelante, resultaría útil, o rentable.

—Viste a la gente…

—Sí, men, un viejo enchaquetonao con un chamaco…

—¿Qué hacían?

—Venían como fiestando, mano, ya tú sabes, de jodedera; se pararon en el puesto de al lado… El viejo no se bajó, el chamaco pidió una cerveza y una ginebra para el don.

—Un hombre mayor de pelo blanco…

—Sí, cortito; lo vi bien, llevaban la capota abajo.

—Te extrañaron.

—Bueno, el señor mayor, llevaba como un lacito… Acompañado de un títere cafre… Vaya, tú sabes, el viejo con el chamaco fresco y bugarroncito; se ve poco por aquí… Vaya, tú sabes, qué quieres, el don llamó la atención de este prieto.

—¿Estaban esnifeando?

—Tenían cara de estar en ésas, pero no los vi, más bien parecía, al principio, que estaban pariseando con ron y cerveza.

—¿Algo más?

—Lo más interesante…

—¿Qué?

—Luego noté que estaban bien volcados y además venían peleando.

—¿Pusiste la oreja?

—Sí, ya tú te imaginas que a este prieto no le pasan una.

—¿Cómo?

—Gritándose… El chamaco estaba bien cabrón, como sin control; yo creo que estaba empericao, como gesticulaba y empujaba al otro, mano, dándole golpes en el hombro. La cosa se puso bien fea; el viejo le suplicaba y no sé si es mi imaginación o no, pero hasta empezó a llorar.

—¿Lo empujó?

—Sí, el señor mayor se salió del carro, pero entonces volvió a sentarse en el asiento del pasajero. Como que no sabía qué hacer. Estaba confundido, o borracho… Pero el chamaquito seguía gritándole. Y se le pegaba así, a la cara, pero bien pegada su cara a la del otro, y volvía a gritarle… Y, de nuevo, los empujones…

—¿Qué le decía?

—No sé. Apenas podía escuchar.

—Déjate de pendejadas. Siempre oyes… ¿Qué palabras oíste? ¿Cartas? ¿Billetes?

—Nada de eso. Lo único que oí fue algo de un libro.

—¿De un libro?

—Sí… El viejo le pedía el libro.

—¿A qué hora fue eso?

—Caía la tarde.

—Y entonces…

—Se fue calmando… El chamaquito… Salieron de ahí como dos almas que lleva el diablo… El carrito por poco se atasca, levantaron un montón de polvo… y arena… Siguieron camino, los vi alejarse… No sé si iban para Paquita's

Place o la laguna. Quizá llegaron con aquel pleplé a Vacía Talega.

—¿Los viste de regreso?

—No; sólo oí el carrito y cuando miré lo vi pasar como un celaje… Ya casi era de noche.

—¿Al Boxster?

—¿Al qué?

—Al carrito rojo…

—Sí, como un celaje, mano, iba muy rápido.

—¿Iban los dos pasajeros?

—No sé, no sé; los vi de reojo. Pero no, ahora que me preguntas… De regreso el chamaco venía solo. El viejo cogió pon con el de los chifles, parece, ¿no?

Cristian sonreía y las encías se le veían excesivamente moradas. Se las daba, como muchos negros, de brujo. Más sabía de observar que de conjuros y pendejadas.

Salté al Malibú. Aceleré camino a la vereda que comienza justo al frente del antiguo restaurante Paquita's. Era un camino de uvas playas y almendros. Me adentré en el angosto camino buscando el mangle, aparecieron unas empalizadas con alambres de púas. Finalmente encontré el paraje que, despejado, sembrado con grama, y con una vista abierta a la laguna, ensancha todo el caño; hacia los lados abre el mangle que se ve excesivamente bajo en el horizonte perlado que ilumina la luna. Pero las aguas, lo mismo de noche que de día, siempre parecen altas. Era el sitio perfecto para el crimen pasional. De las casuchas vecinas iban saliendo las sombras. Me picaban los majes, se abandonaron a fiestar con mi carne blanca, verdadero plato exótico por estos rumbos. Se oía el chapoteo de las aguas de laguna Piñones contra la orilla. Pude divisar, a la derecha, detrás de una verja y el merendero abandonado, aquel pequeño muelle. Alguien me gritó: «¿Quién está ahí!». Pero ya no me importaba nada, estaba sumido en aquel misterio. Es una laguna que se nos viene encima, porque sí, porque sus crestas parduzcas, sorpresivamente alzadas por el halón de la luna llena, tienden aguajes y más corrientes, permanecen así, como a punto de inundar las tierras bajas, anegadizas, los pasos a las marismas ocultas. Estoy en la laguna de Piñones, y en ruta a la sobriedad quizá, justo por ello, olfateo el crimen. Vuelvo al Malibú. Vacía Talega será mi próxima parada.

La noche ya estaba allí, muy añil y también imperturbable, como colándose sin esmero entre las altas frondas de las palmeras que ya finalmente se aquietaban en la brisa nocturna. El bosque de cocoteros —antiguo sembradío de la industria de la copra, del aceite de coco— era cómplice de algo terrible, pero todavía no reconocí el límite de mi presentimiento. Jimmy moriría como todos, un poco sorprendido por la enormidad, perfectamente solo, aunque también bostezando, hundiéndose y con gente alrededor, ya sin remedios, finalmente sin ansiedad. Se libraría del miedo, y era una buena manera de morir; quizá la mejor. Pero no era esa la pista que yo seguía por aquel camino de arena, la playa bravía de Vacía Talega golpeando tras el talud, tras los bancos de arena que llegaban justo hasta la rada, mucho más allá de la urbanización abandonada, las ruinas dejadas allí por un gringo visionario que jamás completó el financiamiento con el banco… Finalmente supe —la corazonada al fin me había llegado— que Toño moriría de otra manera. Esto lo empecé a saber cuando el talud ya iba bajando y a mi izquierda, poco a poco, se abría, tras las dunas a ras, los almendros y las uvas playas, la rada de Vacía Talega.

Tiene que haber ocurrido… pues haría no más de media hora. Me bajé y corrí hacia la rada. El cuerpo yacía torcido y quebrado, como quedan los muñecos cuando las ruedas de un Porsche les pasan por encima. Tiene que haber ocurrido cuando aún había un poco de claridad; la saña con que se cometió el crimen necesitaba mucha luz; todavía no había cerrado aquella noche añil, y de luna llena. La policía acababa de llegar. Ya habían acordonado la escena. Los curiosos, toda gente prieta de Piñones, algunos descalzos, otros en pantalones cortos de cuadros y chancletas, las mujeres ya vestidas con batolas, me contaron de cómo oyeron los gritos de Toño y los repetidos rugidos del Boxster, el frenesí que hundía el acelerador. Lo arrolló varias veces, pasándole con rabia por encima, haciendo saltar la carrocería ya ensangrentada; porque no murió en el primer acto. Allí quedó por un rato gritando, y pidiendo ayuda, las piernas fracturadas, puestas en un extraño ángulo recto. Cuando ya iba la gente a acercarse para socorrerlo, volvió a rugir la maquinaria alemana, de nuevo apareció su benigno ángel de la muerte; aceleró levantando mucha arena, luchando por mantener el control del guía, tanto que la gente se quitó del medio y algunos temieron que el Boxster volara por encima del talud hasta espetarse en el babote negro y limoso de la playa de Vacía Talega. Aquí fue cuando lo dejó quebrado de la espina dorsal, el vientre reventado, las tripas vaciándosele por el trasero. Por lo menos le pasó dos veces; por eso estaba como medio incrustado en la arena, las anchas marcas de las llantas a ambos lados del vientre distendido y aplastado.

Enseñé mi identificación fatula del Negociado de Investigaciones Criminales. Tenía la guantera llena de aquellos accesos *dummies*; dado el estado de paranoia colectiva, aquélla era la primera destreza del facilitador perfecto; así curaba ese estado superior de suspicacia que es la burocracia. Crucé el cordón. Cuando me acerqué a Toño y me puse en cuclillas para inspeccionar el cadáver, noté el fuerte olor a mierda.

—¿Lo conocías?

—Como siempre, sí y no.

El agente que me hizo la pregunta me consideró uno de ellos y para nada me sentí halagado; cosa ingrata es la de fingir ser agente encubierto, camarón. Terminas con el ego disminuido, porque un policía disfrazado de maleante tiene la integridad del payaso sin circo. Bastó con levantar la cinta amarilla para que se lo creyera.

—¿Cómo es eso?

—Olvídate, es un cuento largo… Pero eso tú lo deberías saber: uno nunca conoce a la gente del todo, y todo crimen es un misterio, aún después de resuelto.

—Palabras con luz.

—¿Por qué la peste a mierda?

—Se vació. Así ocurre... ¿no habías visto un aplastado antes?

—Siempre hay una primera vez.

—Para éste fue la primera y última vez. Es la definición de un crimen, ¿sabes?

—Coño, de nuevo, palabras con luz, jefe, esta noche nos acostaremos con el bacalao de la tristeza a cuestas... ¿no es así?

—No hables mierda. ¿Por qué llegaste tan rápido? Imposible que fuera por el revolú.

—Venía siguiéndolos.

—Entonces, ¿sabes quién fue?

—Tengo una idea.

—¿No la compartes? Pertenecemos al mismo racket.

—Me voy; estoy fuera de ruta y jurisdicción. Se supone que ahora ustedes me llamen.

—Oye...

—Te veo ahorita, tranquilo.

—¿Vuelves para acá?

—Sí.

—Si me tiras bomba estás de primer sospechoso, ya te tengo fichada la tablilla.

—En todo caso cómplice, hay testigos de que no fui yo... Y también me fututeaste la licencia de la guantera.

—Precauciones de un viejo zorro... Más sabe...

—Ya sé, el diablo por... Oye, de verdad, me has impresionado, todo un filósofo... Además, ¿qué haces abriendo la puerta de un auto ajeno? Te vi con el rabo del ojo... Y sólo me podrías pinchar por violar el cordón policiaco.

—¿Quién eres? Llegaste demasiado rápido para mi gusto.

—Y tú muy sigiloso para el mío... Te veo en medicina forense, ¿dos horas?

—Depende del fiscal... Mejor hacia la medianoche; más vale que estés allí.

—Tranquilo. Toda mi sabiduría será tuya.

De la conmoción el gentío pasaba a relatar lo ocurrido. Pocos miraban al muerto. La curiosidad daba paso a una narración que ya se alejaba de su causa: las veces que el Boxster le pasó por encima, también el ancho de las gomas, eran motivos de disputa. Me viré para contestarle aquella pregunta, la pregunta, esa que siempre estuve esperando. Era un mulato que había padecido una adolescencia empecinada en el acné. Pero la panza cirrótica era su credencial máxima; todos le habían pasado por el lado; iba atrás y puesto en la orilla, él se había quedado para husmear a los inmóviles, a los excesivamente paralizados.

—¿Era gay? Parecía un viejo pato, con el lacito ese por el pescuezo…

—¿Por qué me preguntas a mí?

—Lo conoces.

Esto último casi me lo gritó. En la oscuridad añil de la noche aquella pregunta casi era una acusación de complicidad. Me dejaba ir para seguirme mejor. Tendría que pisar el Malibú hasta el zoco para poder perderme en el cocal.

—Lo conozco, pero nunca dormí debajo de su cama.

—No me vengas con mierda.

—¿Y qué te hace sospechar eso?

—La rabia, viejo, la rabia en estos casos… Impresiona… Y no te me pierdas.

—Lo dicho: medicina forense dentro de un par de horas, lo suficiente para emborracharme…

Cuando viré en dirección a San Juan, pude advertir que el fulano con el acné rabioso había tenido la idea brillante de alumbrar toda la escena del crimen con los focos de su auto, un Ford camino al solar de chatarra. Era un jodido sentimental el mulato aquel, justo como yo; por lo menos a los años setenta se remontaba aquel Fairlane de parrilla ancha y focos tan separados que amenazaban con el estrabismo. Siempre me he preguntado por qué este sentimentalismo en gente tan endurecida. La contestación sería que los perdedores se aferran al pasado; pero no del todo, más bien se nos hace difícil toda la crueldad del tiempo, necesitamos saber, una y otra vez, que el precio de vivir no es el olvido sino la humillación.

Los focos alumbraban la playa miasmática, llena de majes y un oleaje cansado, adormecido. Aquella íntima brisa nocturna venteaba las solapas del gabán de Toño; finalmente me iba percatando de la enormidad que le había caído encima al pobre diablo. Aquel babote limoso caracterizaba la orilla; era justo el sitio para tropezarse con el rencor de alguien. También se alumbró el promontorio en forma de lomo que se proyecta a la derecha, hacia el mar. En las aguas frente a la punta del promontorio, a ras de las olas, y espetado donde el babote se encuentra con las arenas socavadas por las muchas corrientes de aquel lugar, hay un ancho pilote que remata en punta; nadie recuerda por qué eso está ahí. Pero ese pilote permanece invisible esta noche; sólo se ve el perfil del promontorio; si tanta gente que vino a ver el muerto se callara, se oiría ese mar chapoteando en la marea baja contra las cuevas de carruchos, congrios y langostas. Necesitaba emborracharme un poquito. Cuando aceleré el Malibú para adentrarme nuevamente en el bosque de cocoteros, hubiese preferido cerrar los ojos y olvidar.

Me detendría en The Reef. Tomé el camino de arena a la derecha, entre los cocoteros altísimos del promontorio que vigila sobre el Atlántico. Estoy cerca de la entrada de Piñones, un poco antes del puente de Boca de Cangrejos. The Reef, con su terraza sobre el acantilado, la barra enorme siempre repleta de gringos desesperados y puertorriqueños traqueteros, tiene la mejor vista del litoral. Justo al frente se divisa el arrecife que remata en el roquedal de Islote Caballo. Poco de eso se ve. Está oscuro. Ha caído la noche. La luna llena no basta.

Pero entonces siempre estaría el arco de la playa de Isla Verde; sería justo eso lo que buscaba el noctámbulo con los nervios encrespados; había visto una violencia insólita. Ese enjambre de edificios y condominios iluminados, que cuelgan sobre la orilla de la playa más allá del Balneario, llega justo hasta Punta El Medio, aquel sitio intransitable de mi juventud. Luego de la playa de El Alambique, las luces bajan casi a ras de arena en Punta Las Marías y Ocean Park, apenas hay edificios altos en estas dos últimas playas. Se encienden altas y vigilantes nuevamente llegando al Condado. Es la jodida ciudad. Y así vista, iluminada de noche, se vuelve algo incesante y frenética tras su engañosa apariencia de quietud lumínica. Entonces parece excesivamente gobernada por la maldad. Cierro los ojos e imagino la ciudad iluminada, como en pecera, visualizo su íntimo trajín de sexo, alimentación, eliminación y perico; la gente chingan, comen, mienten, cagan y se arrebatan. Son las actividades del panal. So pena de ponerme excesivamente moralista, prefiero pensar que no me cabe la menor duda: nocturna y alumbrada, es el hormiguero de la clavadera; el desamor anda suelto y por cada clavado hay tres clavones.

Se me forma un taco en la garganta cuando pienso en Toño Machuca. A pesar de la antipatía que le tuve, reconozco que merecía morir en cama, no aplastado en una playa y rodeado de curiosos, todos de apellido Falú. Era un hombre lleno de rabias, tapujos y suspicacias; aquí y allá pude adivinar un poco de ternura. Entonces ya no hubo tregua, no se lo perdonaron, volvieron a decirle que no, le pasaron por encima toda una maquinaria ensamblada en Stuttgart, y en una playa olvidada de un Caribe que ahí, en ese preciso lugar, mira al jodido Atlántico; todo fue una gran equivocación, eso pensó Toño muchas veces. Pero hay algo de él que se me escapa, y también a él se le escapó, por supuesto. Jodida isla ésta. Apesta a malhumor; las maracas y las palmeras son para los turistas.

Debería llorar la ciudad desde lo alto de este promontorio. Aunque la ginebra doble con tónica, que me bebo en esta barra ya desierta, pero que siempre tiene espacio para admitir a otro desesperado más, apenas me vuelve sentimental. Las lágrimas serían en todo caso de cocodrilo y no soy Jesús contemplando la incitación del mundo; porque, a todo esto, ese lamparón de luz allá abajo que es la ciudad tienta tanto como un par de nalgas al descubierto por vez primera. Ya se me pasó. No alcancé ni una lágrima, quisiera haber tenido más ternura en el corazón, porque el feo de Toño, a la verdad, se merecía uno que otro sí aquí en la tierra.

La sala de la llamada patología forense está a mitad de camino entre la limpieza de un delicatessen chic y el tufo denso de una carnicería de barriada. Para que la gente en dificultades terminales no se despierten, ahí como que están acostados en las altas camillas de ruedas grandes, unas lámparas redondas y de luz blanca le dan al lugar la iluminación de una cancha de baloncesto que alguien olvidó apagar después del juego. Son luces puestas para que los ojos no se abran. Hasta los muertos se deslumbran, sobre todo los más recientes, como Toño. ¡No, no es el cielo, no, no es el túnel repleto de bonancibles amigos y parientes muertos!, es la lámpara que nunca se apaga en la sala de patología forense del Centro Médico. De pronto, muy de repente, me percaté de que The Reef me había asentado el corazón: estaba medianamente borracho.

Buenas noticias: No había señas del detective con que me tropecé en Vacía Talega. Chegüi vino a recibirme. Aquél era una contacto cinco estrellas, el pase de lujo para el facilitador cafre. Chegüi fue cuate mío de la infancia. Siempre fue un alma voraz y reconciliada con los modos del mundo; cuando le pregunté por qué algo de Toño colgaba fuera de la camilla, me contestó con la sensibilidad del carnicero:

—Estos casos de traumas múltiples, ya tú sabes, las fracturas... Cuando esos tendones endurecen por el rigor mortis, ni Dios... Inténtalo, si quieres. Quise devolverle esa jodida pierna fracturada a la camilla y no hubo manera, mano...

Los azulejos de las paredes eran blancos con ribetes negros. El resto estaba pintado de rosa y gris. Faltaban los croasanes.

—¿Ha pasado por aquí un agente?

—Nadie. Te estaba esperando... Ahí está, de cuerpo presente.

—Lo cagaron de verdad.

—Sí; no hay hueso que no esté roto ni órgano que no esté aplastado. Impresionante, se me subió la mixta de la tarde al gaznate.

—Eso es que padeces de hervederas, Chegüi… Mucho odio, ¿no crees?

—Violencia gay, ¿no es cierto?

—Qué sé yo.

—Es típico, mano…

Chegüi era un aficionado de la incorrección política y no quise cultivarle ese lado oscuro. Era un hombre bajito, calvo, con mentón de simio, casi sin pigmentación a causa de unos paños repugnantes que le cubrían el rostro y las manos. De facciones gruesas y excesivamente grandes para su barbilla, de cabeza grande y torso enjuto, cuando me explicaba el cabrón de Chegüi parecía irresoluto entre la pinta del charlatán y el oficio de payaso, sólo en los ojos a veces sonrientes se mostraba algo bonancible, decidiéndose por la picardía del duende y el sarcasmo del verdugo. No dejaba de ufanarse de sus muchos matrimonios y lo tumbahembras que era, a veces deteniéndose en una descripción detallada de su verga, que llamaba «el cabezón» y que alcanzaba, en medio del idilio, longitud de diez pulgadas. Chegüi era un buen argumento para probar lo impresionables que son las mujeres, su debilidad por la labia hueca y las piezas grandes, gordas y largas. Se movía con la agitación de quien atiende a los demasiado inmóviles. Era un alma vulgar en un oficio grave.

—Por lo que veo y adivino ahí debajo de la sábana también le cagó el cráneo…

—Tres fracturas, casi espachurrado… No se lo explotó porque cedió en la arena.

—Eres un gran físico, Chegüi, un gran físico.

—En este oficio hay que serlo. Resulta increíble cómo ocurren las cosas en la realidad una vez las sometes a la violencia extrema.

—Palabras con profundidad. Vas camino a la filosofía.

—Éste es el oficio ideal para eso, mano. O para apreciar, más que nunca, un buen par de nalgas olorosas puestas al aire.

—La física tiene un lado vulgar, ¿no es así, Chegüi?

—Es el lado dominicano diría yo, el doble sentido que también tiene el merengue.

—Desde pequeño fuiste un cínico.

—Y tú cuidabas excesivamente los lagartijos que Frank torturaba. Siempre has sermoneado como un jodido cura. No sé cómo te volviste luego tan hijo de puta.

—No más que tú, Chegüi, no más que tú.

Chegüi era opresivamente dicharachero. Siempre lucía un poco encorvado, como si buscara un centro de gravedad que le resultaba esquivo.

Llegó el mulato del acné, esta vez más sigiloso que la vez anterior. Tenía vocación de gato aquel cabrón, supe de él cuando me hundió un dedo en el chicho sobre el hígado graso, cosa que me endiabla en demasía. Llegó, se me situó al lado y un paso atrás, y allá sentí aquel dedo del tamaño del clítoris de Myrta Silva hurgándome el foie gras. Pero apenas se entretuvo conmigo; tan pronto me hundió la punta de su revólver simulado en el fatty liver, se atrevió a acercarse a la camilla y mirar bajo las sábanas. No hubo expresión alguna. Chegüi miró hacia el lado y como disculpándose por el mal estado del cadáver, comentó:

—Ese reguero amarillento es la grasa del hígado, que lo tenía gordito… Parece que se daba el palo este socio.

—Tú me dirás qué sabes de esto. Me dijiste que lo conocías, que lo estabas siguiendo.

Se dirigió a mí, por supuesto. El agente iba asumiendo, por lo visto, la autoridad malhumorada del estado.

—Es un asunto privado.

—¿De quién?

—Mío.

—Puedo arrestarte, ¿lo sabes?

—Por entorpecer la justicia.

—Justo.

—Tenían algo que estoy buscando.

—¿Qué?

—Unas cartas…

—¿De quién?

—Ya te dije; es un asunto privado.

—¿Quién las tenía?

—Creo que el cabrito de Toño Machuca.

—¿De quién?

—De Toño Machuca. Esa pila de huesos, vísceras y mierda que tienes detrás de ti una vez se llamó Toño Machuca.

Chegüi intervino como congraciándose con el mal humor del policía.

—Ya está todo apuntado —aclaró.

—¿Qué está apuntado?

—Los datos del caballero espachurrado.

—No estoy para que me corran la máquina.

—Lejos de eso, oficial, lejos de eso… ¿Cómo se llama? Necesito cumplimentar el expediente.

Aquel mulato grasoso me miraba fijamente. Era la mirada criminal del acomplejado puertorriqueño.

—¿Cómo se llama quién?

—Usted, oficial, usted.

—Me llamo Pérez, sargento Pérez.

—Esto fue, venganza de patos, sabe usted, venganza de patos —exclamó Chegüi, moviéndose ansiosamente, como el jorobado asistente del doctor Frankenstein.

—Y usted, ¿cómo se llama?

—José Luis…

—No, no, usted…

Volvía a dirigirse a mí. Esta vez frunció el hocico y con éste señaló hacia mí; había completado su encabronamiento.

—Manolo, me llamo Manolo.

—Manolo, pues más te vale que sueltes prenda.

—Fue el cabrito, ya te lo dije… No sé su nombre… Usa ropa Armani y tiene un automóvil vistoso, en casa del difunto lo conocen… Ya sabes tanto como yo.

—Lo de las cartas…

—Tan pronto las consiga te llamo.

—¿De quién son?

—Es mejor preguntar ¿de qué son?

—Dímelo ya.

—Son cartas de amor, sargento Pérez, son cartas de amor y posiblemente Toño Machuca se llevó a la tumba su paradero.

Chegüi tenía el vicio de la indiscreción. Su fatuidad vertiginosa y cafre, desagradable y nerviosa, era la del hombre que pretende probarte su fastrenería, su aceptación alegre del mundo y sus crueldades. Tenía siempre que hacerse el gracioso:

—Si hay algo puerco, como para usarla de carná para la majuana, lo fotocopias y me lo mandas por correo. A lo mejor también hay fotos… Una copia también para el sargento Pérez. Pero si todo es aquel bolero que escuchamos, pues te quedas con ellas.

—El romanticismo se ha ido del mundo, ¿no es así Chegüi…?

—La decencia, Manolo, la decencia —apostilló el sargento Pérez.

Siempre había que afilarle la punta a las cosas. Era el estilo de la gente que trabaja en la calle y son vecinos de la maldad.

—Y Manolo, me mantienes al tanto, porque yo sí me mantendré en contacto —añadió el representante del Leviatán.

—Ve a Monteflores, a casa de Toño Machuca, y sabrás tanto como yo, ya te lo dije.

Llegué al apartamiento hacia la una de la madrugada. Tenía la cabeza a estallar, llena de toda la basura acumulada a lo largo de aquel día interminable. Pero eso sólo ocurría a causa de mi mal humor, porque de cara a la noche, posiblemente de insomnio, tenía aquel paquete de cartas de amor que para Jimmy fueron un tesoro. Las coloqué sobre el escritorio y quise mirarlas un rato. Me eché en el chaise longue playero, aquella reliquia de madera despintada y tela azul mareada, lo único que aún poseía de cuando viví en las casitas de Pedrín. Apagué todas las luces y encendí únicamente la lámpara del escritorio. Canelo se despertó y vino; se acostó a mi lado. Recordé que tenía familia y lo agradecí. Los dejé en la playa hacía ya casi tres días y habían vuelto… Vivía distraído de ellos. Desde el fondo de su covacha, Carabine me preguntó si quería café prieto. Supuso que yo había llegado volcado. Me sentí rodeado de ternura; bien podía mirar un rato aquel paquete de cartas de amor, bajo la bombilla amarillenta de la lámpara.

En algún momento del insomnio, no sé exactamente cuándo, me atreví a acercarme. Sabía que violaba algo. Sentí la suave perversidad cuando las tuve en mis manos y desenceté lentamente la cinta. Caí desfallecido nuevamente en el chaise longue. Era bellaquera lo que tenía. Cuando comencé a leerlas me entró el regusto en lo obsceno. Violar la intimidad sentimental de una pareja sería una forma superior de vouyerismo.

Supe, allí y entonces, que todo lo tendría que conservar en la memoria. Era el pacto silencioso con Jimmy. Nada de fotocopias so pena de cometer traición. Era el pacto con lo que propiamente sería su memoria: Del mismo modo que él recordaba las cartas y sólo algunos de los detalles, también yo estaría dispuesto a recordar sólo con una lectura, sin jamás escudriñar por segunda vez. Aquello me tranquilizaba los nervios; no necesitaría un moto, sólo un martini… Y cuando él muriera, pues ya se iría borrando aquel recuerdo. Y cuando yo me fuera para Hunca Munca, también morirían las ansiedades del ligón. Sólo quedaría Arelis, en todo caso, como cómplice y protagonista de aquellos recuerdos. Todo esto pensé. Ése es el problema con los románticos, pensamos demasiado, como decía el alacrán de mi madre. Supongo que para Arelis aquellas cartas eran otra cosa; pero ahora y entonces no quise pensar en eso.

Para sorpresa mía, junto a las cartas estaban aquellas fotos. ¿Quién las había tomado? Una fulana cuarentona y entrada en carnes, y sobre todo porque en las fotos alcancé a vislumbrar algo de la antigua hermosura, de su antigua belleza, la que sin duda una vez tuvo, me llamaba desde la maldita orilla, justo, de la extorsión. Las fotos parecían tomadas por alguien que había seguido a la pareja, ¿pagado por quién...? ¿Por Arelis, por Toño, por Jimmy? Alguien les había tomado aquellas fotos, y ese alguien era cómplice de uno de ellos. En las fotografías del Burger King —fotos de cámara indiscreta, tomadas desde un auto estacionado, ya que en el encuadre se veían los interiores del auto—, Arelis ya había engordado. Esta matrona casada sería la víctima de la extorsión. Las otras fotos no, las otras fotos eran recordatorios de novios... Arelis entraba y salía del Burger King... Posibilidades: él las mandó a sacar para chantajearla con enviárselas al marido si ella lo dejaba, o lo amenazaba con llamar a su mujer: cautelas de gente que se ama. Arelis le mintió cuando lo contrató: no fue que Jimmy dejara de llamarla cuando sufrió el derrame. De hecho, se habían dejado bastante antes, quizá en una de esas tardes de asfalto y resolana en la avenida Campo Rico, hacia las dos de la tarde. Habían peleado. Ella sabía que ellos pelearían aquella tarde y contrató al alcahuete para que sacara las fotos. De todos modos, tomo nota: Arelis, hoy por hoy, no era otra cosa que una jodida mujer que había alcanzado la madurez con treinta libras de sobrepeso. Ya se me iba bajando. Por ello la deseaba menos y entendía mejor. Lucía como una madraza, ahí saliendo del Burger King de la ¿avenida Lomas Verdes? para recoger a los muchachos en la escuela, a las dos y media.

Arelis odiaba al fulanito que custodiaba la memoria de Jimmy justo porque la rateó: le entregó las fotos a Jimmy y le confesó para qué las quería Arelis. Jimmy y Arelis jamás volvieron a hablarse. Eso fue mucho antes del derrame. Entonces, en aquel entonces, se viró la tortilla. Él podría extorsionarla a ella, chantajearla con aquellas fotos comprometedoras. Decidió, en vez de eso, entregarse a la bebida.

Y dónde está Toño Machuca, la primera víctima, en todo este enredo. Otra variable que da vértigo, sin duda: Toño las había mandado a tomar para extorsionar a Jimmy. En ese caso quizá el cabrito Armani fue el fotógrafo. ¿A cambio de qué quería extorsionar a Jimmy? ¿Quería sacarle los billetes premiados que mencionó Arelis? En este escenario, Toño había tenido todo el tiempo las cartas y las fotos, por lo menos desde que se enfermó Jimmy. Pero ahora se había quedado sin móvil para la extorsión, el chantaje. Ahora Jimmy tenía las preocupaciones de un vegetal; y ese asunto de los billetes se convertía en una fantasía loca que había fraguado la mentalidad delincuente del cabrito Armani. ¿Quién tenía los billetes? Quizá Arelis, sí, pero, de todos modos, ya no habría tantos cuidos, ni ansiedades con la posibilidad de que Jimmy lo botara del bufete. Aquellas fotos una vez fueron su seguridad en el empleo... O Arelis las mandó a tomar justo para sacarle los billetes premiados de la lotería a Jimmy. Sólo ella había mencionado esos billetes que jamás le mencionaré al Sargento Pérez, so pena de darle un móvil al asesinato de Toño Machuca.

Arelis no es su verdadero nombre. Es curioso: la mujer que conozco únicamente por su voz, con quien sólo he hablado por teléfono, tiene una apariencia distinta a la que imaginaba, y también otro nombre.

O Arelis simplemente temía que las cartas cayeran en manos de los muchachos de Toño, y entonces la chantajearan a ella. Eso no había ocurrido, y ya tampoco ocurriría; porque Toño me las entregó. Aunque quizá Toño no le prometió a la memoria de Jimmy que jamás fotocopiaría. El cabrito Armani quería seguir adelante con la extorsión de Arelis. Además, ¿tenían copias de todas las fotos, puñeta, hay copias de todos los jodidos retratos esos, viejo cabrón! No las tenía. Simplemente moriría aplastado con la maquinaria inventada por el doctor Porsche... O quizá el cabrito Armani simplemente quiso joder, fue por joder, después de darse cuenta de que Toño no tenía los billetes, puñeta, ni las fotocopias, ni los retratos, ni tampoco una mente criminal. Pero ¿cómo se enteraron de los jodidos billetes? Pues por mí, ¡claro está! ¿Fui yo quien enteró a Toño? Ahora no recuerdo… Ahí mismo el cabrito se imaginó la extorsión de Arelis, ¿o sería de Jimmy? A Jimmy ya le importaba tres follones; el derrame en la broca lo había invalidado como objeto de extorsión; era Arelis el otro blanco, ergo Arelis tenía los billetes −o sea, ¡los millones!−, para pagar el chantaje. Lógica de callejón a la Villa Palmeras… Ella es fácilmente identificable y está casada con un hombre rico, conocido y poderoso. Pagaría lo que fuese con tal de que esas cartas no lleguen al marido, y tampoco las fotos. Ella es tan vulnerable, y también paranoica; casada con alguien de dinero, teme terminar sin las carteras Prada y el todoterreno BMW, sin olvidar el fideicomiso para los niños cuando finalmente se divorcie.

Tendría que preguntarle a Arelis-Armanda: ¿quién tomó las fotos? Seguramente entonces me preguntará por los billetes; pero si tiene algo de calor en esa cara, no me preguntaría por los billetes, y luciría sorprendida. Al menos, podría fingir un poco. También me hubiese gustado preguntarle a Toño. Hubiese lucido sorprendido por mi pregunta, se habría atildado el lacito, apurado un trago del martini para luego estallar en la carcajada de cabrita. Déjate de mierdas, Toño, eres el primer sospechoso de haber enviado a alguien a tomarlas… Pero en estos momentos está en dificultades y tiene la apariencia general de un sapo concho que no cruzó la carretera a tiempo.

Las cartas me han puesto la cabeza a girar y los martinis que me preparo, a esta hora de la noche, en la soledad de la oficina, no me remedian; por el contrario, es entonces que se evidencia algo que sospeché siempre: mi mente carece de lógica, es capaz de organizar, de ordenar, pero los destellos de brillantes intuiciones se pierden en la espesura de pensar las cosas por acumulación, por súbitos agolpamientos, sin establecer una secuencia. Es como si en mi mente todas las cosas ocurrieran a la vez, jamás encontrando el orden de una necesidad lógica. Y la memoria también me falla; cada onza y media de ginebra me cuesta cien mil neuronas.

Es un martini cafre, concebido en la avenida De Diego de Río Piedras: cuatro onzas de ginebra Gordon's de caña… Se cuela en coctelera, se sirve en copa de martini muy fría, con una solitaria aceituna de alcaparrado, rellena de pimientito morrón… Para pasarlo todavía mejor la coctelera debe estar fría de nevera y el hielo en cubos, jamás triturado… Para el martini más seco hay que pensar en el vermú Nolly Prat, luego decir Nolly Prat, jamás echárselo a la mezcla. O se le puede echar Martini Rossi al hielo y entonces batir para luego botar el líquido… El hielo queda perfumado… Aunque esta mariconería no la recomiende de cara a la borrachera que ya me va asediando. Mejor pensar en Nolly Prat, y ni siquiera mirar la botella. Todos estos cuidados no me remedian mañana, al levantarme con la lengua convertida en suela de zapato viejo.

Eso sí, ya voy llegando, a pesar de los escrúpulos, a ese sitio irrecuperable, el fantasma de mi deseo: quiero testimoniar algo de lo que pretendí sentir cuando escuché la voz de Arelis-Armanda en el teléfono.

En el primer momento vivieron los años locos de los setenta, en la Playa del Alambique, Isla Verde. En estas fotos reconocemos el típico apartamiento de jodedor de aquella época, el llamado «matadero», una sola habitación con vista chula: por lo visto en el trasfondo podría estar en el condominio Playamar. Se ve todo el arco de la playa del hotel San Juan, hasta El Alambique, y después ya alcanzamos el cementerio marino Fournier… Aquí era donde vacilaban fumando pasto y esnifeando perico. Aquí fue donde Jimmy colgó el gabán y dejó de ser obediente.

Algunas de estas fotos sorprenden. Como ésta en que aparece de trasfondo la playa de Isla Verde y Arelis está en el balcón del nido de amor que alquilaron, o alguien les prestaba. Se ha bajado a regar una de las playeritas sembradas en tiesto. Jimmy le tomó esta foto en que aparece con los pantaloncitos cortos, los llamados «hot pants» de aquella época, el culazo portentoso al aire. Impresionante, como una foto que se toma con la masturbación en mente, esa foto del amante que cerebra, que desplaza su atención hacia aquel detalle del cuerpo deseado que le provoca la erección impostergable. Una foto de amante, sin duda, donde el deseo no está ajeno a esa diminuta complicidad que desemboca en la ternura. Porque algo de eso hay, ¿verdad?, si eso te vacila tanto es porque la quieres.

El texto de esta carta merecería fotocopiarse; habla sobre el primer encuentro, en la Hostería del Mar; se narra el primer beso.

25 de julio de 1977

Querida Armanda:

A un año de conocernos quiero revivir aquella noche, la más dichosa de mi vida. Nos habíamos citado para ver la exposición en el Café de los Artistas. Aunque dicho así, puesto así, es como si nada de lo que pasó aquella noche entre nosotros hubiese podido imaginarse, o insinuarse, en aquella invitación hecha un poco a boca de jarro para ver la exposición de Juan Ramón Velázquez. Los dibujos no te gustaron «para nada», los encontraste «tétricos» y «morbosos». Tenías puesto un traje crema de percal, corte Chanel, con una chaquetilla del mismo color con ribetes rosa viejo. Lucías espléndida, elegante, con tus aretes grandotes y el discreto collarín de oro. Pienso que quizá fuiste un poco overdressed.

De pronto te dije «¡Vámonos!», como reafirmándome en una vocación machista que tú habrías de someter más adelante… En un primer momento pensé en la conveniencia de que nos fuéramos en un solo carro. No quisiste. Pero entonces seguirte a la Hostería del Mar en el Condado, husmeándote por el cristal, mirándote a esa distancia, mientras te seguía por las calles de Santurce hacia la calle Cervantes, fue anticipar la ternura que me provocarías esa noche. Y todo ese súbito cariño mío hacia ti se localizaba en tu nuca, justo cada vez que te miraba a través del cristal. Sí, precisamente ahí, en tu nuca, porque entonces llevabas el pelo corto, y como que se encontraba ahí justo el sitio de mi deseo.

Recuerdo que cenamos un tabulé. Me preguntaste, para sorpresa mía, porque te consideraba muy sofisticada, que aquello era paja en su forma más deliciosa. Me cagué de la risa. Me estabas diciendo comemierda, y, touché, hay algo de eso. Me recriminabas mis ambiciones wanabe. Te quise entonces y te quiero ahora. Nadie puede venirte con pendejadas. No eres fácilmente impresionable. Es el lado filoso de tu personalidad. ¡Qué mujer!

Aquella noche de luna llena, tomándonos si mal no recuerdo unos frapés de parcha con tamarindo, no cesé de cautivarme en esa sonrisa tuya. Ahí fue que por vez primera, en esa sonrisa tan bella, en esa boca ancha y de dientes perfectos, adiviné la joya de abajo. Sabía que la tendrías grande, anchota y a la vez sedosa, justo como tu sonrisa.

De todos modos, más que el deseo aquella noche me provocó esa ternura que tú me incitas. Es raro, porque quien te conoce pensaría que hay algo frío en ti. A mí me basta con que me provoques tanta ternura. Allí y entonces adiviné que contigo siempre estaría en desventaja emocional. Por mi mente transcurrieron, lo recuerdo vivamente, las visiones del hombre celoso, ¡los ataques de cuernos! Me controlé y me controlo. Eres mía y de nadie más, y lo digo con serenidad, sin nervios, ¿o eso quiero pensar! Aquella noche te hablé mucho, quizá demasiado, ¿no es cierto? Estaba tan nervioso… Quería impresionar. Tú te limitaste a decir que sí, que te sentías atraída por mí, que yo te gustaba. Me sonreíste mucho, me provocaste la primera erección.

Entonces bajamos a la playa y nos dimos el primer beso. Sin que mediara aviso alguno me dijiste, sorprendiéndome así, como sacándome de balance: «Estoy muy mojada, estoy enchumbá, ¿qué hacemos?». ¡Uau! Es tu lado filoso, es lo que yo digo, siempre estás que cortas.

Tu puchúnguli

De lo que conocí de Jimmy jamás hubiese adivinado tanta flojera y cursilería. ¡Increíble! Para mi gusto, en aquella época era un protoyuppie con vocación para distinguir zapatos Gucci, o más adelante, ya cuarentón, zapatos Prada. Nada de este «wanabe» comemierda, con la ilusión de tener una hija para llamarla Fabiola, quedó después del derrame en la broca. Buena prueba de que lo dicho en la cama —y en las cartas de amor– sólo lo sabe el crucifijo puesto entre los pilares, como decía mi jodida madre.

Cosa curiosa, aquí reconocí más a Arelis-Armanda que a Jimmy. Él siempre estuvo en desventaja, por lo visto. Y él mismo lo reconoce; era el lado vulnerable de aquella pareja. Pero jamás lo pensé tan hueleestaca, tan hecho, justo, de mi madera. Ella, en cambio, se ve que de joven hembra botaba fuego por las narices. Y ese desapego, ese desapego, ¡qué bien los capta el jodido novio enchulado! Lo de puchúnguli tiene que haber sido invención de él, ¿no creen?

Ésta es la foto irreductible; más que la otra es esta que tengo aquí en mis manos: Arelis-Armanda está en todo su apogeo y poder. Es el sitio de la hembra que lo perfuma todo. La foto está fechada al dorso; fue tomada en agosto de 1977. La dedicatoria dice: «Aquí estás bella, apenas se te nota el notición que los dos teníamos después de aquel dulce coco que trajo Edgar... Ésta es la de mis fantasías». De acuerdo; ésta permanece más en el orden de la masturbación sutil. Arelis está en el mismo balcón de la otra foto; detrás de ella, aquí y allá, puedo adivinar el mismo arco de la playa... Ahora no estoy en las de pensar en el Nolly Prat; estoy en las de echárselo... Pues Arelis-Armanda aparece con el cabello muy largo, llegándole a los hombros; es un pelo abundante aunque nada muerto, vivo y de mucha vuelta. Cualquiera quedaría con el deseo de ese pelo, de irnos de boca en el pelo de ella, saciarnos en él. Y nos quedamos con las ganas porque ha pasado mucho tiempo y *Arelis-Armanda nos sonríe bajo el ala de un sombrero panamá de cinta negra. Es un lindo sombrero de ala anchísima y copa redonda, muy de moda en aquella época*, entre los primeros yuppies; supongo que así reaprendían un neocriollismo colonial, ahora funky, sacado del catálogo de Banana Republic... Se ha guarecido ahí, debajo de ese sombrero, a causa de la fuerte resolana que viene y sopla desde la playa. Pero bien sabemos que en ese momento, justo en ese momento del «click», era toda de Jimmy. Le sonríe con candor, hay asomo hasta de cierta loca pureza, un asomo de timidez. Se le ha entregado sin reservas. Está enamorada. Nada hay de ese lado filoso que bien advirtió el Jimmy. Hay franqueza, alegría en la mirada, hasta euforia, alborozo. Y no quiero pensar que el clítoris se le hinchó a causa del mucho perico que se habían metido aquella tarde. Es evidente: Ella lo quiere y su sonrisa es como una celebración, una invitación y a la vez la súbita alegría del amor correspondido. Pero también hay señas perturbadoras, como si hubiese en ella una disposición arriesgada, las señas de la parapingas: esas tetas que dejan ver la alcancía, el escote sin manguillo, tipo *halter*, ese cuello de Carmen estrangulable, el pelo en cascada cayéndole a los hombros, su sonrisa amplia, las facciones perfectas, ni grandes ni pequeñas, los ojos inescrutables, fugazmente francos, esos labios carnosos, la nariz perfilada pero, para mi sorpresa, sin asomo de rapacidad. Había cierta inocencia en aquella nariz, una ruptura con todo lo otro. Aquella hembra le quedaba grande a Jimmy. De eso no hay duda; tanta veneración, el hecho de haber tomado la foto como quien atesora la ocasión, era la mejor seña de que la debilidad de Jimmy también fue la mía. No falla; por su belleza la mujer con sombrero panamá es el retrato de una dama sin ambición de bondad. Arelis-Armanda era la seductora en el espejo.

La segunda parte del idilio fue la del Burger King: pasaron doce años y Arelis-Armanda un buen día volvió a llamarlo. Fue una llamada desde un pasado no tan remoto; todavía estaba vivo el anterior deseo. Según una de las cartas, ella le preguntó: «¿Sabes quién te habla?». Él tardó en contestarle, estaba sorprendido y a la vez aquella voz volvió a provocarle las ganas, justo como a mí. ¿Qué hay en esa voz? Repasó con ella los años de separación, ella juró que temía que él la viera después de tantos años, le advirtió que había ganado peso, un marido y dos hijos de siete y nueve años que adoraba. Cuando enganchó sabía que ya pronto correrían al motel más cercano, o al hotel de siempre, el Casablanca de Villa Pugilato, entrando a Punta El Medio por Mario's. No había otra posibilidad, le advirtió él en una de sus cartas. Por lo pronto, se verían al otro día, a la una y media de la tarde, en el Burger King de la avenida Campo Rico. Nadie debe visitar por segunda vez ese sitio donde fue feliz; se ha dicho y nadie hace caso. El idilio daría paso a una variante del espionaje: el asunto era no ser vistos, meterse en el armario, volverse, más que cómplices, clandestinos. Ahora los dos estaban casados.

23 de agosto de 1990

Querida Armanda:

Vuelvo a las andanzas de siempre, a escribirte con tal de organizar tantas emociones que me provocas: ayer cuando te vi, tan elegante, con tu traje marrón oscuro corte sastre, con aquel pañuelito verde por el cuello, très chic, y nada menos que en el Burger King de la avenida Campo Rico, tuve un torrente de esa ternura que sólo tú eres capaz de despertar.

Aunque tardamos en vencer la timidez, y poco a poco logramos ponernos al tanto de lo que nos ha pasado en estos últimos doce años, pues no fue fácil para mí recuperar tu belleza a la vez que reconozco que eres otra persona, como más madura y más asentada, a lo que ayudan las libritas… Lo que nunca dejaste atrás es ese dejo de tristeza. Eso te acompañará toda la vida, por lo visto, quizá es el recuerdo de tu infancia en Cuba, haber perdido aquello, no sé. De todos modos, pienso que esa tristeza que estaba ahí con los años se ha apoderado un poco, pero entiende, sólo un poco, porque ahí está tu sonrisa alegre y cautivadora de siempre.

De todos modos, me alegró ver las fotos de tus hijos, que tú adoras y que, por lo visto, parecen ser la razón principal para seguir aferrada a ese matrimonio que te entristece aún más la vida. Pero no puedo juzgarte ni pedirte nada porque a mí me pasa lo mismo. Es increíble, hasta en eso nos parecemos. Me alegró ver, sobre todo, la foto que estás con el de nueve años en las Pequeñas Ligas: ¡toda una «baseball mother»! Qué orgullosa te ves y qué plantón tiene él con el bate. Aunque, créeme, no me acostumbro a verte de mamá, cuando pienso lo que vacilamos en aquellos años locos de la playa.

Armanda, querida, lo que pasó ayer tenía que pasar, tarde o temprano. Sabes lo fuerte que ha sido siempre la atracción entre nosotros, se trata de una bellaquera grande. De mi parte no lamento nada y estoy dispuesto a disfrutar de lo que tenemos. Si esto es lo que tenemos, pues santo y bueno. Esta vez entenderás por lo que pasé la vez primera: vivir la vida, perder la integridad, por así decirlo, es algo que nos cambia para siempre. Vivir una mentira para poder vivir la única verdad de mi vida —o sea, tú— es, sin embargo, un sacrificio que siempre estuve dispuesto a hacer. Durante todo el día he recordado el momento en que te quitaste la faja, el movimiento pendular que hiciste con las caderas, y yo, que ya estaba en la cama, de pronto recuperé ese paraíso perdido de tus nalgas. Tuve que ir al baño a curarme la bellaquera cuando lo recordé a media mañana, aquí en la oficina. Sobre todo, el sonido de melón partido que hizo tu faja cuando me revelaba tus carnes, todavía tan lozanas y comibles.

Dos tesoros he guardado desde ayer tarde; para estos y muchos momentos que tendremos así, justo así de dulces, vida mía, viviré esta parte de mi existencia que ya ha probado el desconsuelo de una panza, las canas que acechan, la caída del pelo que una vez fue mi orgullo, y las hemorroides. Somos tan mediocres en esta parte de la vida, donde nos damos cuenta de que viviremos pagando el precio alto de ser humillados por el destino. Está cabrón. Anyway, guardo aquí, en mi cofre, en mi cofrecito lleno de tesoros, ese momento en que entraste al Burger King, la resolana de la 1.45 como dándote un aura espectral, tu elegancia, en ese ambiente tan cafre, las gafas oscuras, las medias negras con encajes… Verdaderamente, fue una aparición. Cuando me dijiste «Hola» tuve la primera erección de la tarde. Y esa culminó cuando te bajaste la faja. Estabas en el baño, ajena a mi mirada, todo tu bello trasero lo vi sorpresivamente en la puerta entornada del baño de nuestra habitación, la de siempre, la 214, en el hotel Casablanca de nuestra Villa Pugilato.

Te quiere

Tu papasóngolo

Hay otras cosas que contar: Hicieron un viaje clandestino a Nueva York y aparecen fotografiándose en lo alto de las Torres Gemelas; la antena de la Torre Dos, la de atrás, parece separarlos… La dedicatoria dice: «Estuvimos mareados todo el tiempo, las malditas Torres Gemelas se movían y sólo pensaba en el avión que chocó con el Empire State Building. Vivo cagado con las alturas. Te quiero, te quiero, te quiero. Me hiciste muy feliz. Vuelvo a quererte, quererte, quererte».

En esta fotografía él se ve viejo y algo jorobado, ella está en plena posesión del momento. Ella curaba su aburrimiento de mujer casada y él parecía curar su depresión de cabrón por consentimiento. No es una buena foto, sobre todo para él: ella tiene diez años menos que él y se le notan; a pesar de la hermosura ya metida en carnes, la alcancía de las tetas prodigiosas está ahí. La gorrita de los Mets le da a ella cierta ventaja. Es como si él hubiese ensayado ahí, en lo alto de las Torres Gemelas, su peor destino de viejo pendejo.

Sonó el teléfono. Carabine se cagó en Dios en la habitación de al lado y Canelo saltó a ladrar. En medio de la confusión supe que era ella. Algo la hizo llamar a esa hora, el jodido instinto de las mujeres para olfatearse; sabía que a esa altura de la madrugada yo le tenía abierto el trasero. Cuando finalmente tranquilicé a Canelo y agarré el auricular, pensé, algo locamente, por capricho, sin razón alguna, que Arelis-Armanda nunca se decidió entre la malevolencia y la discreción; por un lado era el tipo de mujer casada que solía sacudirse las enaguas cuando soltaba uno y por el otro era el tipo de bicha que con tal de darse aires de profunda dice «pedo» en vez de «peo».

—Me dejaste plantado el otro día.

Reconocí la perplejidad en su voz; era un modo de lograr salir de la gatera antes que ella. Era el tipo de dama con quien cualquier ventaja cuenta.

—¿Quién habla…?

—Soy yo, soy yo, Manolo, me gusta contestar así cuando sé quién está al otro lado, cuando estoy seguro de quién es el cabrón, o cabrona, que me está llamando, te fijas…

—Uau; por lo visto estás insomne y encabronado… Si todavía te importa… Aquella tarde no pude llegar, lo siento… A mí me interesaba tanto como a ti.

—Te perdiste un espectáculo; más bien una desgracia.

—Ya sé lo que le pasó a Toño Machuca. Me lo contaron.

—Lo dejaron machucado.

—No tienes madre.

—Primera plana de *El Vocero*, imagínate, un caballero de martini y lazo de pajarita como él…

—Repito, no tienes madre.

—Somos dos; la integridad no es nuestro fuerte… Aquí he estado mirando estas cartas, deleitándome con sólo mirarlas… Están bajo la luz amarillenta de un bombillo, toda la noche he sentido la tentación.

—No te atrevas.

—No pude evitar, sin embargo, mirar las fotos.

—¿Por qué lo hiciste?

El auricular me comunicó algo de aquella súbita vulnerabilidad. Las fotos tienen esa fama de secuestrar el alma.

—Curiosidad, curiosidad, Arelis, Armanda, o como te llames; de ti conozco esa voz de terciopelo y el buen par de tetas de las fotos.

—Estás borracho.

—Bastante. Unos martinetes a la memoria de Toño… Nos pasa a los sentimentales.

—A los perdedores, a los jodidos perdedores como tú.

—Sí, y como Jimmy.

—Tuvo sus pelotas.

—Eso lo sabe tu trasero, so cabrona.

—Manolo, Manolo, no me provoques… Ésa te la dejo pasar porque estás borracho… Coño, que siempre hay que tratarte como a un niño… Mañana en Kasalta, nos encontramos en Kasalta a las once. Me las entregas y ya.

—¿Por qué las fotografías? ¿Quién mandó a sacar esas fotos para el chantaje, tú o Toño?

—No hables mierda, Manolo, y no seas bruto. Si te fijas, en todas las fotos la que salgo soy yo. Él no aparece; tenía la manía de sacarme fotos en esos sitios, era su manera…

—¿Qué sitios? ¿Las Twin Towers…?

—Siempre era el Burger King de la Campo Rico…

—No el de la avenida Lomas Verdes…

—No, siempre la avenida Campo Rico… Jimmy siempre fue muy…

—Sentimental…

—Ya veo que no has leído las cartas, hombre honorable…

—No me hables mierda.

—No te estoy hablando mierda. Mira todas las fotos y te darás cuenta de que él falta en todas. Justo porque él era el fotógrafo. Te pago para que consigas cosas y no para que fantasees.

—Es fácil fantasear contigo.

—Eso es porque, repito, eres un jodido perdedor. La masturbación es tu verdadero oficio, Manolo.

—Dime, bicha, dime cuánto le vas a pagar en COD a tu perdedor. No hay cartas si no hay, por lo menos… No te las doy por menos de cuatrocientos adicionales… He tenido muchos gastos, y tu lengua viperina no estaba en el presupuesto original. Tampoco el peaje del puente Moscoso…

—Trescientos y trato hecho. Me las entregas en Kasalta, te doy esa cantidad y ahí terminamos.

—¿Qué sabes de lo de Toño?

—Ya estás en las de darme la lata.

—¿Quién llamó a la una de la madrugada?

—Tarde o temprano le iba a pasar. Ése fue un ticket que se compró ese viejo pato hace tiempo.

—¡Qué rencor…!

—Ahora te digo yo… No hables mierda y repasa las fotos; repásalas para que veas.

—No me preguntas por los billetes.

—Ya sé que nunca aparecieron… Si hubieran aparecido no ibas a entregar el paquete por trescientos trapos de pesos extra… Por lo menos eso sabrías.

—No me tientes a no entregarte un carajo.

—Entonces jamás verás el buen par de nalgas que también tuve…

La muy cabrona colgó; me dejó con la réplica puesta en el ingenio la muy bicha… ¡Uau, qué maneras…! Y además, coño, no era cierto… Cuando colgué volví a revisarlas y, justo, encontré otra en que aparecían los dos, esta vez en el estacionamiento del Burger King, ambos con gafas oscuras, ella con el pelo excesivamente chorreoso y muerto, enchumbado, como les pasa a algunas mujeres después de parir. Quizá usaba una peluca… Aparecía aquí con el pelo negro y ella tenía el pelo castaño… Ahí están los dos. ¿Quién sacó esa foto? ¿Quién la colocó en el paquete con las otras? Insisto en que el fulanito carirredondo las tomó para Arelis-Armanda y luego la rateó, se pasó al lado de Jimmy. O quizá la pelea de Toño con el cabrito fue justo por aquella foto que éste quería para extorsionar a Arelis. De todos modos, cuando Jimmy la vio, porque posiblemente en algún momento la vio, tiene que haber llorado.

Soñé que caminaba la playa de Punta El Medio. Frente al islote de Isla Verde divisé una figura. La playa estaba solitaria. Lloviznaba. Eso lo recuerdo pertinazmente. Aquel hombre, vestido con gabardina larga, hasta por debajo de las rodillas, la correa apretada como si fuera primavera, o invierno, y con un cigarrillo sin filtro colgándole de los labios, parecía no llevar nada debajo del abrigo caqui, lo cual le daba el aspecto de un desamparado que había llegado allí sin otra cosa que aquella absurda prenda de vestir, necesaria en otras latitudes. Estaba descalzo y en la medida que yo me acercaba —pues yo venía como del cementerio Fournier— el oleaje se hacía más bravío y ensordecedor. Se parecía al de Río de Janeiro. De hecho, sobre las olas se levantaba un vaho de salitre.

Según me acercaba, los rostros de aquel hombre misterioso fueron cambiando. Primeramente supe que, a la distancia que estaba, resultaría imposible reconocerlo. Era un rostro que de entrada no me resultaba familiar, aunque ya pronto pude ver que se trataba de don Jaime Benítez, quien me sonreía afable, insistentemente, y con esa sabiduría prematura que ya tenía en su rostro todavía lozano, juvenil, sobre todo cuando aparecía en las fotos saludando a Juan Ramón Jiménez. Él me decía a distancia, no sé si leía sus labios o escuchaba, algo así como esto: «Hay que sembrar las tres palmas que le prometimos, ahí en el islote, y que sean como las tres cruces del monte ese, el del olvido; además, ahí fue que dispersamos las cenizas del jodido Manolo, ¿te acuerdas?, y ¡cómo nos sorprendió que un cuerpo produjera tantas cenizas, aquello era interminable!». Como yo venía del cementerio Fournier, me di por aludido.

Más adelante pude ver más de cerca a alguien que ya no era don Jaime Benítez; pero tenía la misma gabardina; eso lo puedo asegurar. También era intelectual, hombre de ideas. Fumaba un cigarrillo Gauloises sin filtro, y a la distancia que yo estaba de él, como a diez metros, comenzó a elogiarme el humo azul de aquel cigarrillo, de cómo éste convierte el cuerpo del fumador en metáfora de la nada. Esto me gustó; me pareció de una originalidad apabullante; lo que me resultó una pendejada fue que su rostro mostraba el mismo mechón de pelo de don Jaime, ahí echado sobre la frente. Era un maldito y jodido imitador. Y el pelo estaba como peinado con brillantina y todo su continente, y hasta semblante, era de alguien que había convertido los sellos de pasaportes en un modo de conocimiento. La aventura era su *métier*, el embuste su debilidad. En 1934 estuvo en Shanghai, pero no en Puerto Príncipe; ahí estuvo Manolo buscando a la nena de Mad Michelle, justo, en el hotel Oloffson... Tan pronto estuve cerca de él, y pude verle el rostro, noté la excesiva palidez del fulano, su veladura verdosa de muerto puesto a penar. Y pude oír, repetidas veces: «*Gardez votre calme, gardez votre calme, coge por la sombrita, be cool...*». Como yo venía del cementerio Fournier, pues, ¡coño!, pensé que lo decía por mí y eso me encabronó. Me jodía mucho que alguien estuviese adivinando mi estado de ánimo, yo que venía caminando desde allá y había superado serias dificultades. Para bravos yo, que bien fui, siempre, un modelo de ecuanimidad.

Ya entonces pude reconocer a aquel hombre excesivamente encabronado, bajito, de dientes algo torcidos y salidos, puestos al frío de la brisa marina, pero sin cara de tonto, que escupía siempre que hablaba, y que no gesticulaba el cigarrillo Camel con la elegancia del anterior. Tan pronto me le acerqué, tiró la colilla a la arena húmeda y me gritó, molesto, como si me hubiese estado esperando ya por largo rato: «What's wrong with you, guy?». «Nothing she can't fix», le contesté. Aquí y entonces sonrió y se le notaron todavía más los dientes por fuera: «Let's go and see poor Jimmy; he is having a shitty death». Inmediatamente traduje; era mi deber: «Vamos a ver al pobre Jimmy, está teniendo serias dificultades para morirse, cojones...».

Este hombre te llevó al Auxilio Mutuo. ¿No lo recuerdas? Te encontrabas allí por aquel hombre de la playa vestido con el abrigo de primavera, perfecto para las lluvias de mayo, el que luego, en la calle Gardenia, quiso hacer una exposición deshonesta de la erección que llevaba debajo de la gabardina. Era feo el muy cabrón y te insistía, obsesivamente, que tenía que exhibirse allí mismo porque aquella erección era meritoria. Y tanto estuvo hasta que lo convenciste de que te hiciera el cuento y entonces sí que fue bien parco, sólo te aseguró que le pasó justo hoy por la mañana, antes de que empezara a lloviznar: pasó por el lado de la cama donde dormía su amante y alcanzó a verle el trasero desnudo; se quedó allí mirándolo, absorto; intentó fijarse todavía más, entregarse a esa contemplación, pero ya no pudo hacer otra cosa que taparle el trasero con la sábana y venir para acá de prisa a llevarte donde Jimmy. Se había quedado con la carnada puesta en la cabeza y la erección, que ya era un caso leve de priapismo, sólo se curaría si él exponía aquella pieza portentosa al escrutinio de alguna mujer, que primero luciría sorprendida y luego halagada. Ahí mismo, justo ahí, te convenciste de que los sueños son la perfecta basura biodegradable.

De todos modos, anyway, este hombre te llevó no sé cómo —pudo haber sido trepado en el palo de una escoba— al hospital Auxilio Mutuo. Te acercaste a la habitación de Jimmy y te dio con mirar por el ojo de la cerradura. Adentro estaba Maritza, quien buscaba frenéticamente en las páginas de un libro con portada azul. Buscaba nerviosa y mirando para todos lados, con ansiedad, a cada rato te miraba, a ti, que la ligabas por el ojo de la cerradura, y volvía a pasar páginas, una y otra vez, hasta que encontró lo que buscaba y te sonrió. Tiró el libro a un lado e hizo un gesto triunfal con los papeles que tenía en la mano. Eso tú lo viste. Sonrió más de una vez, y tú mismo me hablaste de la malicia de aquella sonrisa. Te diste cuenta de que fue ella, y sólo ella, quien encontró lo que todo el mundo codiciaba. A Maritza le sonreían esos ojos húmedos, cantarinos, como siempre.

Se despertó sobresaltado. Había estado soñando. La cháchara de Carabine en la pequeña cocina fue justo lo que le abrió los ojos. Despertarme a escuchar la cháchara de Carabine cuando preparaba el café era una de sus bendiciones. Fue a la nevera, abrió la cigarrillera de plata, la encontró excesivamente fría y sacó uno de los motos que había enrolado la noche anterior. Sonrió. Ya sabía quién se había fututeado la fortuna, ahora tendría que descubrir a quién le interesaba más hacer daño con las cartas, y las fotos… Ésa era la misión del nuevo día; casi nada.

Encontró su barrio de la calle De Diego como nunca. Pensó que residir en aquel jodido barrio donde vivían los ricos comemierdas de Río Piedras era un privilegio, el lujo. Era necesario, sin embargo, odiar a los ricos. Carabine bajó vestido con su chaqueta crema de seda cruda, se atildaba la leontina y lucía una llamativa corbata de cálico, muy ancha y quizá un poco corta. Carabine parecía un propagandista médico de aquellos años. Prendió. Con el primer cantazo en los pulmones reconoció lo tranquilo que estaba Canelo. Él también estaba cool… Volvió a recordar todo lo que había soñado la noche anterior.

Irían al frente con el otro Manolo; Carabine y Canelo irían al frente y las muchachas atrás. Esto lo decidieron después de mucho pugilato. Manolo, el otro Manolo, conduciría el Cadillac convertible de 1948; para un hombre que estaba en tantas dificultades motrices lo mejor sería guiar aquel modelo con transmisión automática silver fleet. Las gomas banda blanca las lavaron ayer. Pasaron Pennock Gardens y siguieron camino por la carretera vieja hacia la laguna San José. A distancia, a la izquierda, se divisaba El Esquife, aquel salón de baile con el ventanal que miraba a la laguna.

Cruzaron el puente Moscoso sin pagar peaje. Eso lo recordaría muy bien Manolo, quien iba en el asiento de atrás. El otro Manolo conducía con cierta solemnidad de chofer británico y le preguntaba continuamente si sentía las piquiñas de Morfeo. En algún momento Manolo reconoció haberse convertido en Jimmy. Las aguas de la laguna San José espejeaban en la primera mañana y las banderas del Estado Libre Asociado, aún no proclamado, porque estamos en 1948, no tenían brisa que las hiciera restallar. Jimmy tenía mucho sueño. De hecho, era un sueño cabrón. Se le cerraban los párpados hinchados, sudorosos; cabeceaba. Pensó que estaba arrebatado. Pero no, no estaba arrebatado. Su maldito puente bostezaba, el sonido de la ventolera contra el mucho cromio del automóvil molestaba, resultaba desagradable, casi producía dentera, los flecos de Canelo se alzaban al viento más de la cuenta, más de lo aconsejable en estos casos. Era capaz de salir volando. Era el gran bostezo.

A cada lado Manolo tenía una geva, un cohete de fiestas patronales, que ya iban cheriando y vacilándose la nota de morfeo, iban de lo más panchas las dos, se le pegaban y se le acurrucaban, sobre todo no dejaban de reírse. Una era de facciones grandes, la otra de facciones pequeñas, casi diminutas; las dos tenían una sonrisa amplia, por lo tanto, ergo, tenían las chochas grandes.

Del otro lado, del otro lado, hay como una súbita resolana. Del otro lado, ¡ay, coño!, la ciudad toda daba el gran bostezo. Manolo pensó que era el arrebato. Era la ciudad blanca, y contra aquel trasfondo de edificios blancos, excesivamente pálidos, se voló el papel, la factura que decía *«Prime Printing, Carlos Matos»*.

Fue lo último que recordé, antes de despertar. ¿Quién cojones era Carlos Matos?

6

Aquel timbrazo del teléfono no podía significar otra cosa. Como ya me levantaba con una impostergable lentitud, probando todos los estados intermedios entre la náusea y la catatonia, habiendo cedido a la tentación de sólo pensar en el Martini Rossi, *muy seco, muy seco*, bien fui capaz de sostener en el aire, con una especial atención, aquel timbrazo que supe ominoso. Estaba suspendido allí en el bajo aire, como un negro santo grial esperando por algún penitente. Me había tocado a mí. Aquel copón era el sapo que tendría que tragarme para remediar las náuseas mañaneras. Era el Pepto Bismol de la existencia lo que necesitaba, y así lo tuve. Jimmy había muerto. Espero que con una sonrisa.

Quien me lo dijo fue el fulanito carirredondo. Con voz entrecortada, entregándose por momentos al sollozo, me dio aquella noticia que incluía la solemnidad del pésame. Me consideraba uno de los dolientes de Jimmy. Y hacía bien en considerarme así, porque sí que lo era, aunque del lado seco, muy seco.

—¿Cómo murió?

—Tranquilo; murió bostezando.

—No jodas...

—Sí, temprano, casi ahora, a las seis, se despertó, miró a su alrededor, no pareció reconocer a nadie, bostezó y chuculún...

—Ya no te hagas más daño.

—Nos dejó, nos dejó; se fue, se fue...

—Tranquilo, mano, tranquilo. Y la mujer...

—Bien, bien, tú sabes cómo es ella.

—No, no sé…

—Una lágrima escondida…

—Sí, ya sé… Una furtiva lágrima… Mi abuela derramó la misma cuando murió mi abuelo… Por eso es que yo digo que es la misma lágrima, y se la pasan de fulana en fulana… Soy la última descendencia de un orgasmo débil.

Quise rectificar. Escuché el silencio. Me había esmandado.

—Aló, aló…

—Sí, estoy aquí.

—Pues nos vemos más tarde. No estés tan triste, descansará… Oye, y ¿cómo te llamas, si se puede saber?

—Edgar…

—Lindo nombre de poeta…

El fulanito carirredondo ya era más sabio. Le había quitado la peste a muerte con mi comentario sobre el lagrimal del primer alacrán, mi santa abuela.

Canelo me movía el rabo al lado de la cama y Carabine, como siempre, se cagaba en Dios, quien para él era el único, aparte de papá Reagan, capaz de hacer sonar el teléfono.

Aquel día se vislumbraba perfecto para atravesar frente a un nido de ametralladoras, o correr por un campo minado. Pensé esto mientras me cepillaba los dientes. Con el primer pedo sonoro que solté, el que siempre alarmaba a Canelo y lo hacía ladrar, quise entender esta cosa extraña de la vida: En la muerte lucimos aplastados, como sapo concho que se deslumbró con los focos al cruzar la carretera. Pero entonces, cojones, tantos cuidados, tantas ansiedades… Mientras Jimmy lucirá esta tarde, ahí en la funeraria, aplastado por la muerte, reducido a un discreto mal humor, la gente a su alrededor seguiría jodiendo la pita, movidos por las pasiones, como la codicia, encabronados por viejas mezquindades y recientes pendencias. ¿Por qué los muertos no nos otorgan, al menos durante el velorio, algo de ese definitivo mal humor, de esa forzada paz que, por lo pronto, consistiría en callarse, no chacharear tanto para los oídos sordos del jodido muerto.

Todas aquellas pasiones, tantos minúsculos y también grandiosos sentimientos, se encontraban con sus propios callejones sin salida. Aquel montón de sanguijuelas, chulos, alcahuetes, mujeres de orgasmos débiles y varones con compulsión anal padecían una incomunicación palpable. Era gente sin familia. Por lo menos yo tenía mi perro y mi loco… Nadie, pero absolutamente nadie, parecía entender a nadie. Aquella gente estaba determinada a tropezar los unos con los otros. Todo esto pensé ya camino al Auxilio Mutuo. Tenía que ver la cama vacía; era mi obligación ver la cama vacía.

Llegué y toqué la puerta de la habitación con esa irresolución del que se sabe llamado al respeto. Pero los muertos jamás reclaman consideración. De hecho, son ellos los que se vuelven desconsiderados, trabajosos, llenos de dificultades. Fue Maritza quien contestó. Doña Orgasmo se había borrado. La contemplación del vacío no era lo suyo.

Entré y Maritza me sonrió con esos jodidos ojos, los cantarinos, y hasta sentí algo de felicidad. No hay como la sabiduría de una enfermera para curarnos de la melancolía:

—Todos llevamos la peste a muerto detrás de la oreja. Si no me lo crees, pues pásate el dedo por ahí…

—Eso es sebo, no muerte.

—Oh, oh, es la muerte, Manolo, es la muerte; por ahí es que nos alcanza. ¿Quieres verlo?

Maritza destapó a Jimmy. Estaba en el rigor de los muertos y con la boca abierta. Tenía los ojos cerrados. Traté de cerrarle la boca para que no causara mala impresión. Parece que le llegó en medio del bostezo. No había manera de cerrársela, estaba muy tieso. Desistí. Ejercer presión contra un muerto se puede malinterpretar.

—Eso se jodió.

—¿Qué?

—No le cierra la boca.

—Ya se la cerrarán… En la funeraria se encargarán de eso.

—¡Qué cosa…!

—¿Qué?

—La rigidez, que no se le pueda cerrar la boca…

—Eres muy impresionable, Manolo, tienes alma de papel.

—Verdad que sí… Tan cabrón que me pienso. Anoche soñé contigo. Estabas rebuscando, como rebuleando en un libro.

—No entiendo.

—Estabas buscando… Cuando encontraste lo que buscabas dentro del libro te veías gozosa, con un alegrón.

—Ya te lo dije; los muertos tienen una extraña manera de ordenar, de hacer justicia.

—No me digas…

—Sí le digo, señorito, sí le digo.

—Hablas en parábolas.

—¿En qué?

—Never mind.

—Hablo como tengo que hablar… ¿Fue éste el libro que viste en el sueño?

—No recuerdo.

Me enseñó un libro de portada azul. Me lo entregó y lo hojeé. Lucía denso, de letra pequeña y apretada. Se titulaba *La noche oscura*. Parecía un libro que había sido comprimido. Pensé en un ladrillo.

—¿Sabes?, este libro Jimmy quiso que se lo echara en el ataúd, comprendes…

—¿Y por qué no se lo echas?

—Todavía no saben si lo van a cremar. Él pidió que lo cremaran, y entonces, por qué rayos, chico, me pidió que le echara el libro en el ataúd, dime, Manolo dime, qué vaina… cosa extraña, ¿no…?

—Parece un acertijo.

—Un ¿qué!

—Una adivinanza…

—Eso sí, eso mismito es, sí que lo es.

—Y ¿por qué quería que le echaran ese libro?

—Me dijo que lo había escrito un amigo de él, y que era el más aburrido que había leído. Sería un buen compañero de viaje. Pero no sé, no sé, chico, qué vaina, como yo no sé de letras…

—Era un cabrón, fulano tierra…

—Sí, tenía ese lado… Era parte de su tumbaíto.

—Si quería que se lo echaras en el ataúd…

—Puedes estar seguro que no, que no lo creman nada… Ya me le centré en eso… A él esa mujer nunca le hizo caso, siempre lo trató como un trapo viejo.

—Doña Orgasmo.

—¿Quién?

—Nada, pendejadas mías, dime…

—Oh, oh, pa'que sepas, ahora le hará más caso que nunca, verdad…

—Dalo por cierto, el muerto al hoyo y el vivo al pimpollo…

—Lo van a velar como a cualquier muerto, olvídate de eso, varón, qué vaina, no le harán ni chispito de caso, ni chispito de caso que le harán. Por eso es que ya estoy lista para ir esta tarde a la funeraria y cumplir lo prometido, pa'que sepas…

—¿Que será qué?

—Ponerle el libro en el ataúd, mira qué vaina, ¿hay otra cosa que atender?

—De acuerdo.

Ahora Maritza estaba en las de engalanar su lealtad con esa sabiduría nunca lejos del conuco. Sus ojos volvían a brillarle, sonreía con las palabras y la mirada, y ya yo no supe si por momentos había una ironía incipiente, ésa que el campesino jamás divorcia de la fatalidad. Su tez trigueña validaba una antigüedad en las palabras que ya no supe distinguir de una pose bastante convencional: pensé que a los catorce años ya Maritza había reclamado aquel carisma, el de la sabiduría campesina:

—Es como todo… Sígueme este tumbao: uno piensa, concho, pa'que sepas, hace falta, el difunto me hace falta. ¿Y sabes qué es lo peor de esto, lo más arriesgado…? Justo después que se lo llevan, y tú miras esa cama vacía, con el hoyo ese que dejó en el colchón el lomo del muerto… Ése es el momento de entender.

—¿Qué coño, Maritza?

—La justicia, varón, el orden que dejan los muertos.

—Es ahí, justo ahí, ¿verdad, Maritza?, no me hables mierda.

—Sí, Manolo, sí, que no embromes, es como si ese silencio, ahí en la cama, ese hueco grande, el hoyo prieto ese nos dijera: «No se rían, pa'que sepan, esto es serio; a cada quien le toca lo que le toca...».

—Maritza, estás loca pa'l carajo; haber visto tanto muerto...

—Me ha perfumado.

—Supongo...

—Eres muy hijo del coraje, Manolo, del coraje; deja atrás esa rabia, te lo dice Jimmy.

—Me encargo del orden de los vivos, no del que dejan o quieren dejar los muertos.

—Es el mismo, Manolo, es el mismo. Ya te darás cuenta... Jimmy quería que lo cremaran, Jimmy sabía que lo velarían. Ése es el orden. Ahí se resuelve su adivinanza. Y me encomendó, él solito, que cumpliera su voluntad, pa'que sepas...

—Justo cuando se la negaban.

—Así es, Manolo, así es, justito, justito, oh, oh, muy bien, pa'que sepas, bien que lo has dicho...

—Sabes mucho, Maritza, sabes mucho.

—Por lo menos más que tú... Aunque tú aprendes, Manolo, tú aprendes, poquito a poquito tú aprendes.

—Colócale ese jodido libro, Maritza, colócaselo allá adentro.

—Es su orden.

—Es *una* orden. Y también mía.

Recordé los postes del alumbrado eléctrico de la calle De Diego. Iba camino a mi covacha y ansiaba ver aquel entramado sobre la calle, los postes negros de madera picados por esa viruela, ocasionada por los ganchos en las botas de los obreros de mantenimiento, los travesaños y las crucetas por lo más alto, adornados con aquellas campanillas de cristal que supuse eran fusibles... Ya pude verlos a la distancia cuando dejé atrás la avenida Iturregui y el cruce de los calcutos. Me pregunto si ese orden del que habla Maritza es así: por arriba pasan el orden y el silencio de los muertos. Eso pasa por nuestra ciudad, pero no lo vemos. Abajo está la cháchara de los vivos.

Por la tarde fui al velorio. Supuse que Jimmy ya estaba en el ataúd y con el libro del bacalao a cuestas. Me había fumado un moto y cuando llegué no soporté el ruido. Aquello era un estruendo cabrón. La algarabía de aquel velorio me pareció obscena. La gente reía a carcajadas. Jimmy estaba solo, callado, de mal humor y supuse que con *La noche oscura* debajo del sobaco. Era un zumbido insoportable. Era que el sun sun del pasto se me había trepado. Aquello era buen alimento para mi misantropía. Menos mal que lo tenían tapado.

Volví al hospital, y justo a la hora en que el búho de Minerva levanta su vuelo. Es justo a esa hora que menos veo, soy capaz de confundir la maldad con la ignorancia. Pero ya yo estaba en la jodida obsesión. Maritza seguía allí y la cama ahora estaba vacía. Me llevó de nuevo a considerar la muerte. Aquella habitación se había convertido en escenario. Tuve el presentimiento de que Maritza, la muy bruja, me había estado esperando, supo que yo vendría. Vi el hoyo. ¿Por qué no traían a otro moribundo…? Como estaba arrebatado, le di a todo aquello más importancia que la que en realidad tenía. Indagué. Sí, acababa de llegar de la funeraria y sí le echó el libro en el ataúd. El velorio estaba comenzando, por eso había tanto alboroto. No le fue fácil, pero sí se le echó… Tuvo que discutir con un malhumorado embalsamador puertorriqueño. Finalmente el otro, el dominicano, le permitió que echara ahí el maldito libro. Aquél era otro jodido sabio, por lo visto: «Échalo en confianza, qué vaina, que por lo que he visto de la viuda no es familia de destapar para el largo adiós. Padecen el vicio de la inmortalidad, parece que nacieron pa'piedra…». Y menos mal que no lo destaparon en el velorio. Imposible disimular aquel ladrillo debajo del sobaco.

—Manolo, quizá lo creman, pa' que sepas… Tengo el pienso de que sí…

—Pero no, no creo; allí en la funeraria está el ataúd.

—Eso es el show. Es gente de apellidos… Para ellos es importante la jarana esa del velorio. Después quizá complazcan al pobre Jimmy.

—Mejor hubiese sido un mayor grado de vulgaridad, ¿no crees, Maritza?, como haberlo cremado y luego haberle hecho una misa con las cenizas presentes.

—Es la falsedad de esa gente. Sólo los pobres lloramos de una sola vez.

—Falso… Es la misma maldad, por todos lados. Y los billetes…

—¿Qué billetes?

—Los que estaban dentro del libro, no te hagas la pendeja.

—Dentro del libro no había nada.

—¿Estás segura, Maritza? ¡No me hables mierda!

—Estoy segurísima.

—Él quería que le echaran el libro al ataúd por algo.

—Ya te lo expliqué.

—Para llevarse con él esos billetes.

—Ningunos billetes, mijito… Ahí no había nada, qué vaina, pa'que sepas… En todo caso esos billetes que tú dices…

Después, repasando la conversación, me arrepentí de interrumpirla. Entonces no me di cuenta de que la tenía arrinconada y contra las sogas. Pero Maritza sabía mucho, y yo, además, estaba arrebatado. Se deslizó; tan untuosa que me hizo recordar la manteca de ubre de vaca que me pidió para las úlceras de Jimmy y que nunca le conseguí.

—El libro era de Jimmy y el cuento, o las cuentas, tuyas… ¿No es así, Maritza? Sí, eran billetes de la lotería y estaban premiados.

—Qué mala impresión te he causado, niño… No le servían a Jimmy para bien morir, Manolo, por eso te digo que los moribundos sí que se afanan por el orden, la justicia.

—Me sigues hablando mierda. Te lo voy a creer. Los muertos siempre son mezquinos, silenciosos. No dejan un orden sino la confusión; somos nosotros, los vivos los que destazajamos… los que arrebatamos. Es como la diferencia entre el muerto y el velorio…

—Es tu coraje, Manolo, ahí está de nuevo, es tu coraje quien no te deja ver la importancia del destino… Es tu coraje hablando…

—Y sabes de qué trataba ese libro…

—Soy enfermera práctica y dominicana bruta, pa' que sepas… No sé de letras… Ya te dije… Soy casi analfabeta… Las letras se me dan lentitas, lentitas… Y yo qué sé, mijito, yo qué sé, por mí que serían las aventuras de Tuntuneco en el reino de las quimbambas, pa' que sepas, qué vaina…

Aquí y entonces Maritza me sonrió y me echó una incomprensible guiñada de complicidad. No sé si esa complicidad era conmigo o con el muerto. De todos modos, aquella sonrisa era precisamente lo que le seguía de una manera, justa y necesaria, al alborozo que vi en el sueño.

—Por cierto, Maritza, Jimmy tenía teléfono… Aquí, en la habitación…

—No te entiendo.

—Que si podía usar el teléfono.

—No, Yvette nunca quiso que se lo instalaran. Y tampoco celular.

—Y tampoco celular…

Llegué al velorio de Toño Machuca con el presentimiento de encontrarme ante una soledad difícil, incomprensible para mí, porque Toño Machuca —pensaba él, y yo coincidía— recibió un sonoro y misterioso no con la primera nalgada, la del obstetra. En él lo que pudo haber sido se resumía en lo que fue Jimmy. Un fracasado apetecía las aventuras secretas de un tímido.

Tan pronto llegué a la funeraria volví a preguntarme por qué había ido. Supuse que perseguía algún contraste, o alguna penitencia; no bien me bajé del ya neurasténico Malibú 71, en el estacionamiento casi vacío y que ostentaba una iluminación mortecina —los focos con luz de ahorcado rematan postes demasiado altos para alumbrar adecuadamente el lugar— reconocí que también buscaba, como diría Maritza, un loco orden en tanto reguero. Era una funeraria barata y de mala muerte –justo lo que el dandy de Toño había temido– en la parte baja de Santurce, hacia el sector de Sagrado Corazón y Monteflores. Era un lugar de gente pobre, lo que mi madre, el alacrán, llamaba «humilde». Las piedras ornamentales grises que enmarcaban la puerta de entrada me parecieron un recordatorio de la poca simpatía que provocaba Toño Machuca.

Era un lugar silencioso. Había tan poca gente en el salón del velorio que por un momento pensé que los presentes se habían equivocado de muerto.

Pero no, pude comprobar que el cuerpo presente era Toño: lo habían recompuesto de las partes principales y hasta le dejaron el ataúd abierto. Sólo se le veía la cara; eso sí, el resto del cuerpo, tan macerado por la maquinaria Porsche, había sido recubierto por unos vaporosos tules. Aquél era el homenaje cursi que el gusto de su familia por adopción le rendía al sentimentalismo fácil de los pobres. A pesar de esto, Toño lucía una placidez que no tuvo en vida. Prevaleció el dandy. Eso parecía decirme Toño cuando me acerqué al féretro. Y eso le bastaba, parecía asegurarme con aquella media sonrisa.

Noté que los clientes cuchicheaban detrás de mí. Reconocí a la pareja que había visto la primera noche, también a los niños. Eran muy pocos los deudos, y todos me miraron con hostilidad. Había más hombres que mujeres. Supe al instante que hablaban sobre mí, que, de algún modo, decidían mi suerte en el velorio. Me distraje un poco de aquel mono sabio, y fijé la mirada en la luz rojiza de una lámpara con velón que custodiaba el ataúd. Miré entonces, como impulso casi instantáneo de lo anterior –una manera de ya no permanecer absorto–, el crucifijo en la pared pintada de un rosa fatalmente descascarado. Para Toño la sangre de Cristo era un sacrificio inútil. El pobre se llevó de la vida una mala impresión que ni siquiera le había advertido su cinismo. En todo aquel asunto era el gran perdedor; al menos, por ahora. Miré hacia atrás, y cuando repasé todas aquellas sillas plegadizas color marrón oscuro, tan desocupadas, ya supe que así sería mi velorio. Me estuvo cómico; pero no me entró la changuería de reírme solo.

Venían hacia acá, dos adultos y un niño, y supe que la familia extendida de Toño Machuca, su parentela cafre, me traía bronca. Me adelanté presuroso hacia la puerta de cristal, ya yo había cumplido con el muerto. Me alcanzaron. El marido de la única mujer presente me detuvo, se dirigió a mí clavándome una mirada excesivamente criminal. Se plantó altanero; el medio afro que llevaba, el cutis dañado por un acné prietuzco, se concentraron en aquel mostachón acicalado para intimidar. No lo reconocí del todo como el fulano de la primera noche. Aquella familia postiza de Toño Machuca tenía la capacidad de disfrazarse tanto o más que personajes de circo, asumían todas las maneras de cafrelandia con una facilidad pasmosa. El hijo de la pareja me miraba desde abajo con una mezcla de idiotez y perplejidad. El fulano del mostachón, que ya estaba listo para dirigirse a mí, le ordenó que se fuera. Aquel niño no parecía hacerle caso.

—Usted no es bienvenido aquí.

Parecía una oración que había escuchado en alguna película doblada al español; eso pensé. Lo que siguió no fue tan delicado; de hecho, tenía la palabra «bujarrón» dibujada en neón azul:

—Ya lo hemos visto bastante por aquí, metiendo las narices donde no le importa, en las cosas de Toño.

Cuando dijo esto le entró una rabia repentina y me agarró con gran fuerza por la nariz y el hocico. Era la rabia de alguien que había perdido su modus vivendi. Reaccioné con ese coraje que brota cuando alguien te viola la dignidad. Esta no es una reacción que me acompaña mucho. Trató de sujetarme un segundo cafre que ya había visto con el rabo del ojo. Me empujaron contra el cristal de la puerta. Salimos al estacionamiento. El cafre del mostachón insistía en el diálogo socrático. No me sentía nada cómodo entre aquella gentuza. De hecho, me sentía un poco menos desclasado que Toño, a quien le habían puesto un lazo de pajarita para subirle el precio a la caja, que era de madera forrada de terciopelo. Estaba en aquellos esnobismos cuando la voz baritonal de calle me devolvió a la realidad del odio. Aunque, justo es decirlo, por un momento su reclamo me pareció insinuar cierta vulnerabilidad, hasta desamparo. Hablaba un huérfano:

—Ya déjelo en paz. Por culpa suya murió.

—Era mi amigo.

—Toño no tenía amigos entre gente como usted.

—Sí, sólo entre la aristocracia…

Aquello no les cayó nada bien. El lumpen no entiende de ironías; su ingenio sólo alcanza la burla. Procedieron a empujarme por una escalerita de cemento con pasamanos que daba al estacionamiento. Oía la voz gorda del moreno:

—Usted se cree mejor que nosotros, más bravo que nosotros, hasta se nos ha guapeado…

Pasaba de aquella vulnerabilidad del vividor burlado, del huérfano con corazón de oro, a los complejos del guapetón de barrio. Ya pronto se iría autosulfurando. Los otros celebraban aquellas ocurrencias casi explosivas del cafre con el entusiasmo que antecede a propinarle a alguien una paliza, una salsa. Repliqué. Rápido supe que fue la peor decisión:

—He venido sencillamente a ver un amigo muerto, tranquilo…

—Ya te lo dije, so cabrón, Toño no tenía amigos entre ratas como tú.

—¿De qué coño hablas?

—Le choteaste al cabrito el asunto de los billetes.

—¿De qué estás hablando, a qué te refieres…?

—Los últimos días no dejaban de pelear por eso.

—¡Qué culpa tengo yo de las amistades que tenía Toño! No sé nada de eso… Ni de sus debilidades.

Esto último lo dije encabronado, aunque no quisiese provocar. Volvieron a empujarme. Era inminente que me zumbarían con algo.

–Le peleaba todo el tiempo, quería saber dónde estaban…

–¿Qué?

–Los billetes premiados de Jimmy, quería venderlos…

–Y yo iba a saberlo, verdad; no hablen mierda.

–Le plantaste eso en la cabeza al sucio ese… al… craquero ese…

Pensé que iba a decir «bugarroncito». De todos modos, aquel indiscreto pensamiento lo detectó el cafre del mostachón justo cuando me pasó por la cabeza, porque al instante lo vi venir en gancho, aquel izquierdazo que me reventó en el pómulo izquierdo, sobre el hueso. Me tambaleé hacia el lado.

–Yo no le planté un carajo a nadie –protesté.

Justo entonces sentí el puño al estómago, cuando me encorvé agradecí que no fuera al hígado. Le siguió una patada a la espinilla derecha. Aquel último maltrato lo recibí del niño, quien no había obedecido a su padre y ya le fascinaba la vida criminal. Recibí a continuación un tortazo detrás del chicho de la oreja derecha. Me lo propinó una persona de color con ojos de batracio, escaso de barbilla y que lucía un estrafalario peinado de moñitos y trenzas mugrientas, la promesa rastafariana. Ése fue el que me colocó del lado del mareo. Sentí que me venía una arcada cuando justo ahí me intervinieron otro órgano vital. Sentí aquel manotazo de plomero a los huevos que me dejó como feto de tres meses, allí tirado en la brea del estacionamiento. Antes de perder el conocimiento me quedé sin aire. Eso lo recuerdo con mucha viveza. También recuerdo que pensé que todo aquello lo tenía merecido, que todo aquello me pasaba por comemierda. Mi indefensión, mi poco ánimo para defenderme lo tomé como señal de penitencia. Fui educado en un colegio católico.

No recuerdo el momento en que alguien apagó un cigarrillo contra mi antebrazo derecho. Fue justo ese ardor lo que me despertó con las primeras luces del amanecer. Era domingo; día de ir a la iglesia. También me dolía la nariz. Supongo que la quemadura con la colilla fue idea del niño desobediente.

7

No sé cómo llegué a la calle De Diego. Tenía aquellos morti-
ficantes lapsos de memoria. Eso sí, recuerdo que Carabine y
Canelo estaban abajo, en la esquina, sentados en el murito casi
a ras de acera de El Jibarito Bar and Grill, como esperándome,
o así los vi yo a punto de desfallecer. Volvía a tener arcadas;
el puño al estómago me había revuelto la acidez alcohólica.
Tenía la nariz hinchada y los huevos soplados, verlos allí en el
murito de la terraza al aire libre, a mi única familia, ansiosos
por saber de mí, quizá desde la madrugada, me alegró, y sin
remedio. Mi sentimentalismo era el mayor impedimento para
mi oficio. Como el roble amarillo que se levanta sobre las mesitas, aquél estaba florecido, ya no tuve otra posibilidad que
sollozar, justo por la poca belleza que todavía quedaba en el
mundo.

Subí, me acosté, no supe si ponerle la única bolsa de hielo
a los huevos o al pómulo. Canelo me lamía toda la cara al
acostarme en el camastro, no ladraba por consideración y Carabine me peleaba todo el tiempo, que si yo estaba muy viejo para aquello, que si la calle ya no era lo mío, que todo
aquello le ponía los nervios de punta, que si paquitín que si
pacatán. Me sentí felizmente casado. Una pepa de Percocet al
hígado, algo de mareíto y ya estaba camino a Hunca Munca.
Necesitaba dormir el sueño corto.

Soñé con lo que parecía el tableteo de maquinaria de im-
prenta. Llegué a un negocio en la avenida Muñoz Rivera, en
Río Piedras, y pedí que me hicieran unas fotocopias de las

cartas de amor de Jimmy. En el mismo sueño sabía que todo era un sueño, que el próximo paso alevoso sería ir al correo de la calle Loíza a enviarle el paquete de cartas a Arelis. No quería verla, ya nunca más. Pero si nunca la habías visto, te repetiste. No querías verla. Se las enviarías por correo, te dijiste en el sueño. Finalmente te decidiste por no hacer las malditas fotocopias. Aquello sería una deslealtad, no podías traicionarlo así. No podías quedarte con nada de su intimidad. Aquello era sagrado, inviolable. Todo esto te dijiste, una y otra vez, en el sueño, mientras te dirigías justo al correo de la calle Loíza. El sonido machacante de las impresoras era lo más notable de aquel sueño. Una y otra vez rehusaste hacer las malditas fotocopias, quedarte con aquel cofre repleto de las necedades de un amor cursi y a destiempo, te repetiste. Nada de eso: la tentación seguía allí. Algo en ti insistía que yo, y no Arelis, era el custodio de aquel tesoro. De repente te encontraste nuevamente en el puente Moscoso y toda la ciudad, al otro lado, volvía a bostezar. Supiste que todos los edificios de Isla Verde abrían más de la cuenta sus bostezos para dejarte pasar al otro lado. Pero no viste señal física del bostezo. Era más bien como una sensación… Insistía en saberme un cabrón de la vida.

Me despertó el timbrazo del teléfono. Sabía que era Arelis. A estas horas siempre era ella. Algo me lo dijo con gran urgencia. Todos nos precipitábamos hacia el abismo. El reguero ya no tenía remedio; muy a pesar de lo dicho por la bruja Maritza.

La encontré más cortante que nunca. Ella sabía que por primera vez estaría en la situación de que yo la tasara. Una voz en el teléfono es capaz de encender todo tipo de ilusiones. Ya no podría escapar a la mirada de alguien que la había deseado con la fantasía: se imponía la desilusión y ella lo supo. Estaba nerviosa. Su vanidad temblaba. Quizá también sufría la ansiedad de saberse en las manos de un muerto que podría destruir su matrimonio.

—¿Sabes lo que pasó?

—Sí, vi la esquela. Estoy desolada, necesito esas cartas antes de que los hijos rebusquen…

Sonaba compungida, con aguajes de sollozar. Me enterneció saber que estaba pendiente a la muerte de Jimmy según la página de las esquelas. Aquella ternura era con sordina. Cuando me dijo «Estoy desolada», pensé: «¡No me digas…!».

—Te las entrego ya, Arelis…

—¿Dónde?

—Ya sabes dónde está mi oficina.

—Kasalta…

—A las diez; hay estacionamiento; no han llegado los del almuerzo y se han ido los del desayuno.

—Hoy es domingo.

—Tienes razón. ¡A las diez! Y lleva doscientos adicionales, con eso cuadro; estoy atrás, demasiado atrás. La vaina esta me ha tomado mucho tiempo.

—Déjate de pendejadas, que has gozado como un enano.

—He sufrido como un cabrón, dirás. Te aseguro que me fui muy por debajo… Debí cobrarte tarifa de abogado Armani.

—Hay cosas que no tienen precio.

—Sí, como joderse por los amigos.

—¿Jimmy era tu amigo?

—Empezó a simpatizarme ya moribundo. Curioso, parecía un hombre acompañado de mucha gente y a la vez un solitario.

—Así es. En el fondo era un hombre triste.

—Yo soy lo opuesto, un solitario que tropieza con todo el mundo. Soy «accident prone», me meto en cada lío… y cobro poco. Mi madre siempre dijo que no tenía ambición, como no fuera para janguear en boleras… y ahora con viejos cagones, de esos a quienes les da con usar gorras de béisbol, el paso anterior a que no se les pare.

—¿En qué dijiste? ¿Janguear en qué?

—En boleras… Olvídate, never mind, ayer me metieron una pela en el velorio de Toño Machuca y tengo la cabeza flotando en Percocet.

—Pobrecito…

Esto lo dijo con tono de bicha lumpen burguesa. Se rió mucho con lo de las boleras y los viejos cagones, la oí divertida al otro lado de la línea telefónica. Su simpatía, cómo disfrutaba de mis pendejadas, encendía nuevamente en mí la ilusión. Era como esa conversación divertida que concluye la amistad abortada, que da comienzo al idilio en que terminaremos añorando la amistad abortada.

Cuando llegué al estacionamiento de Kasalta se me aflojaron las rodillas; y ya no sé si fue a causa de la inflamación en los huevos —estaba obligado a caminar patizambo— o por el hecho de que al fin conocería aquella mujer que tanta ilusión y mayores cautelas me provocó. Arelis tendría que vivir según la imagen de su voz en el teléfono: tierna por corteja e implacable por casada.

Miré hacia adentro y no la vi en vitrina, al otro lado del cristal. No estaba del lado del pabellón vicioso, en las mesas de los fumadores, donde acordamos vernos. Pero tendría que permanecer entre los fumadores so pena de encontrarme con Tomás, el micrófono de Dios. De tropezar con uno de los fulanos del pabellón del éxito, se me haría imposible entregar el paquete de cartas. Las había atado con una de esas fibras de cáñamo que usan las mujeres cursis para adornar regalos de buen gusto. El lacito se llama rafia, o algo así, y conseguí que me lo hiciera la vecina de los bajos, Tata, la dueña del videoclub contiguo a El Jíbarito. Aquél era el detalle irreductible, el corsage llevado al baile de graduación, mi única declaración de amor.

A todo esto, estaba pendiente, sin ensimismarse excesivamente, al billetero de Kasalta. Era un exilado cubano de guayaberón azul mugriento y sombrero de los que llamaron en los cincuenta «lápiz con goma». Siempre fumaba de un cigarro que chupaba hasta el cabo. Husmeaba a todo el mundo que entraba y salía por la puerta de la McLeary, o la del estacionamiento. Tenía los sutiles instintos del chivato, del chota. Miraba sin llamar la atención y se las buscaba como podía. Con su tez de mulato con poco éxito bajo Batista en realidad parecía no importarle nada de quienes provocaban su curiosidad. Era una columna vigilante, un canto de carne con ojos de delator.

Ella llegó y apenas pude reconocer a la mujer que había visto en las fotos: Tenía alrededor de cuarenta libras de sobrepeso y el pelo enchumbado, caído, o quizá simplemente no se lo había lavado en tres días; de todos modos, la maternidad no la había favorecido. Ésa fue la impresión cuando la vi curioseando a través de la vitrina hacia el interior de Kasalta. Venía del estacionamiento y tenía ese ajoro en que la ansiedad nos distrae justo de lo que tenemos al frente. Yo agitaba mi mano derecha y ella que no me veía; además, yo tenía puesta la gorra negra con visera anaranjada y la gran M, mi homenaje a Minnie Miñoso y al Marianao. Pensé que ella, como cubana, apreciaría aquel detalle.

Por fin me vio. Eso sí, era la misma cara hermosa que aparecía en la foto, la del sombrero panamá. Aquel rostro lucía más ancho y algo mofletudo; pero se manifestaba la tersura de siempre. Arelis venía sonriendo, no podía disimular esa timidez que bien insinuaba la complicidad dividida conmigo en todo aquel asunto. Era alta como nunca imaginé; las tetas lucían firmes, y por el ancho de las caderas adiviné que aún tendría aquel buen culo que provocaba tanto a Jimmy. Se había maquillado para seducir, lo que contrastaba con el estado de su pelo; el conjunto de falda gris y blusa rosa parecía comprado —por la manera en que la tela «stretch» le marcaba los rollos de grasa del estómago— en la venta especial Armani Exchange de hacía dos años. Los zapatos de piel de serpiente parecían una de esas extravagancias Prada que las mujeres se empeñan en usar más de la cuenta. Estaban más descascarados que los alacranes de un tecato. Me afloraba un ataque de coraje, pensé que era a causa de aquella gorra que tenía puesta, y que me volvía pendejamente vulnerable. Era una mujer apetecible, y cuando me dijo «Hola», con aquel timbre de voz que era como un suspiro de vagina, tan alarmante como la bocina de un carguero en la niebla, se me levantó el muñeco, justo como había ocurrido casi siempre por teléfono. Aquella voz brumosa era como un anticipo de sus orgasmos roncos.

Finalmente se detuvo de pie al frente mío, y yo la invité a sentarse en una de las banquetas, al lado de la vitrina que daba al estacionamiento; buscábamos privacidad, noté lo malamente que necesitaba una faja. Estábamos al extremo izquierdo de la mesa, ya sentados con mucha timidez el uno frente al otro; el billetero estaba en la otra punta. Estuve dispuesto a decirle que se fuera; el muy impertinente husmeaba a Arelis como si fuera empleado del marido. Era evidente que la había reconocido.

—¿Dónde están?

No dejé de mirarla; ahora me miraba sin empacho, sin disimulo; su sonrisa a medias me tenía en jaque, la sostuvo como diciéndome que ya hacía rato había ganado la partida.

—¿Qué prisa es ésa?

—Manolo, no me hables mierda… ¿dónde están?

Me miraba como si yo hubiese decepcionado sus expectativas. Aparentemente consideró genérica mi masculinidad. Lo tenía como cuerda de violín, y lo supe también porque tenía el manojo de cartas oculto entre los muslos. El lomo lo sentía como un palo; mi notable inmadurez emocional para traer bebés al mundo quedaba brutalmente desmentida.

—Te quiero.

—Por favor, Manolo, qué mierda es esta, dame ya las cartas…

—¿Qué te parece conocerme? Pienso que no te he impresionado… ¿Me consideras guapo? Te quiero.

—Estás arrebatado. ¿Xanax?

—Percocet… Eres muy dura conmigo.

—Estoy casada y hace apenas un día perdí a mi amante… Entiende que no estoy para seducciones… para achulamientos.

Cuando dijo esto me miró con picardía, como si no se atreviera al desparpajo de provocarme y sí a cierta coquetería con tal de conseguir lo que vino a buscar. Cuando dijo que estaba casada, y que el chillo se le había muerto, bajó la voz y miró alrededor. Pensé que había reconocido al billetero. Pero no fue así. Aquél seguía siendo un extraño para ella.

—Si te vas a poner así de sufrida, son cuatrocientos cohetes adicionales; ya te lo dije… No me gusta tu actitud, ¿sabes…? Tú fuiste quien llamó y ahora pretendes despacharme como a un mierda.

—No te pongas así. Te aprecio… Y te agradezco lo que has hecho por Jimmy.

—Simplemente lo hice porque, bueno, ya tú sabes… El hombre parece que no quería dejar el reguero. El montón de gente encabroná.

—Gente herida…

—Tú lo has dicho… Ahora entiendo por qué estaba tan enamorado de ti… Eres muy chula.

—Manolo…

—Déjame decírtelo al menos.

—Y dime… ¿No te he decepcionado? No luzco como en las fotos…

—Para nada, te encuentro más buena hembra de lo que imaginé.

—Te lo agradezco y me halaga; pero eso ya pasó… Mi juventud fue muy agitada, ¿sabes? Ahora soy una matrona… de juegos de Pequeñas Ligas…

—Nada de eso. Estás buenísima.

—Manolo, me tengo que ir… Mira, aquí están estos doscientos…

Los había colocado en un sobre y por lo visto eran billetes de a uno. El sobre estaba sellado. Estuve tentado a abrirlo. Decidí que no; mejor clavado por aquella mujer —ya pronto ella desaparecería en el aire ralo— que dar la impresión equivocada, es decir, la de no estar enchulado de ella. Mi orgullo fue grande; era un alarde de integridad sentimental que podía costarme. Puse sobre la mesa el conjunto de cartas. No dejaba de pensar en las descripciones que Jimmy le hacía a Arelis de la gloria que eran sus nalgas. Aquellas cartas de pronto sorprendían.

—¿Nunca las leíste?

—Mi ambición en la vida siempre fue ser un caballero. Sólo logré que todo el mundo me clavara. La calle no perdona ese tipo de ambición… Te exige el alma.

—¿Las leíste, sí o no?

—No.

—¿Sabes?, a veces hablas como Jimmy.

—Lo sé. A pesar de que era débil, también tuvo su ambición.

—Era un hombre bueno.

—No las leí, créemelo.

—A veces fantasié con que tú las hubieses leído…

Aquí se manifestó la p.p., la parapinga, aquello dicho claramente para excitarme y luego dejarme con la carabina al hombro. Ese lado perverso y calculador volvía a bajármelo. Agarró las cartas que por fin puse sobre la mesa, y que permanecieron allí encima sin que nadie volviera a tocarlas, como en tierra de nadie, entonces ya se excusó: tendría que irse, llevaría a los niños a un «talent show» en la escuela, un recital de piano… Me vino con la basura de la maternidad y ya volví a encojonarme. Apenas me dejaba carnada para algún episodio de masturbación. Pudo dejarme los pantis y habría sido más elegante. Maldije mi soledad y mi ausencia de toque liviano; el botón de la mujer fancy sólo admite la yema de los dedos, no sé si la del índice o la del corazón.

—Y yo fantasiaba, sabes, con conocerte…

—Ya me conociste. No soy nada del otro mundo, ¿verdad?, simplemente una matrona que alcanza la medianía con una cuenta abultada en el baratra… Y que le pagará el marido…

—¿El qué?

—El baratra, el médico especialista en sobrepeso.

—No trates de decepcionarme… Te encuentro chulísima.

—Manolo, me voy… Oye, y de qué es esa M en la gorra…

—De mamao, o de maricón…

—De… ¡magnífico!

—Eres una bicha con papeles.

—La discreción me obliga.

—Te veo.

—Cuídate, Manolo.

La tomé por el brazo y la senté nuevamente en la banqueta. Me oiría, ya estaba cansado de su sarcasmo:

—Oye, espera, otra cosa, ¡no me has preguntado por los billetes!

—Dime.

—Nunca los conseguí.

—Eso me imaginé.

—¿Por qué te lo imaginaste?

—Manolo, ya, cállate… Me lo hubieses dicho, qué sé yo, me… todo eso me trae sin cuidado… Ya no estoy interesada en otra cosa que no sea cuidar a mi familia, a la gente inocente… A estas alturas de esta tragedia es todo lo que me interesa. Ya que no pude acompañar a Jimmy cumpliré con algo de su voluntad.

—De tu voluntad.

—Es lo mismo; no sé de dónde arranca esa rabia tuya en todo este asunto.

—¿Por qué perdiste el interés en esos billetes? ¡Dime! ¿Finalmente los conseguiste? Te enteraste de lo que le pasó a Machuca y ya… Diste por cierto que se los llevó el cabrito… O negociaste con él.

—Lo más importante para una mujer casada son sus hijos.

—No me digas. Eso es ahora, bastante que vacilaste. Hasta el otro día parecía que los billetes eran más importantes que la salud de Jimmy.

Con esto ya la había cagado para siempre con Arelis. Me vi cayendo en cámara lenta, como un tecato. Algo en mí me impulsaba a herirla.

—Jimmy fue y será mi único amor, de verdad, Manolo. Por lo visto en eso también te llevó ventaja. No puedes entender… Estás endurecido por la rabia, como todos los hombres, menos Jimmy…

—Perdona… En fin, dime una cosa, ¿Jimmy te llamó el viernes en algún momento, antes de morir?

—No.

—Recibí una llamada de él… Extraño… Tiene que haber sido poco antes de joderse… Está todavía grabada en el contestador.

—¿Qué número?

Rebusqué, lo había apuntado:

—El cuatro, cinco, cero, cero, cero, seis, ocho…

—Nunca tuvo ese teléfono… Espérate, sí, era el número de su celular hace muchos años, cuando volvimos… Sí que lo tuvo. Era el número de uno de aquellos celulares grandes que parecían walki talkies del ejército… Después ya lo canceló.

—Alguien quiso llamarme para joderme la cabeza.

—Yo no fui. Ahora sí que me tengo que ir.

—Que te vaya bien; esta noche tú y tus hijos dormirán más tranquilos que nunca.

—Ciao, Manolo, y gracias por todo. Eres el ángel de las causas perdidas.

—Más bien de las parejas extraviadas.

Así fue. Al ponerse de pie y dirigirse a la puerta de salida, pude husmearle las nalgas. ¡Magníficas! Me miró de reojo y ya de soslayo, diciéndome «Ciao» por lo bajito, y como para que yo le leyera los labios. La gravedad hizo su salida: Aquella coquetería cafre me confirmó su condición de parapinga. Por cierto, ya se me había bajado y volvía la nube negra, miré todo aquello como una tragedia, algo grotesca. Volvió a despedirse con la misma sonrisa zafia a través de la vitrina. Supe que iba viéndola por última vez, un celaje inolvidable en mi vida, alguien que me había usado sin escrúpulos, con poca simpatía. Salió del estacionamiento en un todoterreno Lexus último modelo, otra buena razón para defender su matrimonio de la impertinencia de unas cartas bellacas. Aquella mujer tenía la integridad de un travesti.

Mientras tanto, Jimmy seguía en aquella íntima tragedia, la transacción imposible entre el difunto y el sobreviviente; pensé en Jimmy hacia el final, y me reconocí en él; sus sentimientos fueron los que yo sentía justo ahora: era la pena de saberse imposibilitado para conseguir un orden; aquella paz del que fallece sólo era posible en la sabiduría campesina de Maritza, la pobre... No habría manera de remediar aquel desorden, aquel resentimiento, la rabia; mamá ternura, el amor, habían sido aplazados, ya eternamente. Llegó la oscuridad y ya no habría tiempo. Aquello fue un descubrimiento –por lo súbito– más que una revelación. Tragué gordo; justo por esa urgencia, tan precipitada, se trataba de *mi* descubrimiento.

Quizá fue por esa misma urgencia que Jimmy me llamó en la madrugada del sábado. Aquel timbrazo no lo oí; estaba muy lejos, más allá del túnel dichoso y el rumor de los vivos. El mensaje lo descubrí el sábado en la mañana, y fue hecho, según Arelis, desde uno de aquellos celulares enormes que parecían inventados para la batalla de Iwo Jima. Era su antiguo celular, el que canceló hace años. No soy espiritista, jamás he visto llorar un retrato y creer en la luz eléctrica es mi única fe. Pero, justo allí en el contestador estaba aquella voz ronca, puesta en el límite del grito; era una voz que se ahogaba hacia la gravedad del corazón oscuro... Jimmy no tenía teléfono en la habitación, eso me lo había aclarado Maritza, tampoco celular... O si lo tenía lo apagó para incomunicarse, para ya zafarse para siempre de Arelis... De todos modos, el ID Caller era claro, marcaba no el celular de uso reciente sino el modelo del ochenta y pico... Creo que Yvette me confirmó que el actual se lo había apagado; además, nunca lo vi en la habitación... Usó el número viejo para llamarme desde... ¿la funeraria? Pues no, porque lo vi antes, en la habitación... Me llamó muy avanzado, muy metido en la ansiedad, el miedo: «Coño, Manolo, ven, me estoy muriendo. Tengo mucha piquiña y tengo miedo». Pero Maritza me dijo que murió tranquilo y bostezando... Nada de ronqueras, jamás tuvo el sarrillo, nunca hiperventiló... Alguien quiso llamar para joderme la cabeza.

El billetero se movió de banqueta; quería acercarse; me sacó del ensimismamiento en que estaba. Era obvio que pretendía darme la lata, contarme el cuento de mi vida, sembrar cizaña en mi corazón; aquel perico era extraño, como si ese mensajero, llegado del sitio desde el cual me llamó Jimmy, quisiera describirme el tumor postrero que le creció al semillero de Jimmy, porque, varón, aquello ya no supe de dónde venía, ni quién lo había puesto en mi camino, me resultó increíble; era la transmisión pornográfica que se coló en el programa de niños, el mensaje de la Providencia para quien necesitaba odiar:

—Oye, tú, viejo, ¿conoces bien a esa mujer?

—No tanto… Me hubiese gustado conocerla mejor, sobre todo, en el sentido bíblico…

—En el sentido ¿qué…?

—Never mind. Y no me des lata, Emilio, que no estoy para oír pendejadas.

—No sabes de lo que te has salvado tú, caballero… Era la novia…

—La chilla…

—Lo que sea… La amiga de Jimmy Sarriera, ¿verdad?

—Sí, pero no quiero oír más de ella… Ni de él.

—Buena hembra. A veces la veía aquí con Jimmy. Parecían amigos… Siempre de este lado de Kasalta, donde se fuma… Una manera de disimular, ¿no crees?

—Quisiera olvidarlo todo. No sigas.

—Como tanta gente que viene aquí: ella también quería olvidar algo que pasó en su vida.

—¿Cuándo?

—Sería para finales de los setenta, tú; no, espera, para mediados de los ochenta.

—Me tienes intrigado… Suelta ya.

Su acento habanero era denso, pastoso. Parecía hablar con un mojón en la boca. Ahora estaba en un compás de espera, aquel cuento iba para largo y aprovechaba para venderme Partagás y Cohibas que conseguía de Cuba vía Miami. Era su manera de compensar por las ventas de billetes de la lotería, cada vez más difíciles y escasas. Emilio «Tojunto» —así le decían porque parecía compactado a máquina– daba lata como parte de la venta. Te hablaría mierda por garrafones y, a la vez, sacaba y te venteaba el aroma de aquellos puros que te pasaría por la cara, casi espetándolos en tus labios.

–Oye, cómo te diré, también fue corteja de un hombre muy poderoso. Después se enredó con un cubano joven (más o menos de la edad de ella) que iba mucho a Cuba, que tenía negocios allá. Aquel fulano era comunista y el viejo cabrón de ésta...

–De Arelis...

–Así se llama... Pues sí; parece que el viejo cabrón también era comunista. El asunto es que le quitó el joven cortejo ese a una que viene mucho aquí.

–Ya estoy confundido.

–Chico, cómo vas a estar confundido... La zutana esa tuya se lo levantó a una que viene aquí que está buenísima tú, que va mucho al gimnasio que está aquí al lado y cuando la miras de cerca es un escombro.

–Qué reguero, Emilio... Necesito recapitular, darle rewind: Arelis era la corteja de un hombre casado y poderoso y se enredó con este fulano que era el chillo de la que viene aquí.

–Justo. Eso mismo. Ahora lo cogiste.

–El hombre joven ese entonces bregaba con las dos... ¿La segunda, era casada?

–Sí, también, con un viejo cabrón que le daba todo.

–El comunista las tenía a las dos, ¡a la vez! A cada quien de acuerdo a sus necesidades, te fijas...

–No viejo, no, no fue así; dejó a la que viene aquí, a la del gimnasio... Poco después el fulano desapareció de la faz de la tierra... No se sabe si lo mataron, o si finalmente se fue para Cuba... Es posible que esté en el fondo de la bahía... Aquí venía gente del exilio que querían verlo así... Esa mujer es nube negra, Manolo, trae mala suerte... Un día la vi discutiendo con Jimmy, aquí mismo... Salieron al estacionamiento con la misma pendencia, y entonces él se fue volando, como alma que lleva el diablo... Lo interesante es que vi al otro, al que desapareció, discutir con ella, aquí, mucho antes, por supuesto, pero de la misma manera.

—¿Con Arelis?

—Sí, una vez, aquí, justo de la misma manera. Poco tiempo después él desapareció… Era como ver otra vez la misma película y adivinar el final… Lo único que… Lo siento así.

—Sabes que Jimmy murió…

—Sí, precisamente, me lo dijo ayer sábado Bobby, su amigo, uno de canas y que siempre usa camisas de flores, que viene aquí mucho y que se parece a El Puma, el cantante aquel…

—Ah, ya sé quién es.

—Oye, viejo, tú, como que fue el mismo desenlace porque Jimmy se enfermó poco tiempo después… Pero antes de eso se pegó.

—En la lotería.

—Sí, en la lotería.

—¿Y cómo lo sabes?

—Porque me lo dijo el negro Galindo… A veces yo me llegaba en guagua hasta allá, hasta Los Chavales, donde Jimmy bebía; iba a vender billetes, por encargo, números raros… Yo siempre le conseguía el mismo número salado, que según él también había jugado su mamá, el treinta y tres mil trescientos cuarenta. El billete se pegó justo la semana en que yo no pude conseguírselo.

—Sí, pero supuestamente el negro Galindo se lo consiguió… Se supone… Yo siempre lo dudé; pero el negro Galindo se cae de culo diciendo que se lo consiguió. Y Jimmy…

—¿Jimmy qué?

—¿Qué decía?

—Se reía mucho. Me repetía, tú sabes viejo, con ese sentido del humor que siempre tuvo, que justo la semana en que no pude conseguírselo se pegó… Aquello le estaba divertido. ¿A quién creerle, verdad? Yo tengo el presentimiento que sí, que se pegó y que justo por eso le llegó después toda la mala suerte que trae esa mujer y entonces le dio el cáncer.

—Historia extraña…

—Sí, la de un hombre débil... Las pocas veces que lo vi aquí con la doñita esa estaba como intimidado por ella. Siempre lució poca cosa al lado de ella. Un jodido enchule, viejo...

—¿Estaba así de gorda?

—No, no tanto. Esa mujer ha engordado; ahora está más gorda, casi bojota.

—¿Y la otra?

—¿Quién?

—La que era chilla del cortejo de Arelis.

—Tú dices de Rolando.

—¿Así se llamaba?

—Sí. Aquí le decían Rolando «El Rojo», porque alborotaba a todo el mundo aquí en Kasalta con sus simpatías por Fidel, caballero, qué cosa, tremendo comunista.

—¿Era cubano?

—Sí, ya te lo dije.

—¿Me lo dijiste...? ¡Qué raro que vinieran aquí!

—¿Quiénes?

—Jimmy y Arelis.

—Nada de extraño, porque aquí era que Arelis se reunía con el otro cortejo.

—El que desapareció...

—Sí... Después que desapareció El Rojo me acuerdo que la Socorro, la cortejita del que desapareció, pues una vez, caballero, se formó tremendo pleplé aquí, porque se encontraron, y Socorro le recriminó a la Arelis que por causa de ella fue que desapareció Rolando.

—O sea, que Arelis venía mucho por aquí...

—No tanto, lo que pasó fue que Socorro parece que la olfateó viniendo aquí, tú sabes cómo son las mujeres con el olor de las otras... Y ese día llegó aquí y estaba Arelis esperando a Jimmy y ahí fue que se formó... Después que peleó con Jimmy, que me acuerdo que siguieron la pelea ahí en el estacionamiento, y hasta se empujaron, la Arelis esa ya no vino más.

—Y la otra no se la olió más.

—Exacto, porque Socorro sí que ha seguido viniendo.

—¿Cuándo fue esa pelea?

—Fue para Hugo, me acuerdo perfectamente, mil novecientos ochenta y nueve. Fue como un viernes y Hugo fue domingo. Fue muy cerca de ese huracán…

—Ya veo… Entonces por ahí fue el encuentro con Socorro…

—Sí, para esa época fue también ese lío… Tiene mala fama esa mujer. Hombre que toca hombre que se jode.

—Exageras, Emilio, exageras.

—Eso es lo que se comenta.

—Cuentos de jodedores que se ponen viejos. Estoy seguro que eso lo dice Bobby; le gusta contar líos de faldas.

—No sé. La cuestión es que Jimmy parece que siguió con ella y eventualmente se jodió.

—Fue un cáncer lo que lo jodió.

—El estrés que ella le trajo…

—Qué tú sabes de eso… Pero se pegó, ¿no?

—Eso pienso yo; aunque sólo Dios sabe… El treinta y tres mil trescientos cuarenta… Era el número de su vida y salió justo cuando ya no la tuvo.

—Bonito cuento.

—Aléjate de esa mujer, Manolo, si no quieres terminar como Rolando y como Jimmy. Es veneno. La gente cae muerta o jodida a su alrededor. Mejor me compras la caja de Cohibas y te la fumas… Ten, baratito…

Volvió a pasarme los jodidos cigarros por la nariz. Pensé en Toño Machuca. La verdad sea dicha: esta semana pasada, desde la llamada de Arelis, había visto mucha gente jodida, o muerta. Sólo Maritza veía orden en el reguero. Ella capeaba la tormenta con una sonrisa en los ojos.

—Sólo fumo marihuana, Emilio.

—Eso es lo que te tiene la cabeza blandita.

—No, lo que me tiene el juicio flojo y el quenque tieso es eso que conoces más que bien, Emilio, el aroma hembra…

Ya supe lo que Arelis había hecho entre la primera y segunda época del idilio. Ésta empezó poco antes del huracán

Hugo, justo, hacia 1989; eso lo leí en las cartas. Aquella pelea en Kasalta quizá fue al principio del reenganche, cuando se peleaban mucho porque uno de los dos quería prevalecer sobre el otro, estar arriba montado, o estar abajo. Ya habían vencido la timidez y ahora se peleaban el poder. Por lo visto Jimmy perdió. Entre la jodedera en la playa durante los setenta y el aburrimiento matrimonial de los ochenta, Arelis tuvo su papi chulo y también se enredó con un exiliado filocomunista con vocación de calavera, de playboy. Aquélla era la dama de los extremos; ahora era quien llevaba a los niños a la pizzería, después de los juegos de Pequeñas Ligas los viernes por la noche.

Emilio todavía estaba cerca; se me había quedado algo en el tintero:

—¿Qué llevaba puesto en la catrueca cuando peleó con Jimmy?

—Ésa es fácil… En esa época siempre llevaba un sombrero de ala ancha… Llamaba mucho la atención aquí, en Kasalta.

—¿Un sombrero panamá?

—Es posible, algo así… Pero eso como que es algo que alguien le pondría a ella, como un juego tú, no algo que ella usaría, ¿ves? Ese es un sombrero de gallero, o de gente de campo, ¿no crees?

—O de independentista… ¿una pamela, entonces?

—¿Una qué?

—Olvídate. Ha llovido mucho y ese aroma de ella se evapora rápido, como un celaje, ¿no crees?

En una de las cartas Jimmy le contaba a Arelis cómo después de acostarse por vez primera, después de tanto tiempo, él quedó embelesado por el recuerdo de cada detalle. Le contaba a ella cómo se había llevado aquel tesoro camino a su casa, en el automóvil, repasando cada incidente, cada gesto o mirada, una y otra vez, cómo a veces sonreía y siempre sentía una gran emoción al recordarla. Una emoción que le provocaba un nudo en la garganta… Era esa droga, esa dicha, esa euforia, la que se me había escapado aquella tarde, ya para siempre. Había intentado alcanzarla, pero no podía. No había nacido para semejante arrebato. Simplemente no lo merecía. No tenía otra alternativa que emborracharme por la tarde y vivir el terror de una resaca vespertina. La otra posibilidad era pasear con Canelo y Carabine al atardecer, ir por ahí descapotables y merecer las pitadas de los cafres, ser un buen padre de familia y llevarlos —al loco y al perro— a dar la vuelta del pendejo, entonces emborracharme por la noche, resolverme para la resaca del lunes con un Percocet de doscientos miligramos. Mi añoranza del idilio se había convertido como en una rabia, un coraje que crecía. Yo mismo me asusté. Quería dar un manotazo y destruirlo todo; principalmente era la hipocresía lo que más me hinchaba las pelotas.

Ya eran las tres; justo cuando me disponía a la excursión vespertina por la tierra del olvido, sonó nuevamente el teléfono. No me daban tregua. Se habían soltado los caballos, que esta vez eran cuatro y no llevaban jinetes, ni siquiera silla. El desorden gobernaba mi pequeño mundo.

Reconocí aquella voz algo chillona, de timbre metálico aunque nada nasal, que parecía arrastrar una yunta de latas por debajo del mofle. Era la voz de alguien adiestrado para dar malas noticias. El fulanito carirredondo ya me anticipaba alguna catástrofe con el mero hecho de abrir la boca; era la voz que al buscarme solía tropezar con mi propensión a los accidentes. Eso lo sabía el fulanito aquél, justo desde el primer día que me vio.

—¿Qué pasa ahora?

—Tienes que venir.

—Dime, ¿qué pasó?

—La cagada. Alguien le mandó las cartas a Yvette, y unas fotos, también unas jodidas fotos, mano… Fue esta mañana… Hacia el mediodía… Le cagaron la vida, toda la vida mano, tú lo puedes creer… Del tiro se tomó un montón de pepas y la hemos tenido que llevar corriendo…

—Al hospital…

—¿Cómo lo sabes?

—Tengo un IQ superior.

—Sí; ya le lavaron el estómago. Quiere hablar contigo.

—¿Por qué conmigo!

—¿Por qué no? Piensa que tú sabes quién las envió.

—Sé lo mismo que tú, varón, que sabes tanto o más que otra gente…

—Manolo, ven para acá, ya está bien; el hombre murió, de lo que se trata…

—Es de saber quién tomó la foto cumbre, dejarnos de hipocresía, justamente, la foto donde aparecen Jimmy y Arelis… Ésa la tomaste tú… Alcahueteando a Toño, o a la propia Arelis.

—No hables mierda y ven para acá. Una viuda te pide ayuda.

—Se te salió el refajo; eres un cínico, en el fondo eres un tráfala, sólo vives para hablar mierda y… Te alimentas de carroña… Aléjate ya pa'l carajo, ¿qué te mantiene cerca de esta catástrofe?

—Sabes lo mucho que quería a Jimmy. Pásate por acá.

—¿Dónde?

—Te veo en el segundo edificio Cobián de la avenida Ashford, el de las curvas.

—Eso se llama art déco.

—¿Cómo lo sabes?

—Tengo un IQ superior, ya te lo dije.

—Abajo tiene un estacionamiento.

—Sí, ya sé, el de las columnas.

—Ese mismo. Te espero ahí en media hora.

—Te veo, y ya después desaparécete… Has traído…

Enganchó. Me sentí destinado a emprenderla nuevamente contra aquel jodido misterio, el del hombre que deseaba dejar un buen recuerdo de sí mismo. Después de cruzar el puente Moscoso, y ya adentrándome en la avenida Isla Verde, acelerando los ocho cilindros del Malibú 71, me detuve justo en aquel pensamiento. Estuve a un paso de la catatonia:

Jimmy era el hombre que velaba por su sombra. Era un muerto que prefería no dejar sombra. El sol de la muerte lo recortaría todo, todo lo de él; esa luz lo contendría todo. Jimmy deseaba no ser opaco; su faena había sido no proyectar sombra. Y todos lo habíamos ayudado. En la medida que pudimos… Justo como esa palma solitaria que tengo al frente mío tan pronto llego al parque Barbosa, y que parece no tapar el sol, no dibujar sombra en la arena, la resaca de la playa del Último Trolley batiendo duramente, hoyando en la arena… Pero de cualquier malla sale un ratón. Y ese ratón no sabíamos muy bien quién era. Uno de nosotros lo traicionó, sin duda, pero ¿quién! Yo no fui. Estábamos como en los juegos infantiles: Juan, Pedro, Gratitud, ¡el del pedo fuiste tú!

El fulanito me esperaba con ese semblante de quien espera respuestas. Yo tenía pocas. Ya éramos socios en las gradas. Los protagonistas de aquel enredo eran otros, estaban en otra parte. De todos modos, cuando estacioné el Malibú en el espacio de la acera y el fulanito carirredondo se acercó, ya no tardó en entregarme una nota que estuvo pegada con tape al sobre ajado, sucio y manoseado en que llegaron las cartas.

—Entonces tú viste el sobre…

—Lo tiene Yvette, te lo enseña ahora.

—¿Eran fotocopias?

—Sí, todas, menos las fotos, por supuesto. Le mandó los originales el muy cabrón, o cabrona…

—Muy raro… A lo mejor había dos juegos de fotos.

—¿Por qué raro? Quería asegurarse, con las fotos, que no quedara duda.

—Era alguien que estimaba las cartas más que las fotos; éstas eran únicamente para joder; esto apunta, cojones, hacia Arelis.

—Pues claro que fue ella.

—Aunque, fíjate, las cartas hacían daño de todas maneras, mientras que las fotos… Qué sé yo… La vanidad de las mujeres… En esas fotos, y sobre todo en la que tú tomaste…

—Y dale con eso...

—Pues aparece matrona, gorda, no tan guapa. Con eso se hacía daño a sí misma, quizá tanto como el que le hacía a la Yvette... Una corteja no quiere lucir vulnerable ante la esposa, algo de eso, ¿no?

Todavía estaba arrellanado en el Malibú, filosofando, y aquel entrometido que me instaba, una y otra vez, a que finalmente estacionara el auto en uno de los espacios vacíos, y subiera a ver a Yvette.

—Sube, es necesario que subas.

—Tú fuiste quien sacó esa foto, déjate de mariconerías, no, ¿no es así?

—Ya te dije que no, mano... Tiene que haber sido el cabrito de Toño Machuca. ¿Sabes que lo arrestaron? Esta misma tarde, hace poco... Me llamó la mujer del otro cabro.

—De dónde tú conoces a esa gente...

—De la oficina de Toño y Jimmy... Por un tiempo trabajé de mensajero.

—Él pudo haber enviado esas fotos, y las cartas... Ese sobre me sabe a él... Un sobre cagado, de puro cafre que se pasa todo por el culo.

—Quien lo ajó de esa manera lo hizo para despistar, es evidente.

—Tú lo has dicho. ¿Por qué no fuiste tú quien sacó esa jodida foto? Todo sería más fácil.

—Pues porque yo hubiese sido incapaz de traicionarlos, a ninguno de los dos... Ellos me estimaban, galán... Jodí con ellos. Fui un facilitador. Había lealtad, Manolo. Me dieron vida. Yo era un don nadie.

—Y vacilaste con gente blanca, ¿no es así?

—Tú lo has dicho.

—Trepador que eres...

—Pero lee la nota, y ya no hables más mierda.

El fulanito casi hiperventilaba. Parecía querer convencerme de algo, posiblemente de su propia inocencia. Se hacía el pendejo. Tardé...

—¿No sabes leer?

—Es que la letra del cafre ese... Ah, sí, espera, ¿qué coño dice aquí? No entiendo... Letra de analfabeto, de bugarroncito analfabeto que no llegó a octavo porque se lo metió al maestro de música.

—También para despistar, Manolo...

—Ayúdame... Ah, sí, y dice: «Te cambio cartas por billetes, ¿chinas por botellas?».

—Hay que ser bien hijo de puta, pero ¿qué significa?

—Que nunca encontró los billetes en todo esto, que sólo quedan... ¿las botellas?

—Lo inservible.

—Pero...

—Pero también compara las cartas con las chinas, lo más valioso.

El fulanito carirredondo a veces me enternecía:

—¡Qué tipo basura y tierra...! ¿Es que no entiendes? El chusma ese lo que dice es que, después de todo, sólo queda algo sin valor.

—Sí, debe ser eso.

—Eso mismo es. Las cartas sólo tienen valor para los afectados.

El fulanito era lento, pero no bruto. Finalmente dijo la palabra:

—Los enamorados...

—Justo.

—Tanto esfuerzo de Jimmy, o sea, esa manía, tan de él, tú sabes, cuando ya estaba para morirse, verdad, justamente eso, no dejar atrás un montón de gente con mala opinión de él.

—Eso pensé viniendo para acá. Pero entonces, en la playa del Último Trolley, y mirando una palma, tuve esa revelación: ningún hombre es capaz de irse sin sombra, como, fíjate bien en esto que te digo, ninguna jodida palma puede dejar de tener sombra.

—Algo así. Y alguien se quedó sin los billetes.

—Pero ¿quién?

Era la obsesión del hombre temeroso, aquella compulsión por contenerse, por no dejar sombra. Manolo lo había visto antes, pero tampoco tantas veces. Era el temor de algunos hombres, como Jimmy, a perder la costumbre, esa comodidad, de su propia familia. Preferían cuidar compulsivamente el jardín conocido, no indagar mucho en esa otra gente. Ahí existió otra realidad, otra vida alterna, ésa que Jimmy ya jamás probaría. El adulterio es, para estos hombres, una aventura, sí, pero no a un país distinto sino a un país perfectamente desconocido. Ahí está la droga. Así es más sencillo. Piensan, algo locamente, que lo desconocido siempre se mantendría secreto; mientras que lo distinto siempre nos alcanza. Toparse con otra gente es tan difícil, es traspasar las apariencias, vencer la seducción de la novedad, que es como una alucinación. Para entonces, ¿qué? Sería cuestión de buen sentido común y sociabilidad, de penetrar en la realidad de la gente extraña que ahora lo rodea. Jimmy pensaba que siempre, pero que siempre, esa gente tendría una sonrisa irónica bien dibujada en los labios.

Es la manía del tímido; sólo lo desconocido vale; lo distinto me provoca el cansancio de cierta condescendencia. El hombre tímido sueña; más que seducirla, Jimmy soñó aquella tierra, ese lugar lejano y desconocido. Arelis era la mujer con el sombrero panamá. Aquel detalle la situaba, algo mágicamente, fuera del cansancio, mucho más allá de la comprensión de los otros. Ella lo miraba como mira la gorgona. Era un reto para lo que está más allá de las meras, y mal llamadas, relaciones sociales humanas. Jimmy reconocía en ella la mirada dura de quien te puede destruir. Pero justo para eso es la aventura, ¿no es cierto? Si no hay la posibilidad de un riesgo, ¿para qué salir de la sala de casa, o de la habitación que tanto apreció Pascal?

A veces añoraba la simpleza del fulanito de cara redonda. Éste sólo era capaz de lealtad; él fue fiel al enigma de Jimmy, a la contradicción fundamental, aquel apetito de destrucción.

La verdad es que no recuerdo todo lo que hice el jueves, el viernes, ¿o sería el sábado? ¿Quién le envió, o dejó en el buzón, las cartas? Eso no me lo aclaró el fulanito. Tendría que ver el sobre, revisar si tiene matasellos. Oigo la voz del carirredondo allá atrás, en el último cuarto de este apartamiento tan modesto, donde todo parece haber sido comprado en una venta remate de Mueblerías Tartak: los muebles no alcanzan el estilo urólogo tardío y las cariátides descascaradas de Penney's parecen haber sido entregadas un viernes a las ocho de la noche; éstas rezuman un mal humor especial. Por lo visto, Jimmy no permanecía mucho rato en su casa. Aunque lo supiera callejero, lo suponía de mejor gusto. Era un hombre en fuga de su casa, su campechano alcoholismo social era un modo de postergar la llegada a este consultorio de oncología pediátrica.

Las cartas pudieron haberse encontrado hoy domingo; pero eso no elimina la posibilidad de que fueran depositadas en el buzón desde el sábado. Si se entregaron el domingo, Arelis también es sospechosa. Si se entregaron el sábado, las sospechas recaen sobre el cabrito. Toño Machuca pudo haber sido el jueves, el cafrecito el viernes o sábado, Arelis sólo en domingo.

El fulanito carirredondo terminó de hablar con Yvette; me hizo pasar a la habitación. Aquellas preguntas me fueron contestadas, todas de una vez y para siempre. Desde el fondo de aquellas cuencas oscuras, ojerosas y abandonadas al desconsuelo, Yvette me insinuaba que había sido yo, que yo había enviado las cartas. La expresión en los labios era la de una persona recién nauseada. El pelo enchumbado, y el sudor que era más bien como una humedad pegajosa, que se volvía ansiedad justo cuando se tendía en velo sobre todo el cutis, eran los de una persona que por horas estuvo vomitando. Parecía como una resaca sin tufo a alcohol. Yvette lucía miserable y en su mirada reconocí que me juzgaba.

Sintió aquella mirada como algo —un animal quizá— irresoluto entre la aprensión y la repugnancia. La aprensión era por considerarlo una encarnación de cierta maldad sin límites. La traición tiene precisamente eso, es decir, la capacidad para atemorizar. Entonces ese temor nos hace moralmente superiores. Sólo después empieza la repugnancia.

Debo decir que fue lo que más me dolió.

Manolo sintió que él era el motivo de la náusea, de aquella repugnancia que ahora remontaba el asco.

Me sentí miserable. Nuevamente se había perdido mi identidad. En este oficio es fácil perderla; la integridad es lo primero que el facilitador coloca en la percha.

—¿Puedo verlas?

—¿Qué?

—Las cartas, sobre todo el sobre…

—¿Para qué?

—Es importante saber quién envió eso.

—Alguien que pretendió destruirme la ilusión de toda la vida.

—No sea tan dura, él la quiso. Estuvo con usted hasta el final.

—Queda la duda de por qué lo hizo. Yo pensaba que me quería.

Alargó la mano, rebuscó sin mirar en el tope de la mesa de noche y me entregó el sobre. Detrás de la cama, las ventanas miami no dejaban pasar toda la luz de una tarde espléndida, resplandeciente. El desconsuelo de aquella mujer no había sido alcanzado por aquella luz cremosa, bienaventurada, la luz de nuestra infancia.

El sobre estaba ajado y sucio; no tenía matasellos. Quedaba claro que no fue el cartero quien lo colocó en el buzón.

—Alguien lo trajo y lo colocó ahí.

—¡Brillante!

—A pesar del dolor, veo que la señora no ha perdido el don de la ironía.

—Le vi los pies.

—¿A quién!

—A quien sea que dejó el sobre.

—¿Cómo fue eso?

—No fue una mujer. De eso estoy segura.

—¿Por qué está tan segura? ¿Por los pies?

—Sí; eran los pies de un hombre. Calzaba sandalias. Y eran unos pies muy bellos, ¿sabe? Eso lo recuerdo claramente. Después ya todo se volvió borroso.

—Se tomó un fracatán de pastillas.

—Sí, y lo que recuerdo que pensé era que no podía con mi existencia. No la podía soportar.

—Ya se le pasará.

—Posiblemente, y entonces me quedará la tristeza.

—También pasará.

Pensé en lo que Yvette vería en mi facha. Tenía puesta una de aquellas holgadas camisas hawaianas que restallaban bellamente contra el viento del puente Moscoso, y cuya afición me acompañaba desde la infancia. Las sandalias negras que usaba eran marca Arizona, tenían los residuos de algunos vómitos mañaneros y me servían para aliviar los ataques de gota. Instintivamente tapé las sandalias, escondí los pies bajo la butaca donde me senté sin que nadie me invitara.

—¿Cómo es que le vio las sandalias?

—Hay una cámara de video al lado del buzón. Como en ese estacionamiento hay tantos asaltos, instalamos la cámara. Alguien tocó el timbre, yo estaba viendo televisión aquí en la cama.

—¿A qué hora fue eso?

—Serían las once, once y cuarto… Quizá un poco más tarde… No miré el reloj.

—Siga; seguramente fue al mediodía…

—Pues cambié el canal. La cámara de video está conectada para que salga la imagen por el canal tres, usted ve. Cambio el canal y aparece alguien que está como aupado y trata de tapar con la mano la cámara. Pero alcancé a verle los pies. Estaba en sandalias. Eran unos pies muy bellos.

—¿Cómo pudo verlos a esa distancia? Se verían pequeños…

—No, no, los vi bien. Eran unos pies masculinos bien lindos… Las sandalias les daban un toque como de coquetería…

—Todo eso me extraña. Ese detalle que tanto le llamó la atención…

—Sí, es muy raro, pero fue así.

—No lo entiendo.

—Yo tampoco. De la maldad de ese hombre me quedó eso, sus pies, y una desilusión que me acompañará…

Aquí empecé a desconfiar. Aquella truculencia como que venía con una patente antigua, la marca registrada del despecho amoroso.

—No diga eso; se está torturando.

—Es así. Y usted, ¿no las habrá dejado usted?

No quise mostrarle los pies, que seguían debajo de la butaca. Pero de pronto algo me dijo que probara. Siendo impulsivo soy propenso a tropezones.

—¿No son éstos, ¿no son estos pies?

Yvette se quedó mirando por largo rato. Sonrió. Adiviné que la fulana sufría por subscripción al *National Geographic*.

—No, no son ésos, aunque, déjeme decirle, lo sé todo, Edgar me ha dicho que usted es sospechoso, que esas cartas seguramente pasaron por sus manos.

—Muy brevemente.

—¿Quién se las pidió?

—Eso no puedo revelárselo.

—Supongo que no. Y ya qué importa.

Volvió a sonreír. Se echó a reír y ya entonces le pregunté qué encontraba tan gracioso. Se suponía que ella sufriera. Sufría tanto como el teléfono que trajo las malas noticias, menos que el telón de la tragedia. Cojones, aquélla era una bicha con reválida.

—Me río porque si hubiese sido usted lo habría reconocido. Siempre usa esas camisas hawaianas, tan escandalosas… La camisa lo hubiese delatado. Además, el pelo de aquel hombre…

—¿Cómo era?

—En realidad no lo recuerdo bien, lo vi tan rápidamente… Era como bien corto.

—Buen detalle.

—Ya no importa.

—Parecía que eran como pies de mujer...

—Sí, como de mujer; pero eran los pies de un hombre, por el tamaño. De eso estoy segura... Por cierto, y ¿quién es usted?

La misma mirada de repugnancia de antes lo asaltó. Ahora había malicia en Yvette, como si de vuelta a la aprensión ya no tuviera miedo. El coraje comenzaba a crecer en aquel corazón. El sufrimiento ya se volvía, cada vez más, convencional y obligatorio. La traición de su marido colgaba ahí de la pared, como un almanaque. Era algo que se miraba con distracción. Yvette parecía una estampita religiosa, la Virgen de los siete puñales, la jodida dolorosa. Iba quedando, más que otra cosa, más que la autocompasión, la rabia de haber sido engañada por la vida misma. Todo fue una equivocación. Ése era el pensamiento que crecía en Yvette, aunque tuviese su antídoto aquel veneno: era demasiado cínica para importarle, a la muy zorra, sin embargo, y a la postre, el sentimentalismo fácil, o difícil, del difunto.

Algo de Yvette se me quedó en el ánimo cuando regresaba a la calle De Diego, a la seguridad de la familia, de mi Canelo y el Carabine. Noté que era justo la depresión lo que me quedaba de ella; porque aquella mujer tenía la sensualidad de un bisturí. Jimmy se echó primeramente una corteja y luego contrajo cáncer. ¿Y cuál era el mambo del fulanito carirredondo con ella? ¿Era su amante? Llegué a pensarlo. Yo estaba rodeado de gargajos y además tenía catarro en el pecho.

Algo que me dijo el fulanito, muy de pasada, casi me torturó, insistía en volverme a la cabeza como una obsesión. ¿Fue la idea de entregarle las cartas a Yvette una bomba de tiempo que Toño Machuca plantó en la cabeza del cabrito? ¿Hasta ahí llegaba su resentimiento? Además, estaba el hecho de que Cristian, el fritanguero de Piñones, me contara que según lo que él vio Toño intentaba disuadir al cafrecito de que intentara alguna maldad con las cartas, ¿o fue únicamente con el maldito libro? De todos modos, yo anduve deprimido, hundido en el babote gris de la laguna San José, justo entonces cuando crucé el puente Moscoso. El Malibú 71 rugía los ocho cilindros sin convicción, estaba perplejo y para colmo parado en terreno pantanoso; la mierda me subía a la cintura y la peste a las narices, padecía de miopía moral, no acababa de saber nada sobre las jodidas intenciones del llamado público general. Era un facilitador sin facilidad para el corazón humano.

A todo esto, y como para burlarse el enano maldito de mi jodida distracción, descubrí que los postes de la luz en la calle De Diego fueron cambiados. Quizá en la noche, o durante varias noches. ¿Por qué no me di cuenta? Soy autista, hay algo de mí que siempre está ausente, oculto. Aunque con la viropausia ya se me ha ido parte del sonambulismo, todavía me pierdo en las brumas de cierta ceguera. Sí, pues los postes de la luz fueron cambiados de madera a cemento; aquellos de crucetas, como la cruz de Caravaca, vistos por vez primera en la infancia lejana, fueron substituidos por unos postes altos, que hacían del tendido eléctrico algo ajeno al horizonte de la ciudad, cuadrados abajo y oblongos arriba, terminando en una punta casi ovalada; de pronto me asaltaba la alucinación de lo tantas veces visto. La gente no me alcanzaba, ni yo a ellos, mucho menos me tocaba la ciudad. En mi Malibú 71 transcurría hacia y desde ese telón de fondo donde se proyectaba la película. Aquel pensamiento me perturbó y halé por la certeza de siempre, aquella foto de Arelis que estaba en el paquete, y que tanto manoseé.

Arelis caminaba en traje de baño por la playa de Caña Gorda, en Guánica. El pelo corto, por lo visto en corte de paje, le salía por debajo de la gorra de pelotero que tenía puesta. La playa estaba llena del sargazo que había traído la resaca. Esto se veía a la derecha. En la orilla, al otro lado, propiamente en la playa, descendía aquella luz cremosa, amarillenta, de la mañana. Las piernas de Arelis, tan bien torneadas —ni regordetas ni flacas—, subían hacia unas caderas anchas, anticipo de nalgas rebosantes y contundentes. El paso de aquella mujer sobre la arena, con aquel pie tan pequeño, cargaba todo el peso del aroma hembra, que subía hacia la espalda, dejada al descubierto por el traje de baño de una sola pieza, amarillo y azul claro, con una franja negra justo en la raja, estampado aquel dragón, o serpiente marina, por todo el ancho de las caderas hacia la cintura y el ombligo. Era una espalda de ondulación suave que remataba en aquella nuca sutil; algunas guedejas se escaparon por debajo de la gorra, y allí estaban puestas como una invitación a la caricia.

Me pregunto si aquél fue el cuerpo joven que Jimmy evocó cuando en la segunda ronda del romance volvieron a acostarse. Jimmy le devolvía a Arelis, en aquella carta que era como una narración breve, casi la captura de un ave al vuelo que fue el polvo aplazado por tantos años, ese amor difícil diría yo, justo el temblor de sus muslos cuando él la penetraba, apenas cuando la rozó con la punta. Ella temblaba de la emoción de haberlo recuperado. Y ya pronto se sacudió toda ella antes de venirse gritando, casi al instante de él comenzar a penetrarla.

Él parecía sorprendido cuando lo vivió, y enamorado, sin duda, cuando se lo contaba a Arelis en aquella carta. Yvette, en cambio, era una forma superior de masturbación, justo lo que el cuerpo me pedía para salir de la miasma en que me había dejado aquella mujer. Ya oscurecía y me llamaba el remedio de darme un baño de agua caliente y cenar con mi mejor amigo, el Carabine. Mientras tanto, resolvería con el chorro de la ducha dándome en la puñeta. Era Jimmy quien fantaseaba; yo no lo pude creer cuando lo leí en la carta, aquel orgasmo prematuro… Y de tanto no poder creerlo tuve que imaginármelo.

Quise vestirme con otra jerga de domingo que no fuera la jodida camisa hawaiana de siempre. No pude. Tampoco pudo Carabine cambiar su indumentaria: Iba con la maldita gorra sucia de los Cangrejeros de Santurce, los mahones rotos en las rodillas y la camisa con manga larga de cuadritos y desvaida

puesta por fuera, la indumentaria de un perfecto tráfala río-
pedrense de los años setenta. Podía arroparse con aquella chemise. Mientras tanto, muy en cámara lenta, el Malibú descapotable, su parrilla delantera una ostentación en cromio, ancha
y prepotente, las líneas de sus guardalodos y parachoques
acombados, sin aletas ni varetas, transcurría regio hacia la esquina del nuevo Pastrana's Mango Tree, que estaba situado en
esa tierra de nadie entre la avenida Trujillo Alto y la Iturregui.
Era el último número de la calle De Diego y el comienzo de
cafrelandia rumbo a Sabana Llana, frente al Texaco, donde los
calcutos pesetean a partir de las siete de la noche. Nos habíamos fumado dos leños y encerramos a Canelo para que ladrara sin molestar a los vecinos. Estábamos eufóricos y, por
alguna razón extraña, me consolaba el hecho de que las sandalias negras no tuvieran más vómitos de la cuenta. Esto último era un pensamiento extraño; lo sé.

De todos modos, y siguiendo la costumbre, llegamos al estacionamiento del Pastrana's Mango Tree y no había más de
tres automóviles, cosa rara para un domingo, justo al atardecer. Estaban estacionados un Dodge Challenger, un Oldsmobile Starfire y un Mustang 62. Más adelante, llegaría aquel
Mercedes Benz diesel 71; pero eso sería estando nosotros allí,
y ya enfrascados en el arrebato. Por lo pronto nos bajamos y
fuimos directamente al comedor al aire libre, pero techado, el
que está dispuesto circularmente en torno al tronco del árbol
de mangó. Empezó a lloviznar y ahora se oía el inminente estruendo sobre el cinc que protege este lugar de fantasmas: Primero los goterones anchos y gruesos, en intervalos, luego la
llovizna más uniforme y ahora que soplaba y caía el aguacero.
Recordé mi infancia en Ponce, los aguaceros insólitos anun-
ciados por las auras, aquella grifa nativa nos llevaba a una tierra
de ensoñación excesivamente mojada; así de sencillo y sim-
plista, más que simplón o simple. En el centro del comedor
semicircular aquella jardinera sembrada con bromelias ya recibía los primeros goterones, porque ahora sí que sonaba el
estruendo.

En una mesa, muy al fondo, como ambicionando discreción, un joven de barba y espejuelos estaba sentado con esa negra mucho menor que él. Parecía el dueño del Oldsmobile Starfire, alguien que se soñaba perla. Él tiene puesta una camisa de cuadros y ella exhibe un sostén sin manguillo y las tetas casi saltarinas que forman alcancía. Están en silencio y apenas hablan. Ordenaron un vino Brillante rosado y parecen estar a punto de dejarse, u ordenar la ensalada de carrucho. Apenas hablan y ella, de vez en cuando, como que se seca una lágrima. Él mira para todos lados, como si ella fuera la mujer casada. Tiene un mosquero el fulano… Ella es una prieta pizpireta, chula y fatal. Él parece diestro en alguna variante de la masturbación. Se bajaron del Oldsmobile rojo Starfire, deportivo, diseñado por Pininfarina, casi descapotable; eso está claro; eso yo no lo vi, pero lo sé. En la vellonera alguien ha puesto a sonar «Muñeca», de Eddie Palmieri.

Ordené una ensalada de carrucho y unos tostones, la cerveza Schaefer para Carabine y un Coco Rico con ginebra para mí: era nuestra versión de una cena íntima y fancy. Ya fueron entrando más parejas, gente cafre oriunda de la 65 de Infantería o la avenida Campo Rico, camino a los moteles de Trujillo Alto, ellas con el mamichulismo de los zapatos de plataforma y los más bajitos de ellos con zapatacones, afros y camisas bellacas de polyester con estampados en flores. Buenos culos en trajes tubos pegadísimos, los fulanos invariablemente intentaban, con suma torpeza, retirar las sillas al ellas sentarse. Eran sillas con respaldo alto y de hierro colado, ciertamente no las mejores para estrenar una primera generación de galantería, porque los abuelos de estos zutanos con prosperidad de gatilleros recogían toronjas o picaban caña en estos terrenos de la antigua Sabana Llana.

—Eres un comemierda.

Carabine tenía aquella manera de hablar, tan peculiar diría yo; casi siempre parecía ausente de lo que hablaba, la seña del loco, sin duda.

—Carabine, ¿qué te pasa, por qué dices eso?

–Nunca descubres un carajo. Te la pasas hablando mierda y el cabrón siempre se fuga.

–¿Quién es el cabrón?

–El criminal, mano, el delincuente, el jodido maleante.

–La vida es difícil y las motivaciones de los seres humanos oscuras.

–Es lo que siempre dices. Eres un facilitador huelepinga, sabes… Siempre con el mismo sonsonete de que no puedes entender nada.

Era evidente que Carabine estaba en brote. Ni el carrucho en vinagreta lo alegraba. Cuando el mozo trajo la comida, ya Carabine estaba camino al autismo esquizofrénico. Aquel mozo había padecido el peor acné de la región, empezó de mozo en el antiguo Don's del viejo Pastrana, donde hoy está el hotel Roxy… En Carabine la incapacidad para salir de sí mismo consistía en insultarme.

Entró otra pareja; él venía con chaqueta azul oscura y pantalón gris, camisa azul claro, espejuelos. Tenía un perfil de españolito pajizo, la estatura y el caminar majo del andaluz profesional. Tenía a su lado un fleje que parecía recogido en el bar dominicano frente al hotel Roxy. La chica Brugal se especializaba en cambiarse de pantis cada cuatro días. De buenas tetas y mejor culo, esta fulana parecía marcar su territorio en los bares que frecuentan los astrofísicos dominicanos al final de la avenida Barbosa, justo donde empieza la 65 de Infantería. Por lo pronto, la chamaca se especializaba en lingüística aplicada, tragaba hasta las pestes y aquel españolito parecía otro profe fugado del matrimonio. Éste fue el que llegó en el Mercedes Benz diesel, que por lo visto era la noche en que los profes traían sus flejes y las cortejas comían gratis.

–Te estás pasando.

Carabine iba camino a la perorata:

–No me estoy pasando nada. A veces es así, a veces uno no ve lo que está más cerca de uno, ves, Manolo, te esmandas y ya no viste la pendejada. Es como si estuvieras ciego a lo que ves ahí, en el jodido espejo, o en el retrovisor… Eres un cabrón.

Eso que hiciste estuvo mal, y yo sé que fuiste tú. Piensas que no hay un carro al lado, y cuando vas a pasar al carril de la izquierda, te tropiezas con el bocinazo del truck Mack, varón…

—Nos pasa a todos… Pero ¿a qué puñeta te refieres?

Carabine no me miraba a los ojos, sólo de soslayo, como si temiera alguna agresión. Luego se perdía en sus propias brumas. Gesticulaba y lucía enfático con alguien que no era yo. Quizá le hablaba a su muñeco, o a mi enano maldito. A veces lucía y sonaba más que razonable, como si fuera mi padre; entonces ya se le acentuaba aquella tristeza, la de no tenerlas todas consigo mismo:

—Tú sabes a qué yo me refiero. Eres culpable.

—Como no fuera haber sacado a un marihuano comemierda a cenar, como si fuera mi novio, el que me da el niple…

—No jodas con eso, Manolo, mano, no jodas con eso. No abuses.

Aquello me lo suplicó. Sentí que en mí sonó el «click» de la crueldad. Era como si alguien me hubiese apretado un botón. Se apoderaba de mí el deseo de humillar al muy infeliz. No era la primera vez. Quizá gente como yo necesita tener a su alrededor gente como él. Son los custodios pasivos de nuestra rabia, o, dicho de otra manera, son nuestros «punching bags», la «pera» para ensayar el gancho de izquierda.

—Estás arrebatao hasta el culo y tú lo sabes. Eres un pendejo.

—Pendejo quizá, pero no le jodo la vida a nadie. Tú bien sabes que fuiste tú.

En estos momentos Carabine sonaba tan razonable como mi conciencia; si estuviese claro que yo la tenía, pues así, en ese tono, justo con esa ecuanimidad, me hablaría. Ahora llovía a cántaros. El último profe que entró había dejado su paraguas abierto sobre el piso de cemento de nuestro salón comedor. La lluvia amenazaba, se colaba, empezaba a goterear, a entrar por las hendijas. En el otro salón comedor, uno que está a nivel superior del nuestro, éste que rodea el árbol de mangó, hay actividad febril: uno de los mozos ha sacado un mapo para secar las losetas, protesta que uno de los clientes podría

.resbalar. El cantinero le asegura, allá detrás del bar, a alguna distancia, que jamás había visto aguacero como aquél.

—Yo no fui. Me lo aseguró ella, que vio al tipo.

—No sé cómo.

—Por una cámara de video instalada en el estacionamiento.

—Difícil…

—Difícil ¿qué?

—Que no hayas sido tú.

En justicia, mi conciencia andaba un poco suelta y sin cabuya, en estado terminal: Carabine tenía la sombra de tocones de cuatro días, los cachetes chupados y el semblante a punto de litium. Me miraba distraído de mi persona, de nuevo como si en realidad estuviese hablando con otro. Sus ojos pequeños y lagañosos, en el último fondo de aquellas cuencas rojizas, parecían los de un animal caído en trampa. Iba camino al disparadero del grito el muy cabrón. Y, efectivamente, empezó a lanzar aquellos grititos que lo asaltaban cuando la náusea de vivir podía más que el arrebato.

—Ya cállate…

—Aaaaah…

—Cállate, tú sabes que te encierro pa'l carajo en el manicomio si no te callas.

—Hay cosas, ¿te fijas, Manolo?, que es como que hay alguien al lado nuestro, siempre, que no vemos.

—Ya sé, me has hablado de tu muñeco.

—Sí, y en este jodido caso de la ñoña esa de las cartas tú lo has tenido encendido.

—Ésas son jodidas figuraciones tuyas. La masturbación y el pasto te han derretido el jodido cerebro.

—También la flatulencia…

—Justamente, me tienes podrido y apestado.

—Lo que te digo es que cuando no encuentras es porque tú estás oculto. Eres demasiado inteligente, pai, pero poco pendiente de Dios, de tus pecados, créeme.

—De nuevo estás viendo mucho predicador en la tele, a Yiye Ávila, no es verdad, mano, ¿qué es eso?

—No, mierda, he, no me interrumpas. Es así. Tienes un mal de alma, de aquí adentro.

—Y dale…

—Debes confesarte.

—¿Con quién, con papá Reagan?

—Precisamente, él es, ahí tienes un hombre espiritual. Dejó a mi mai porque Lucy entró en la menopausia.

—Y se le secó.

—No, se volvió como loca.

—Ay, Carabine, cómete un jodido mojón, pisa con el carrucho y ya no fastidies más.

—No tengo hambre.

—Yo tampoco. Ya me di el baño caliente e intento hablar con mi mejor amigo, el Carabine Commander…

—Te jalaste la manuela, también, lo sé. Te oí.

—Tenía una buena carná.

—Pero sigues sin ver lo que tienes que ver.

—Ya cállate. No sigas. Me estás hinchando las pelotas.

—¿Sabes una cosa? El viernes, justo el viernes, fuiste a hacer las fotocopias.

—Me estás acusando.

—No te estoy acusando, estoy viendo el caso en frío, contigo. Te quiero ayudar.

—Carabine, ya no jodas. Yo no fui.

—Busca, busca en el carro el recibo del sitio…

—¡Ya cállate!

—Estoy a punto de llorar, estás cabrón.

—Lo sé. Y ahora viene un grito, ¿no es verdad?

—Aaaaah…

—No seas comemierda.

—Uy, Manolo, este pasto, esa moña de jibarita que trajiste el otro día, ¡qué volcá tenemos!

—Tú más que yo, so cabrón.

El pelo corto de Carabine era lo único ordenado en aquella cabeza; cuando volvió a ponerse la gorra de los Cangrejeros de Santurce ya se me encendió lo malo. Empecé a tirarle, y con alevosía, uno a uno, el plato de tostones; éstos aterrizaban en la camisa o en la falda de Carabine.

—¿Qué haces, Manolo, qué mierda se te ha metido entre cuero y carne?

Carabine volvía a sonar sensato. Me miraba entre sorprendido y desamparado. Empezaba a estar dolido, un fugaz sentimiento de humillación le veló el semblante.

—Eres un mafufero cabrón.

—No me insultes. Me estás humillando frente a ese mozo tan feo.

—Lárgate pa'l carajo. Ya estoy harto de tus jodidas insinuaciones… So tecato, que te pasas hablándome como un gangsta, con la nasalidad esa de La Perla…

—Manolo, ¿qué te pasa?

Entonces le zumbé con el carrucho. Carabine se apretó la gorra, se sacudió la chemise hasta que toda la cena cayó al piso y siguió llorando. Con la batola que tenía por camisa invitaba todavía más al victimario. Obedecía con la tristeza del que va camino a la soledad del manicomio o el cementerio. Pero, cosa terrible, mi deseo de humillarlo era insaciable. Carabine lloraba. Yo gozaba. El mozo ya venía para acá a indagar por lo sucedido y la prieta de las buenas tetas parecía agitada. Mi arrebato alcanzó la palabra «vesania». Tendría que buscarla esta noche en el diccionario. Carabine se largó y ahora yo tendría que decirle al mozo feo que tiré la vinagreta de carrucho porque no tenía suficiente aceite de oliva. Lo último que vi fue cómo se quitó las sandalias. Las dejó en la lluvia, bajo el toldo de la entrada lleno de goterones, y siguió descalzo hacia el apartamiento. Llovía a cántaros. Del tiro le daría pulmonía, pensé. Pagué la cuenta con los últimos veinte pesos del primer dinero que me dio Arelis y eché.

Ya empecé a despejarme cuando amainó un poco la lluvia, estaba lejos de escampar. La calle De Diego casi estaba intransitable. La lluvia apenas dejaba ver los focos de los autos que venían en dirección contraria. Lo busqué en El Jíbarito y allí no estaba; Ángel me dijo que creyó verlo bajo la lluvia, con Canelo. Subí al apartamiento y tampoco estaban. Me quedé sin familia, estarían mojándose. Sin duda irían rumbo a la playa. Esta noche dormirían con otros calcutos en el coliseo Rebeka Colberg y de madrugada se colarían, sin que los vieran, para cruzar el puente Moscoso hacia Isla Verde. Me tomé un palitroque, un Xanax .05 con media pepa de morfina. Quería un sueño pesado y me importaba tres pedos la resaca al otro día, porque bien que estaba sin control, listo para fututearme medio litro de vodka Nadja con jugo de parcha. La vida me había echado al desconsuelo y tenía ánimo de beberme el Orinoco. A todo esto, la palabra «vesania» no me soltaba. Recordé que en mi mierda de oficina no había diccionario.

Se fue y me dejó un montoncito de cosas, o sea, su relicario. Aquello era tan ceremonial y solemne, pensé que Carabine jamás me perdonaría la humillación. Me dejó un rosario diminuto que usaba para rezar un solo misterio cada vez, el padre nuestro seguido de diez avemarías. Esto lo rezaba frente al retrato de su madre, doña Lucy Boscana. También me dejó un comboloquio y una miniatura esmaltada, casi del tamaño de un grano de arroz, de un chino fumando opio. Todo esto atado con aquellas cintas bahianas que una brasileña de la playa le regaló, ¡uy!, cuando eso Frank todavía estaba vivo… Todo aquello me volvía aún más chonchin, ensimismado, lelo. El arrebato remontaba. También encontré al Pancho, que era un pequeño motorista de goma descascarada al que le faltaba un pie. Era un motociclista con antiparras de camino, con goggles, y lucía una corbata, cosa extraña; hacia 1954 estuvo uniformado. Carabine decía que éste era –sobre todo lo recuerdo un día que me lo dijo mellado y con gran alborozo– el «muñeco» original. Estuve mirando aquellos sus juguetes por largo rato. Si me había dejado el relicario, era porque ya no me perdonaría, me repetí. Pero no encontré lo que buscaba. Justo eso fue lo que no encontré… *«Te cambio chinas por botellas, cartas por billetes»*, lo inservible por el relicario.

Pasaste, ya después de visto el relicario, de cafrelandia a los fouls de Bob «El Múcaro» Thurman. Justo ése fue el portal de tu sueño. Te encontraste, de pronto, frente al hotel Normandie. El portero te preguntó por las maletas y le contestaste que venías ligero de equipaje. Cuando te sonrió le viste los dientes podridos, le dijiste algo sobre cómo debía usar el hilo dental. Él te contesta que después de muerto ya no importa más. Y si no reencarno ná, ¿ah?

Estaba de chistes aquel portero; y pasarás a la barra, que está detrás de la piscina interior, en el principal atrio del gran hotel. Las galerías de los pisos, el acceso a las habitaciones, dan a este espacio interior donde está la piscina. Son muchos pisos hacia arriba. Cuando llegues finalmente, mirarás hacia arriba y verás a una mujer en pelota a punto de lanzarse desde el barandal del tercer piso. Gritarás y alertarás a todo el mundo, y nadie te hará caso. Ya pronto la verás mejor, y sólo notarás que lleva puesta una gorra blanca de marinero, el entorchado con campo azul sobre la visera de charol. Se lanzará y, por un momento, sólo por un momento, pensarás nuevamente que es un sucidio. De nuevo alzarás la cabeza y la verás en posición de clavado; al final te darás cuenta de que estuvo suspendida, todo el tiempo, de un trapecio.

El negro Galindo que te recibe en la barra y te asegura que ya no frecuenta Los Chavales. La palabra «frecuentar» se te pega al chicho de la oreja como una curiosidad de otros tiempos. Vuelve a decirte que Muanó, la maromera, está chonchin de haber sido clavada por Morfeo, tiene la piquiña clásica de un tiro camino a sueñilandia. Te está cómico ese lugar, el de sueñilandia, y le preguntas al negro Galindo si es lo mismo que Hunca Munca. Toda esta basura le vociferas a Galindo —de pronto te encuentras vociferándole— y éste ahora, por alguna razón extraña, empieza a llamarse Doroteo. Doroteo entonces pasa a darte una sesuda perorata sobre la arquitectura que imita barcos, justo aquí, en el Caribe. El Normandie, con su alarde art déco, te imita aquellas casas barcos que Félix Benítez Rexach construyó para el dictador Trujillo en Santo Domingo. Te dice esto y se echa a reír como un ganso. El hotel Normandie te copia el puente del barco *Normandie*, ¿comprendes? Su forma ovalada, semicircular, es un alarde de art déco, ¿comprendes? Para mí que Galindo se había metido a homosexual.

—¿Quién tomó la foto del Burger King?

—Fue el odioso de Toño Machuca, quien mandó a su cabrito cafre a que espiara a Jimmy. Esa foto, varón, la más comprometedora, la del tiro al corazón, la tomó él, que te digo que fue él, porque Toño lo que hizo fue plantarle la idea en la cabeza al saco de mierda, darle cuerda al reloj de la bomba.

—Me gusta eso. Darle cuerda al reloj, te fijas… Pero entonces, ¿a qué objetaba Toño en Piñones?

—Ah, eso, eso es muy importante, fíjate, objetaba al «timing»; pensaba que no era el momento oportuno.

Aquí el negro Galindo te abre los ojos bolos y el color violeta de su piel alcanzará el tono definitivo de la brea. Tiene lo que llamaba el alacrán, mi madre, facciones «ordinarias», las narices de sillón de bicicleta y el belfo colgante. Pero los ojos, esos ojos, son los de un batracio a mitad de camino entre la sorpresa y el susto. Me sentí racista, como el alacrán. Aquel prieto era más feo que la catinga de diez mulatos.

—Al jodido timing… La ocasión que es…

—Justo, al jodido «timing»… Mientras más gente manosee las cartas, menos posibilidades habrá de primero sujetar la mano criminal, luego agarrarla… —insistió Galindo.

—Eres un genio.

—Sí, genial… Y cuando el chamaco objetó a aquel plan, es decir, al puñetero timing, a Toño que le da el yeyo que le costó la vida.

—Negro, eres un genio.

—He visto mucho y oído más en estas barras.

Despiértate ya, y hazlo con esa enorme dificultad para abrir los ojos. Acuérdate de que eso lo recordarás con gran viveza.

Piénsate muerto, y rápido entérate que tienes así de pesados los párpados por la tanda de palos y pepas que te metiste anoche. Acuérdate que te habías desvelado y ya tuviste que volcarte para, oye, ¡sueñilandia!

8

Hoy por la mañana, hacia las nueve, Manolo se levantó con prisa, sin desperezarse, y corrió al baño. Tenía resaca; se sentía miserable y se precipitó a la bacineta como alma que perdonó el diablo. No oí muchas arcadas a garganta abierta, sino más bien como unos quejidos hondos, lastimeros. Era el hígado, las punzadas filosas que comenzaban a mortificarlo nuevamente. Entonces lo vi bajar al Malibú hacia las nueve y media de la mañana. Recuerdo que miré el reloj. Como me había subido al segundo piso, propiamente a la terraza de El Jibarito Bar and Grill, se me hizo fácil seguirle la pista con el oído. Escondido detrás del murito que da a las ventanas miami del apartamiento de Manolo, pude oír y adivinar su trajín mañanero. El orden fue justo ése: resolvió con las arcadas, hizo las gárgaras de siempre y bajó a calentar los ocho cilindros del Malibú. Era evidente que estaba ansioso.

Tomó una libreta de apuntes que cargaba en la consola del Malibú y escribió algo con gran urgencia. Quizá era su compulsión por escribirlo todo, por rescatar cada detalle. Recuerdo muy bien que escribía rápido, como para que no se le escapara nada. La cena íntima de la noche anterior, con Carabine, no estuvo floja; fue algo entre una alucinación y la pesadilla de siempre, la que padecía desde la muerte de Frank en la playa…

Cuando los seguí bajo aquel aguacero me aseguré de que estuviesen locos. Más adelante pude verlo llorando, ya muy metido en tragos y pepas, frente a aquel montoncito de chucherías que le dejó el alma infantil de Carabine. Tenía que asegurarme de que ya no iban a seguir fastidiando.

Tomó rumbo a la playa. Supe que iría a parar al sitio de siempre, Punta El Medio, Villa Pugilato… En el garaje Texaco dobló a la izquierda para seguir rumbo a la avenida Iturregui. ¡Pobre diablo, el Manolo!, tanta ansiedad por un perro y un loco. No puedo seguirlo muy de cerca porque el Dodge Challenger hace ruido de verdad, y mi central de ocho cilindros la reconoce Manolo a distancia de bocina, aficionado como está a estas chatarras.

Estacionado en el semáforo frente al coliseo Rebeka Colberg, mira hacia allá, como tratando a ver si alcanza divisar a Canelo o a Carabine. Así de ansioso está. Allá le salió con pendejadas al calcuto que le cayó a pesetearlo, un sidoso con más chancros que piel sana, a dos semanas de la tumba y a media hora del próximo tiro de manteca.

Llegó a la playa, justo donde pensé, en Punta El Medio. El vecindario, como siempre, a esa hora, tenía esa quietud insidiosa; cosas terribles parecían haber ocurrido de madrugada. Escuchó los ladridos de Canelo tan pronto se bajó del Malibú; éste lo dejó estacionado en el callejón Girona, frente a las casitas de Pedrín. Canelo lo sabía cerca porque ahora sus ladridos sonaban más graves, con más coraje. Manolo de nuevo iba de prisa, dejó la toalla de playa encima del bonete y no subió la capota.

No tardó en encontrarse con Roberto, quien le dijo que Carabine estaba bien perdido; quizá se había ahogado, porque lo vio muy temprano en la mañana echarse al agua y no había vuelto. Lo vio nadar hasta que la cabeza desapareció. Carabine se había echado al mar y no se sabía de él. Eso le dijo Roberto. No braceaba, sino que parecía que flotaba para luego entregarse a la corriente.

—Hay una inmensidad allá afuera, Manolo, ¿sabes?

—No me digas, y el muy loco nunca aprendió a nadar bien…

—¿Qué eran, los CD que te dije?

—No, mano; eran billetes premiados de la lotería y nunca aparecieron, alguien se los fotuteó y yo no fui. Son muchos los sospechosos, quizá se fueron al hoyo, ¿cómo saberlo?, con todo y ataúd.

—Linda historia, Manolo, linda historia. Ahí tienes a tu familia… Y calla al jodido perro ese, Carabine se lo dejó al hotdogcero, que éste, según me dijo Paco Sexo, tuvo que ir por allá, al Seven-Eleven de la avenida Isla Verde, a comprar unos fucking panecillos… Lo dejó atado ahí, a la goma del carrito… Cuando yo llegué ya estaba así, volviéndose ronco de tanto ladrar… Entonces fue que vi a Carabine echarse al mar.

Roberto indagó y narró todo con la fatalidad del hombre feo. Miraba hacia el piso, como resignado a los ladridos de Canelo y la maldad del mundo. Vestía pantalones cortos de mahón con flecos por encima de la rodilla, la camiseta negra pegada a un torso que para los años que tenía, y la calvicie que lo asediaba desde la chola, aún se mantenía sin grasa, firme, hasta musculoso. Remataba aquel uniforme de nube negra playero con unas sandalias metededos.

Manolo lucía derrotado. Apenas podía hablar; por lo visto, aquel desaliento le había quitado la voz. Al final, pensó, quedarían el recuerdo y el amor. Pero tampoco sabía muy bien el significado y la extensión de aquel pensamiento. Todo aquello tenía que ver con gente muerta, eso sí lo sabía; era la única certidumbre en todo esto.

—¿Por qué habrá tanta gente embustera, Roberto?

Roberto ahora estaba cruzado de brazos y miraba el mar. Se sonrió para sí; era una complacencia íntima. Era su modo de acentuar aquel pesimismo consecuente, lo único que lo animaba, a veces hasta la euforia:

—Es muy sencillo. Tienes que distinguir entre el embuste y la mentira.

—Dímelo, Roberto, dímelo…

—El embuste es como un resuelve, ¿te fijas?, mientras que la mentira es como una condición. El embuste es para funcionar, mientras la mentira, como que te confunde la vida; entonces te equivocas, pero no te equivocas en algo, no señor, sino que te equivocas en todo, galán. Eso me pasó a mí. Por eso se cagó mi primer matrimonio y me volví alcohólico, ¿te fijas…? Entonces tu vida toda es como una equivocación. Todo ha sido una equivocación, te dirás cuando mueras; eso es cuando mueras. El embuste es una enfermedad, la mentira es una condición; el embuste es una fiebre, la mentira es como la bilarzia, te acuerdas, que se te aloja en el bofe, en el hígado, y te dura toda la vida y finalmente te mata de rabia.

—Ya me jodiste la cabeza con eso.

—Es así. Quien vive de la mentira siempre se equivoca, pero se equivoca para toda la vida y equivoca su vida y la de todo el mundo.

—Suenas a cura, Roberto, te picó la religión. Pinta tienes, ¿sabes?, con lo feo que eres; te falta el cuello romano…

—¿Qué, buscamos a Carabine?

—No; está muy encabronado conmigo, mejor que se le pase…

Volvió al callejón Girona. Cuando no vino nadie, Manolo se empelotó y detrás del Malibú 71 se puso el traje de baño. Pero no subió la capota, que siempre tenía que hacerlo con gran dificultad y a mano, porque ese mecanismo se dañó seis meses después de instalado por Wuaso. Regresó a la orilla y se echó en la llamada Playita, al lado del hotel Empress.

Aquella ausencia de certidumbre lo perturbaba. Recordó que pocos días atrás se había enamorado. Pero todo le parecía un sueño distante; el cristal estaba excesivamente empañado.

El mar tenía aquel color rata. Más que alzado por la marea parece hinchado. Las olas se convierten en ondas que viajan presurosas hacia la orilla; el mar crecía desde afuera, desde muy afuera, y Manolo parecía extasiado en la contemplación de sus pies. Flotaba y estaba claro, desde aquí, desde este ángulo difícil, que se observaba la punta de los pies, los dedos que permanecían fuera del agua, ahí, a ras. A la derecha reciben este mismo chapoteo las rocas musgosas bajo los pilotes del Empress. El barandal está pintado de blanco ya descascarado y por encima, sobre el techo del Empress, allá arriba, están las tres palmeras de Punta El Medio, y también hasta alcanzo a ver el rótulo del hotel, muy arriba a la izquierda. Acá, por encima del barato mobiliario plástico del salón comedor, se anuncia en neón el Sonny's Rest.

Las rocas del islote se espejean en el agua clara; son rocas filosas, que han probado poca erosión, recién salidas del mar. Ahí se encuentran hasta tres corrientes, son muy notables, y Papo Marina que le gritaba a Frank: «¡Veo un tiburón, veo un tiburón!». Aquel chapoteo frenético transcurría en cámara lenta, las rodillas se plomaban con el miedo, aquella tarde todos estábamos arrebatados… Es alguien ciego que nos sigue, y muy de cerca…

Manolo vuelve a extasiarse en sus pies. Ya casi ha llegado al islote de Isla Verde. Es la parte del bajío en que casi a ras del agua se vuelven a ver las rocas filosas. Arriba, en la parte inundable por la marea alta, está esa yerba que crece en la arena. Entonces están las nubes, y por lo alto ese azul beato que contrasta con el mar color gris oncológico. Los pies de Manolo tienen esa perculiaridad; porque ya no parecen hermosos, él sigue contemplándolos. Ya a punto de salir, el dedo gordo le parece chato y ordinario, excesivamente separado del resto. Ya a punto de salir del agua, volví para acá, a esconderme.

Se montó en el Malibú después de secarse y ató a Canelo al retrovisor. Roberto lo despidió. Antes el hotdogcero ya le había asegurado a Manolo que Carabine lucía el de siempre, que no estaba en las de matarse ni nada por el estilo. Era el loco de siempre, el hijo único de Lucy Boscana y Ronald Reagan. Esto tranquilizó a Manolo.

De regreso por el puente Moscoso, ya restallaban las banderas al viento y las aguas de la laguna San José levantaban pañuelitos. Manolo intentaba recordar, aunque Canelo ladrara como un desaforado y en dirección a Isla Verde. Ladra así porque Carabine no está, cuando no es con la mota es con la bayeta, pensó Manolo. Ya ni siquiera se acordaba enamorado de Arelis. Fue la semana que estremeció a Manolo. Algo que permanecía más lejano que el día en que Jimmy fotografió a la mujer con el sombrero panamá. También recordó aquel temblor. ¿Dónde estaba ahora aquel estremecimiento en los muslos?

Algo que Manolo no pudo ver, porque estaba ensimismado en estas musarañas y en los ladridos de Canelo furioso, fue el papel que se voló desde el asiento trasero del Malibú. Más que subir al cielo, salió disparado horizontalmente hacia la laguna. Volteó varias veces y al fin bajó planeando y plomado ya sobre los pañuelitos que levantaban espuma. Era un recibo que decía «Prime Printing, Carlos Matos». Finalmente el papel descendió; el Malibú había rebasado el suave lomo del puente hacia el peaje, las banderas restallaban furiosamente al viento y hacia el mediodía aquella tarde comenzaba a vislumbrarse luminosa. Entonces aquel papel rozó la superficie y fue a enchumbarse en las aguas color marrón de la laguna. Tardaría en hundirse; ya nadie más ni nunca preguntaría por la identidad de aquel hombre.

En Guaynabo, a 16 de agosto de 2002